시오노 나나미 ▎전쟁 3부작

2

로도스섬 공방전

시오노 나나미 | 전쟁3부작

최은석 옮김

2

한길사

RODOSU-TO KOBO-KI
by Nanami Shiono

Copyright © 1985 by Nanami Shiono

Original Japanese edition published by Shincho-Sha Co., Ltd.
Korean translation rights arranged with Nanami Shiono
through Japan Foreign-Rights Centre

Translated by Choi Eun-seok
Published by Hangilsa Publishing Co., Ltd., Seoul, Korea

법의 수호자, 질서의 군주라 불리기를 좋아했던 쉴레이만 1세. 그는 서유럽 최강의 군주라는 신성로마제국의 황제 카를 5세가 투입할 수 있는 전력이 2만에 지나지 않던 시대에, 10만 정도는 가볍게 동원할 수 있는 대제국 투르크의 주인이었다.

스물다섯의 나이로 투르크의 술탄에 즉위하는 쉴레이만 1세. 시리아, 아라비아, 이집트를 비롯한 일련의 대정복 사업이 1517년에 일단락되면서 메카까지도 영유하게 된 투르크는 정신적으로도 이슬람의 맹주가 되었다. 하지만 동지중해를 완전히 내해로 만든 그들에게 로도스는 여전히 눈엣가시 같은 존재였다. 그래서 쉴레이만은 술탄으로 즉위하자마자 로도스 섬 제압을 결심했다.

로도스 섬 공방전. 위쪽의 성벽에 성 요한 기사단의 수비군이 보인다.

사모트라키의 니케(승리의 여신). 루브르 미술관에 있는 이 작품은 기원전 2세기에 로도스인이 만든 것으로 알려져 있다.

라오콘 군상. 바티칸 박물관에 있는 이 작품 역시 로도스인이 만든 것을 로마 시대에 모작한 것이다. 로도스 섬의 미술관에는 지금도 고대 그리스의 향기를 전해주는 예술품이 몇몇 남아 있어 로도스인들의 예술적 수준이 어떠했는지를 짐작케 해준다.

전략회의를 여는 쉴레이만 1세. 1526년 투르크군은 헝가리를 점령했다. 전투 전 전략회의가 진행되고 있는 곳 뒤로 대포와 병사들이 보인다.

그 이름만 들어도 서유럽 사람들을 벌벌 떨게 하였다는 터키 술탄의 친위부대 예니체리 군단. 투르크군의 척추라는 평판에 걸맞게 그들은 로도스 섬 공략에서도 큰 활약을 하였다. 이들에게는 결혼뿐 아니라 자기 소유의 집을 가지는 것마저 금지되었고, 그들이 따르는 존재는 오로지 알라 신과 그 지상의 현현자 술탄뿐이었다.

신성로마제국 황제 카를 5세. 로도스 섬 공방전은 카를 5세를 비롯하여 프랑스의 프랑수아 1세, 영국의 헨리 8세 등 서유럽 내 세력들이 서고 치고받는 재편기에 일어났기 때문에, 이런 상황을 대처하는 데 급급하였던 서유럽 세력이 투르크의 10만 대군에 포위된 로도스 섬의 성 요한 기사단을 도우러 와줄 수 있는 형편이 못 되었다.

"몰락하는 계급은
언제나 새로 대두되는 계급과 전쟁을
치르고서야 완전히 사라지는 법이다"
● 시오노 나나미

로도스 섬 공방전

17	프롤로그
21	장미꽃 피는 옛 섬
37	성 요한 기사단의 역사
51	그리스도의 뱀 소굴
79	개전 전야
143	1522년 여름
201	1522년 겨울
231	에필로그
249	몰락하는 계급의 마지막 생존자들 | 옮긴이의 말

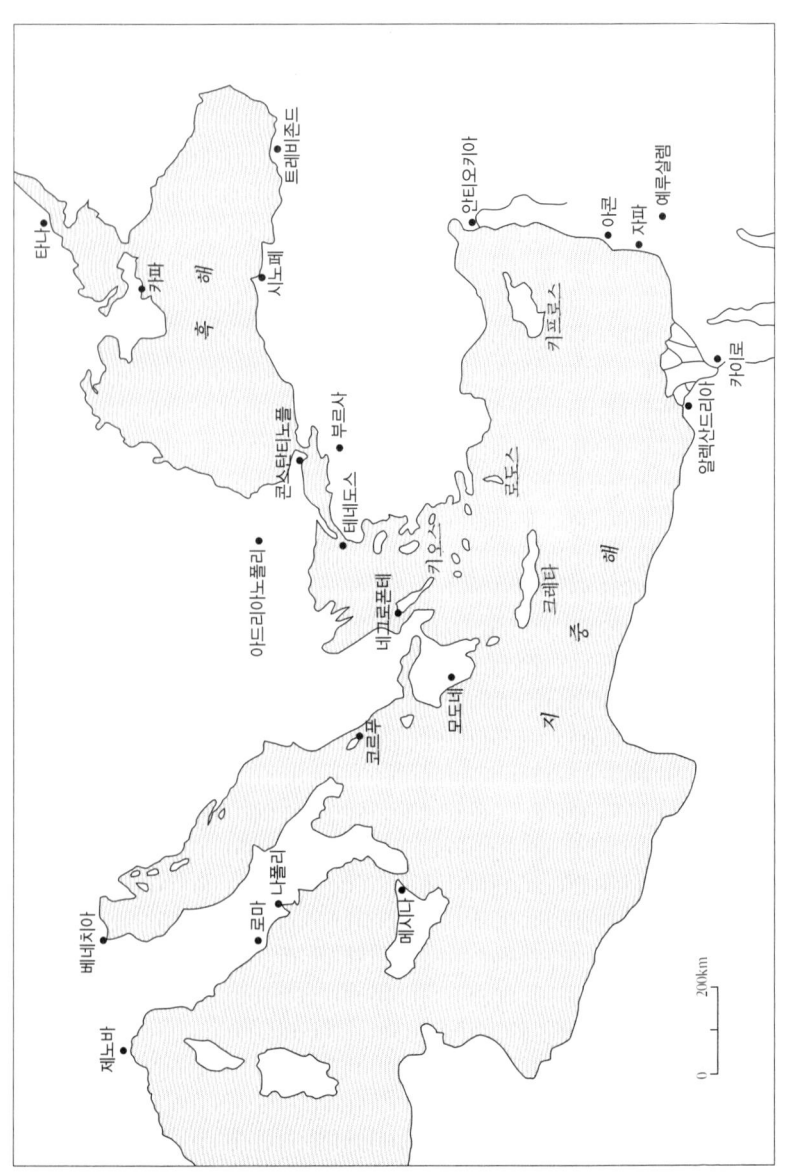

프롤로그

이탈리아어 '카데토'(cadetto)라는 말을 백과사전에서는 이렇게 풀이하고 있다.

"프랑스 가스코뉴 지방에서 생겨나 중세 이후 전 유럽에 퍼진 말. 봉건 귀족의 둘째 이하 아들을 뜻하는 말이었다. 중세 봉건제 아래서 지위나 재산은 모두 장남에게 상속되는 것이 상례였으므로 둘째 이하 아들은 성직이나 군사 방면에서 자수성가해야 했다.

오늘날에는 귀족의 둘째 이하 자제라는 본래 뜻은 사라지고 군사적인 면만이 남아서 육·해·공군 사관학교의 생도를 가리키는 명칭으로 쓰이고 있다.

프랑스어 cadet, 영어 cadet."

지금부터 말하려는 것은 16세기 초두를 살았던 세 명의 젊은 카데토에 관한 이야기이다.

이 16세기 초두는, 반세기 전에 있었던 콘스탄티노플의 함락

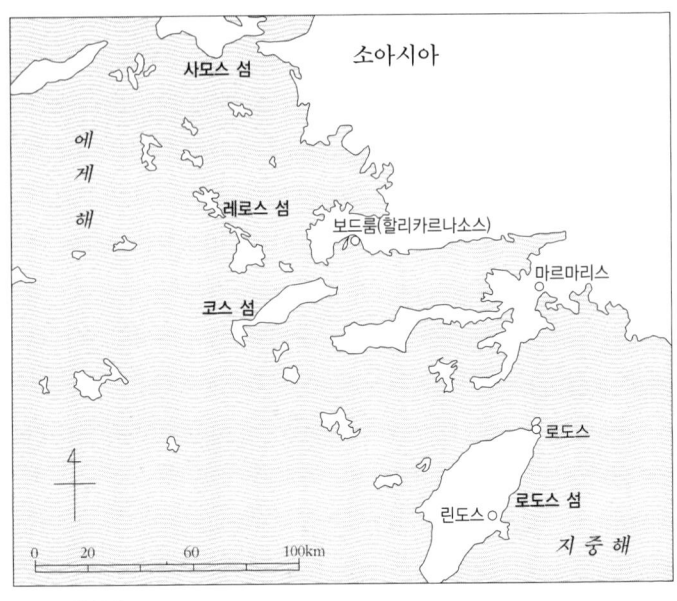

로도스 섬 근해도

을 계기로 시작된 동방 투르크제국의 진공에 직면한 서유럽이 투르크와 같은 중앙집권적인 대국주의(大國主義)를 확립함으로써 이에 맞서려 했던 시대이기도 하다.

사회적 변동은 종종 전쟁 양상의 전환과 흐름을 같이한다. 콘스탄티노플 포위전에서 실증된 대포의 위력은 이후 전쟁의 양상을 일변시켰는데, 그러한 변화가 본격적으로 나타난 것이 바로 로도스 섬 공방전이다.

이 전투에서 '근대화'된 투르크군과 대결한 것은 중세의 전형적 산물로 일컬어진 성 요한 기사단이다. 기사단 소속 기사들은 귀족 출신이어야 했고 전사인 동시에 그리스도에게 평생을 바치는 수도사일 것이 요구되었다.

그것이 지니는 역사적 의미와는 무관하게, 젊은이들만으로 치러졌다는 특색을 띤 전투가 또 로도스 섬 공방전이다. 이 전투의 주역들은 적군과 아군을 불문하고 모두 20대 젊은이들이었던 것이다.

투르크의 술탄으로 나중에 대제라는 존칭을 얻게 되는 쉴레이만 1세의 당시 나이 28세.

이와 맞선 성 요한 기사단에서는 장 파리소 드 라 발레트가 대제와 마찬가지로 28세. 잠바티스타 오르시니가 25세. 안토니오 델 카레토는 이제 막 스무 살이었다.

장미꽃 피는 옛 섬

도착

1512년 4월, 저녁노을에 빛나는 로도스 섬을 우현(右舷) 너머로 보며 북상해가는 한 척의 대형 범선이 있었다.

바다 위에 무화과 열매를 남북으로 길게 띄워놓은 모양을 한 로도스 섬의 서안은, 봄부터 가을까지 에게 해를 지배하는 북서풍을 피할 만한 마땅한 항구가 없어서인지 해상에서 보면 전혀 인기척을 느낄 수 없다. 일몰 직전의 부드러운 햇살을 한껏 받고 있는 것은 울창한 나무들과 거친 바위들, 그리고 끝없이 이어지는 인적 없는 모래사장뿐이다.

역풍인데도 교묘하게 돛을 움직여 전진을 계속하는 이 배는 겉으로 보기에는 평범하기 그지없는 제노바 상선이지만, 이번 항해의 목적은 교역이 아니라 로도스 섬에 본거지를 둔 성 요한 기사단의 의뢰로 무기와 탄약, 밀 따위를 섬으로 수송하는 것이었다.

밀라노에서 구입한 무기와 탄약을 선적하고 제노바를 출항한 배는 나폴리에 기항한 뒤 시칠리아의 메시나에도 잠시 정박했지만, 이는 밀을 사서 선적하기 위해서였을 뿐 항해상 꼭 필요한 일정은 아니었다. 제노바 선원들이 조종하는 대형 범선이라면 어디에도 기항하지 않고 한 달 동안 항해하는 것 정도는 아무것도 아니다. 그렇기 때문에 배에 특수한 짐을 실은 관계로 베네치아공화국령인 크레타 섬에 기항하지도 못하고 메시나를 출항한 뒤 로도스까지 직행해야 했음에도 그다지 큰 불편을 겪지는 않았다.

크레타는 북안에 주요 도시가 집중해 있어 그 앞바다를 지나가려면 십중팔구 베네치아 해상 경비대의 주의를 끌게 마련이다. 쓸데없는 분란을 피하고 싶으면 크레타 남안을 크게 우회한 다음 북상해서 로도스로 향하는 항로를 택할 수밖에 없다. 투르크의 술탄이 제시한 항복 통고를 무시하고 임전 체제에 돌입한 성 요한 기사단과 달리 베네치아공화국은 투르크와의 우호조약 준수라는 태도를 바꾸지 않고 중립 유지 의사를 표명해 왔기 때문이다.

이 배에는 종복이 딸린 젊은이 한 명이 타고 있었다. 제노바 근처 피날레를 영유하고 있는 델 카레토 후작의 둘째 아들로, 이름은 안토니오였다. 검정에 가까운 갈색 곱슬머리와 눈이 새하얀 이마를 더욱 돋보이게 했다. 젊은 나이답지 않게 행동거지가 온화하고 말수가 적어 묘한 인상을 주었지만, 선장의 식탁에 주빈으로 참석하는 동석자들이 거북스러워할 정도는 아니었다. 무

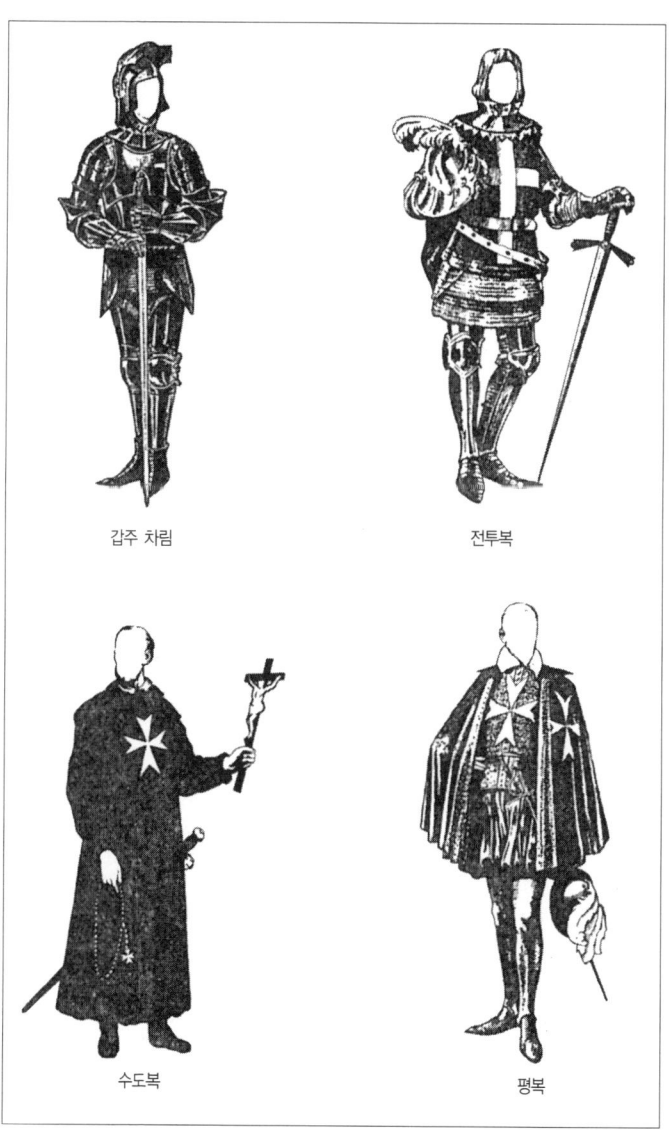

성 요한 기사단의 복장

역 상인이 대부분인 다른 승객이나 승무원들도 한 달 가까이 지내는 동안 책을 읽지 않으면 수평선 너머로 조용한 시선을 던지곤 하는 이 젊은이에게 어느샌가 익숙해져 있었던 것이다.

안토니오 델 카레토가 항상 입고 있는 것은 가슴 부위에만 백십자가 수놓인 검정 일색의 성 요한 기사단 제복이다. 이것이 기사단 소속 기사의 평상시 제복이자 수도복이다. 하지만 온통 검은색으로 몸을 감싸더라도 검은 타이츠에 싸인 탄력 있는 다리의 선은 스무 살의 젊음을 은연중에 드러내고 있었다.

돛이 크게 펄럭이는 소리가 나더니 배가 방향을 틀었다. 선원들의 움직임이 한층 더 분주해진다. 북서풍을 등에 지고 항구로 다가설 때는 삼각돛을 작은 것으로 바꾸고 사각돛은 밑부분을 접어넣어 바람의 저항을 줄여야 한다.

이때쯤 되자 오른쪽으로 크게 선회하는 배의 좌현으로 보라색 어둠 속에 흐릿하게 육지가 보이기 시작한다. 육지는 동쪽을 향해 끝없이 뻗어 있다. 소아시아의 남안, 여기부터가 투르크 영토이다. 로도스 섬은 이보다 더 동쪽에 있는 키프로스 섬과 나란히 이슬람 세계에 대한 기독교 세계의 최전선을 이루고 있었다. 바다를 끼고 있다지만 로도스와 맞은편 소아시아 남단 사이의 거리는 18킬로미터밖에 되지 않는다.

섬 북단에 돌출한 곶(岬)을 우회한 배는 쉴 틈도 없이 다시 우측으로 선회한다. 로도스 섬의 수도 로도스의 항구는 섬의 최북단에 있기 때문이다.

지중해에서는 저녁 무렵이면 눈에 띄게 바람이 약해진다. 선원들은 이를 익히 알기에 미풍이 불기 시작하는 아침에 출항해서 바람이 약해지는 저녁나절에 입항할 수 있도록 속도를 조절하곤 한다. 그래서 로도스 항구도 이 무렵이면 입항하려는 배들로 붐빈다.

속력을 늦춘 제노바 배는 눈앞에 다가서는 요새를 오른쪽으로 지나치자마자 돛을 모두 접었다. 상선이기 때문에 성 니콜라 요새라 불리는 이곳에 딸린 직사각형 항구에는 들어갈 수 없다. 막 지나친 항구는 갤리선 전용 항구여서, 군선은 곧 갤리선으로 통하던 당시로선 말하자면 그곳이 군항이었던 것이다. 상선은 이 군항을 지나 더 깊숙이 자리잡은 반원형 교역항으로 들어가야 했다.

백십자가 그려진 붉은색 성 요한 기사단의 군기가 나부끼는 성 니콜라 요새에서 육지 쪽으로는 군항을 지키는 긴 제방이 축조되어 있다. 제방 위에는 단정하게 일렬로 늘어선 풍차들이 경쾌한 소리를 내며 돌고 있었다.

바람이 강한 에게 해에 있는 섬에서는 풍력을 이용해 밀을 빻는다. 배후에 산이 늘어선 제노바 근처 해변에서 나고 자란 안토니오에게 마에스트랄레로 일컬어지는 지중해 특유의 강한 북서풍이란 그다지 낯익은 것이 아니어서 풍차의 행렬은 상당히 이국적인 풍경으로 비쳤다. 관찰력이 예민한 이 젊은이는 제방 위에 가능한 한 틈새를 적게 두고 늘어서 있는 풍차 행렬이 항구로 들어오는 배를 바람으로부터 지켜주는 역할도 하고 있음을 금세 알아차렸다.

예인선에 이끌려 입항한 항구는 광대한 반원형 꼴이고, 배를 대는 데 필요한 공간을 뺀 나머지 부분을 성벽이 빙 둘러싸고 있다. 선착장에서부터 다짜고짜 높다란 직선을 그리며 솟아 있는 성벽에는 다 해서 다섯 개의 성문이 각각 견고한 원형탑의 호위를 받으며 입을 벌리고 있다. 성벽이 끝나면 거기서부터 풍차가 늘어선 제방이 또다시 길게 뻗어 있으므로 항구는 선박 출입에 필요한 해역을 제외하고는 바람으로부터 충분한 보호를 받고 있는 셈이다.

항구에는 돛과 노를 겸용하는 갤리 상선부터 돛에만 의존하는 범선까지 수십 척에 달하는 배들이 닻을 내리고 있다. 예인선이 끌어주지 않으면 어디다 접안해야 할지 헤매야 할 정도이다. 대형선은 길게 가로누워 있고 더 작은 배들은 선수를 바깥쪽으로 돌려 선미를 접안해놓고 있다. 제노바 배는 이 항구에 들어와서 바로 오른쪽에 있는 선착장에 뱃전을 대고 닻을 내렸다.

일몰을 신호로 성문이 닫히기 때문인지 선착장은 짐을 싣고 부리는 사람들의 바쁜 손길로 부산스러웠다. 로도스 섬 원주민인 그리스인들이나 서유럽 상인임을 한눈에 알 수 있는 긴 외투를 걸친 사람들 건너편으로 사슬에 묶인 투르크 노예들 한 무리가 커다란 포대를 짊어지고 허덕이며 지나간다. 그 틈새를 비집고 백십자가 수놓인 붉은 조끼를 갑주 위에 걸쳐 입은 기사들이 빠른 걸음으로 말을 달려가는 모습도 보인다.

미동도 않고 뱃머리에 서서 신기한 눈길로 이런 광경을 좇아가고 있던 안토니오에게 선장이 다가와 말했다.

"저기 마중 나오신 분들이 보입니다."

그 말에 발 아래 선착장으로 눈을 돌리자 안토니오와 같은 옷을 입고 서 있는 두 남자가 눈에 들어왔다.

프랑스 기사

그 두 남자 중 한 사람이 이탈리아어로 평범하긴 해도 따뜻하게 환영 인사를 하며 반겼다. 그 역시도 안토니오가 속하게 될 이탈리아 기사단 소속이다. 기사는 붙임성 있는 어조로 안토니오의 숙부인 선대 기사단장 파브리지오 델 카레토가 만년에 자기를 참 잘 보살펴주었다는 얘기를 하며 영광으로 빛나는 카레토 가문 출신자가 다시 로도스 섬에 오니 이야말로 이탈리아 기사단의 큰 경사라는 얘기를 늘어놓았다. 자신이 어디까지나 보충역에 지나지 않음을 알고 있는 안토니오로서는 쓴웃음을 지을 수밖에 없는 공치사였지만.

그러는 동안 또 한 명의 기사는 안토니오에게 시선을 고정시킨 채 아무 말도 없다가, 이제야 이탈리아 기사의 수다가 끝났다고 생각했는지 비로소 입을 열었다. 프랑스어였다.

"나는 장 파리소 드 라 발레트. 기사단장의 비서관이다."

안토니오는 통성명을 하면서, 자기보다 7, 8년 연상으로 보이는 이 프랑스인 기사는 몸 속에 흐르는 귀족의 피를 언제나 강렬히 자각하는 스타일이라 생각했다.

라 발레트는 상당히 마른 편이긴 하지만 유연한 몸매가 한눈에 사람의 주의를 끄는 미남자였다. 예리한 칼날로 깎아내린 듯한 얼굴 윤곽은 위엄이 가득한 인상과 젊음의 생기를 뚜렷이 드러내주었다. 가늘고 긴 눈에 맴도는 안광(眼光)의 강렬함은 한번 상대를 향해 박히면 좀처럼 움직일 줄 모른다. 우아한 것을 지나쳐 오만하다는 인상까지 갖게 하는 태도를 지닌 사내였다. 그 오만함은 허용 범위를 넘을락 말락 하는 선에서 유지되고 있기에 그다지 불쾌감을 줄 정도는 아니었다. 아니, 불쾌감은커녕 오베르뉴 지방의 명문가 출신인 이 젊은이에게 발군의 자질이 있음을 처음 보는 사람까지도 단박에 알아챌 수 있게 해주는 것은 바로 이 오만한 태도였다. 이탈리아에서는 이제 그런 사람을 찾아보기도 힘들지만, 일찍이 전 유럽이 찬탄의 눈길을 보내던 '타락하지 않는 기사'의 견본이 지금 자기 앞에 서 있음을 안토니오는 느끼고 있었다.

라 발레트는 기사단장이 만나고 싶어하시니 내일 아침 이탈리아 기사관으로 데리러 가겠다고 말한 후 등을 돌려 떠나갔다.

짐을 들고 따라오는 종복과 안토니오는 이탈리아 기사의 안내를 받아 성문 하나를 통과해서 시가지로 들어갔다. 시내의 길은 어디든 작은 돌들로 포장되어 있었다. 발바닥에 느껴지는 감촉이 이탈리아 소도시를 연상시켰다. 하지만 성문을 지나자마자 눈앞에 펼쳐지는, 길 양옆으로 늘어선 가게들의 어지러운 활기는 이곳이 오리엔트임을 느끼게 해주었다. 상점가를 지난 곳에 있는 광장 정면에 자리잡은 커다란 건물도 고딕식으로 지어지긴 했어도 부드러운 모래색 석재를 쓰고 있어서인지 서유럽 건물들과는 어딘가 다른 인상을 주었다. 이 커다란 건물의 입구 좌우로 늘어선 탑 위에는 성 요한 기사단의 군기가 휘날리고 있었다. 멋들어진 이 건물이 바로 기사단 병원이다. 성 요한 기사단은 성전 기사단이나 튜튼 기사단과는 달리 병자 치료에 봉사하는 것으로 출발한 조직이었다.

로도스 섬에서도 서유럽과 마찬가지로 건축물에 이를 지은 사람의 가문의 문장을 새겨 넣는 것이 보통이었다. 안토니오가 로도스에서 첫날밤을 보내게 될 이탈리아 기사관에는 카레토 가문의 문장이 입구 위에 새겨져 있었다.

기사관은 이탈리아뿐만 아니라 오베르뉴, 프로방스, 일 드 프랑스, 아라곤, 카스티야, 영국, 독일 모두 외관이나 규모에서는 천차만별일지라도 내부 구조는 대체로 비슷했다.

1층은 마구간이나 무기고 혹은 종복들의 침소로 쓰인다. 안뜰에서 계단을 통해 바로 들어갈 수 있는 2층은 식당을 겸한 커다란 집회실을 중심에 두고 몇 개의 방들이 빙 둘러싸고 있다. 기사들은 이 방을 쓰는데, 로도스 섬에 온 기사들은 처음 일년 동안은 기사관에서 사는 것이 의무였다. 일년이 지나고 나면 시내로 나가 살 수 있다. 3층은 아라비아식 옥상이다.

기사관은 건물 구조면에서는 서유럽 수도원과 비슷하지만 분위기를 따져보면 역시 어딘가 다르다. 기사들은 각자 자기 가문의 문장이 새겨진 호화로운 은제 식기를 쓴다. 방에 늘어선 침대도 은실로 문장을 수놓은 아름다운 검정색 벨벳으로 씌워놓았다.

엷은 마로 만들어진 시트에까지 문장을 수놓은 것이 보통이다.

이탈리아 기사관에는 그날 밤 안토니오 외에도 손님이 한 명 더 있었다. 귀족은 아니다. 북이탈리아에 있는 베네치아공화국령 베르가모 출신으로 이름은 가브리엘로 마르티넨고이며, 성벽 전문 건축 기술자였다. 안토니오를 태우고 온 제노바 배가 크레타 남안을 돌기 직전에 인적 없는 곳의 배후에 남들 눈을 피해 잠시 정박한 적이 있는데, 보트를 타고 도망쳐 온 이 사내를 태우기 위해서였다. 안토니오는 40대 중반쯤 되어 보이는 다부진 체격의 이 사내와 자기가 이후 로도스에서 긴밀한 관계를 맺으며 지내게 되리라고는 꿈에도 생각지 못한 채 침상에 눕자마자 건강한 젊은이답게 깊은 잠으로 빠져들었다.

만남

저녁 무렵에 도착해서 몰랐지만 아침이 되어 온 섬이 선연한 색채로 물들어 있음을 알게 된 안토니오는 기뻐 어쩔 줄 몰랐다.

장미꽃 피는 섬. '로도스'의 어원을 안토니오도 진작부터 알고 있었지만, 먼 옛날 온 섬에 흐드러지게 피어 있었을 장미꽃은 1500년이 지난 지금에 와서는 쉽사리 눈에 띄지 않았다. 그 대신 부겐빌리아의 자주색과, 하이비스커스의 진홍색, 협죽도의 하얗고 빨간색, 그리고 레몬 열매의 노란색이 짙푸른 녹음 위에 어지러이 흩뿌려져 있었다. 아마도 초봄까지는 눈처럼 새하얀 아몬드 꽃이 온 섬을 감싸안았을 것이다.

대기는 따스하다. 해안에서 세차게 불어대는 바람도 성벽으로 둘러싸인 시가지에 들어서는 순간 미풍이 되고 만다. 아무리 구석진 골목길이라도 산뜻한 미풍이 지나가는 덕에 땀이 배어도 채 흐르기 전에 말라버리곤 한다.

손가락으로 찔러보면 금세 물들 것만 같은 파란 하늘이다. 짙푸른 사이프러스나무가 뻗어올라 자신의 존재를 강렬히 드러내고 있다. 섬에 흔한 것이 모래색 석재여서 그런지 시내의 건물들은 대부분 부드러운 모래색을 띠고 있다. 돌 표면이 그대로 노출되어 있는데도 조야한 느낌이 들지 않는다. 남쪽 나라에 온 것이다.

고대 로마 시대에 이 섬에는 아테네와 어깨를 나란히 한 철학의 최고 학술 기관이 있었다. 키케로나 카이사르, 브루투스, 그리고 제2대 황제 티베리우스가 젊은 시절에 공부를 위해 이 섬을 찾았다지만 학문 연마만을 위한 발걸음은 아니었으리라. 쾌적한 환경을 좇는 데 로마인은 고대 어느 민족보다도 민감했기 때문이다.

안토니오 델 카레토는 그를 데리러 온 라 발레트와 함께 이탈리아 기사관을 나섰다. 오늘 아침은 여행하는 동안 내내 입고 있던 서유럽풍의 짧은 검정 망토 대신, 같은 모양이라도 발꿈치까지 내려오는 기다란 망토를 입었다. 남국이지만 긴 망토를 착용하는 것이 불문율이었기 때문이다. 상쾌한 미풍으로 망토는 항상 어느 정도 바람을 품고 있어 숨이 막히도록 덥지는 않았고 남이 보기에도 그다지 더워 보이지 않았다.

병원 건물 서편으로 난 작은 돌로 포장된 완만한 오르막길이 기사단장 공관까지 뚫려 있다. 언제부터인가 사람들은 이 길을 '기사의 길'이라 불렀다. 이탈리아와 독일, 보통 프랑스라고만 불리는 일 드 프랑스, 그리고 아라곤과 카스티야가 함께 거처하는 에스파냐, 끝으로 프로방스 등 각국 기사관이 길 양쪽으로 늘어서 있기 때문이다. 이외에도 병원 맞은편의 영국 기사관과 조선소 가까이에 있는 오베르뉴 기사관이 있는데, 둘 다 그리 많이 떨어져 있지는 않아서 시가지에서 가장 높은 곳에 자리잡은 기사단장 공관을 중심으로 이 일대에 기사단의 주요 건물이 몰려 있는 셈이다.

'기사의 길'을 끝까지 올라가면 왼쪽으로 성 요한 기사단에게 가장 중요한 성 요한 봉헌 교회가 있다. 교회 바로 맞은편에 기사단장 공관의 정문이 위치한다. 제일 윗부분에 흉벽(胸壁)까지 갖춰 완벽한 방어 태세를 보이는 정문으로, 위풍당당한 모습을 과시하는 원형탑 두 개가 이를 지키고 있었다. 이 문을 지나자 부대 하나를 모두 수용할 수 있을 정도의 현관이 나타나고, 그 뒤로 밝은 햇살이 쏟아지는 널따란 안뜰이 보였다. 프랑스 기사는 현관을 지나자 왼쪽에 있는 계단으로 올라가지 않고 곧장 안뜰 쪽으로 향한다. 안토니오도 그 뒤를 좇았다.

넓은 안뜰은 전체가 평평한 돌로 포장되어 있으며 구석에 우물 두 개가 있다. 안뜰을 둘러싼 건물에 난 창들은 서유럽풍으로 지어져 작으면서도 견고한 느낌을 주지만, 석재의 모래색과 회랑을 직사광선으로부터 보호하기 위해 남유럽풍으로 지어진 아치의 곡선이 그 견고함을 한층 부드럽게 누그러뜨리고 있다. 안뜰 한쪽에는 곧장 2층으로 이어지는 난간 없는 계단이 널따란 돌로 만들어져 있다.

계단을 라 발레트와 안토니오가 두세 단 올라갔을 때였다. 계단 위쪽에 가늘게 뻗은 기둥이 떠받친 아치를 액자틀처럼 등지고 한 사내가 서 있음을 누가 먼저랄 것도 없이 문득 알아차렸다. 안토니오는 일순 걸음을 멈췄다. 그 사내가 이쪽을 향해 천천히 내려오기 시작했기 때문이다.

은빛으로 번뜩이는 강철 갑주가 날렵하게 뻗은 온몸을 빈틈없이 감싸고 있었다. 흉갑 가운데에 그려진 뻘간 바탕에 백십자 표시가 먼저 눈에 들어온다. 오른손에는 하얀 깃털 장식이 붙은 투구가 들려 있고 왼손은 허리에 찬 장검에 가 있다. 근무에 나서는 길인 듯 완전 무장을 하고 있다.

황갈색으로 물결치는 머리카락은 투구를 쓰기 좋게 목덜미쯤에서 가지런히 잘려 있지만 엷게 탄 피부 밑으로 흐릿하게나마 그의 혈색이 느껴졌다. 약간 푸른 기가 도는 회색빛 눈동자는 뭔가 조롱하는 듯한 미소를 띠고 이쪽을 향하고 있었다.

안토니오는 이토록 아름다운 피조물을 여태껏 한번도 본 적이 없다. 청년은 두 사람과 네댓 계단 정도를 사이에 둘 때까지 내려와 발을 멈췄다. 안뜰 가득 울려퍼지던 쩔그렁거리는 철갑 소리도 함께 멈췄다. 그는 라 발레트를 향해 프랑스어로 말을 걸었다.

"신참이야?"

너무나 스스럼없이 물어오는 그 말투에 안토니오는 그만 웃어 버릴 뻔했지만, 자기 옆에 있는 프랑스 기사는 누가 봐도 기분 좋다고는 할 수 없는 어조로 답했다.

"파브리지오 델 카레토 님의 조카분으로, 안토니오라 한다."

푸르스름한 회색 눈의 젊은이는 무척이나 유쾌한 미소로 이에 답례하고선 말했다.

"자네도 보충역인가? 나는 잠바티스타 오르시니야. 맨날 기사관에만 있으면 숨이 막힐 테니까 심심하면 우리 집에라도 한번 놀러 와."

이 말을 끝으로 이내 강철끼리 부딪히는 소리를 내며 다시 계단을 내려갔다. 안토니오는 고개를 돌려 내려가는 그의 뒷모습을 지켜보았다. 백십자를 아로새긴 진홍색 망토가 바람을 머금고 등 뒤로 나부끼는 모습이 그가 떠난 뒤에도 눈가에 어른거렸다.

계단을 다 올라가자 라 발레트는 이쯤에서 말해두는 게 좋겠다고 결심한 듯 멈춰 서더니 예의 그 강렬한 시선을 안토니오에게 돌리며 말했다.

오르시니는 이런저런 문제가 많은 동지라는 것. 청빈, 복종, 순결이라는 성 요한 기사단의 대원칙에 위배되는 행위를 쉬쉬하며, 감추면 또 모를까 아무렇지도 않게 내놓고 하는 사람이라는 것. 하지만 벌을 주려 해도 교황청과 관계가 깊은 로마의 대귀족 오르시니 가문 출신인데다가 5대 전 기사단장의 혈족이라 지금의 기사단장도 함부로 어찌지 못한다는 것 등등. 라 발레트는 이런 말을 덧붙이는 것도 잊지 않았다.

"하지만 적과 맞설 때 오르시니는 정말 용감무쌍하지. 자기만은 절대 죽지 않는다고 믿는 사람같이 적진에 뛰어드니까. 오죽하면 투르크인들이 알라 신도 이 이교도만은 용서한다고 믿고 있겠나."

기사단장 필리프 드 릴라당과의 대면은 별일 없이 평범하게 끝났다. 이제 예순 살을 좀 넘었을까 말까 해 보이는 브르타뉴 지방 명문가 출신의 이 기사단장은 체격이나 인상 등 여러모로 30년 뒤의 라 발레트가 저럴 것이라는 생각이 들게 하는 사람이었다. 단 하나, 오베르뉴에서 온 스물여덟 살 난 기사 쪽이 의지력의 면에서는 광신적이라 해도 좋으리만치 더 강고해 보였다.

안토니오가 인사말을 남기고 방을 나서려 할 때 기사단장은 문득 정처 없이 먼 곳을 보는 듯한 눈빛으로 말했다.

"자네 숙부님과 나는 40년 전 투르크의 맹공에 맞서 함께 싸운 전우라네."

1480년, 투르크의 술탄 메메드 2세가 파견한 대군에 맞서 끝내 섬을 지키는 데 성공한 전투를 말하고 있는 것이다. 당시 로도스 섬 공방전의 승리는 콘스탄티노플의 함락을 시초로 연전연승을 구가하던 투르크군에 맞서 거둔 것인 만큼 서유럽 기독교 세계가 크게 기뻐한 것은 물론이거니와 성 요한 기사단의 명성도 순식간에 천정부지로 치솟게 했다. 파브리지오 델 카레토나 눈앞의 필리프 드 릴라당 모두 지금의 안토니오보다도 어렸을 때였다.

 기사단장과의 대면을 마치고 비서관 라 발레트와도 헤어진 안토니오는 다른 기사의 인도를 받아 꼬리를 물고 이어지는 넓은 방들을 지나 현관 왼쪽으로 열린 계단을 내려와 밖으로 나갔다. 하지만 안토니오의 가슴을 친 것은 방금 전 만난 기사단장의 인상이 아니라 나오는 길에 본 벽면에 새겨져 있던 문구였다.

FERT FERT FERT

 세 번이나 되풀이되는 이 라틴어 문자는 '참고 견디라'는 의미이다.
 청빈, 복종, 순결이라는 기율을 오르시니처럼 내놓고 범하진 않을지라도 로도스 섬 기사들은 복종 외에는 참고 지낼 만한 것도 별로 없다는 인상을 주고 있다. 그러면 무엇을 참고 견디라는 것인가? 어떻게 참고 견디는 것인가?
 '기사의 길'로 나온 안토니오는 구두 밑창으로 길에 깔린 돌멩이 하나하나를 느끼며 한동안 그 자리에 서 있었다.

성 요한 기사단의 역사

십자군 시대

 예루살렘이 아직 이슬람교도의 지배하에 있던 9세기 중엽, 이탈리아 해양 도시국가 아말피, 피사, 제노바, 베네치아 중 제일 먼저 지중해 세계에서 활약하기 시작한 아말피의 부유한 상인 마우로는 예루살렘을 찾는 서유럽의 성지 순례자를 위해 병원 겸 숙박 시설을 지었다. 훗날 성 요한 기사단의 문장이 되어 현대에도 쓰이고 있는 꼭지점 여덟 개의 변형 십자가는 굳이 기원을 따지자면 바로 이 아말피의 문장이었다.

 그 무렵만 해도 아직 기사단은 아니었던 이 조직의 주권은 어느새인가 아말피 중심의 이탈리아인 수중을 떠나 프로방스 출신자가 대다수인 프랑스인들에게로 옮겨 간 것 같다. 예루살렘에서 아말피 상인이 시작한 병원 겸 숙박 시설을 십자군 원정을 전후한 시기에 이교도 지배하에서도 교묘히 유지하고 있었던 사람은 제라르라는 이름 외에 개인적인 배경은 알려지지 않은 한 프로방스인이다.

제라르의 노력은 얼마 안 가 일어난 제1차 십자군이 1099년에 예루살렘을 정복하면서 보답받았다. 이제 같은 기독교도가 지배하게 된 예루살렘에서 『신약성서』의 저자 중 한 사람인 성 요한을 수호성인으로 모신 이 조직은, 고문서에 따르면 '성묘 교회에서 돌을 던지면 닿을 수 있는 거리'에, 즉 예루살렘 중심가로 진출하게 된 것이다. 4년 뒤 교황 파스칼리스 2세는 이 조직을 종교와 군사 및 병자 치료에 봉사하는 종교 단체로 공식 인가했다. 이로써 '성 요한 병원 기사단'이라는 이름을 얻게 된다.

그리고 1130년에는 교황 인노켄티우스 2세가 성 요한 기사단에 군기를 하사했다. 백십자가 수놓인 붉은색 군기였다. 기사단은 그때까지 쓰던 검은 바탕의 흰 변형 십자가 문장을 비군사용으로 하고 교황이 하사한 것을 군용으로 채택했다.

군기가 존재 가치를 지니게 된 것은 병자 치료로 시작된 성 요한 기사단이 군사적 성격을 점점 더 강화하고 있었음을 의미한다. 1119년에는 순 군사적 종교 단체인 성전 기사단이 창설되고 이어서 1190년에는 튜튼 기사단이 창설되었는데, 여타 주요 기사단들의 창설 시기는 대략 이즈음에 집중되어 있다. 힘으로 뺏은 성지인 만큼 지키는 것도 힘에 의지할 수밖에 없었던 팔레스티나 지역 기독교도로서는 어쩔 수 없었던 방향 전환이었다.

그러나 이들 기사단은 기사도 정신과 수도원 정신의 융합을 꾀하며 창설된 만큼 세속적인 무인들의 집합체에 머물 수는 없었다. 기사들은 속세의 신분을 버리고 수도승과 같은 규칙을 지킬 의무를 떠안았다. 청빈, 복종, 순결이 곧 그것이었다. 결혼은 금지되어 있었다. 말하자면 그들은 승병 같은 존재들이었다.

오합지졸이었음에도 불구하고 성지 탈환의 목적을 이뤄낸 제1차 십자군 이후, 제2차, 제3차로 횟수를 거듭하면서 십자군 원정이 서유럽의 황제나 왕이 이끄는 것으로 내용이 바뀌어감에 따라 성 요한 기사단도 다른 기사단이 처음부터 분명히 드러낸 군사적 성격을 점차 강하게 띠기 시작한다. 기사단의 내용이 바뀐 것이다.

중세 유럽에서는 오로지 무(武)에 힘을 쏟아 그 힘으로 다른 이들을 지켜주는 사람은 다른 이들과 달리 '푸른 피'가 흐르는 자라야 했다. 그때까지는 '푸른 피'와 '붉은 피'의 구별 없이 다 같이 검은 제복으로 통하던 성 요한 기사단이 무기로써 기독교도를 이교도로부터 지키는 계급과, 의술로써 지키는 사람들을 명확히 구별하기 시작한 것도 이 시대였다. 의료에 종사하는 사람들은 같은 기사단에 속해 있을지언정 기사 신분에는 들어가지 못했다. 그리고 창설 당시부터 이사장이라고만 불려온 기사단의 최고책임자는 단장(그랑 마에스트로)이라 불리게 되었다. 점차 군대식으로 조직화하고 있었다는 또 하나의 증거이다.

'가난한 자들의 종'에서 '그리스도의 전사'로 변신한 성 요한 기사단은 1098년부터 1291년에 이르는 2세기 동안은 나름대로 완전한 존재 이유를 갖추고 있었다.

주도권 쟁탈 때문에 기사단들끼리 사이가 좋지 않아 공동 전선을 펴는 경우는 거의 없었다 해도 좋을 정도지만, 기사단의 군사력은 팔레스티나 지방 기독교도 세력에게는 빼놓을 수 없는 존재가 되어 있었다. 중요한 전투에는 빠지지 않고 참전했으며 때로는 기사들의 분전이 전투 양상을 바꾼 경우도 드물지 않았다. 십자군 역사를 쓴다면서 기사단의 활동을 빼놓을 수는 없을 것이다.

당시의 성 요한 기사단만 해도 상시 투입할 수 있는 군사력은 500명 전후의 기사 및 비슷한 수의 용병에 지나지 않았다. 하지만 애초부터 조직이 허약했던 팔레스티나 주둔 십자군 세력과 이웃하다 보니, 그 군대 조직의 견고함과 세속의 욕망을 신을 향한 봉사로 바꾼 데서 생겨나는 강한 공격 정신은 타의 추종을 불허했다.

1187년, 예루살렘이 재차 이슬람교도의 손에 떨어지자 팔레스티나의 십자군 세력은 존망을 걸고 몇 차례에 걸친 전투를 벌였다. 기독교도를 지중해로 밀어넣어버리는 것이야말로 알라 신의 뜻이므로 이를 위한 전투는 모두 성전이라 굳게 믿고 밀려드는 당시 이슬람교도의 광신에 대해, 비슷한 정신 상태로 맞서 싸울 수 있었던 이들은 종교 기사단의 기사들뿐이었다. 정말로 사자 같은 마음으로 싸운 것은 사자심왕 리처드가 아니다. 성 요한 기사단, 성전 기사단, 튜튼 기사단이 주체가 된 기사단 세력이었던 것이다.

더구나 이들 기사단은 팔레스티나의 십자군 제후는 물론이고 서유럽 왕후들까지도 부러워할 만큼 부유했고 재정 기반이 견실했다.

일단 종교와 손잡기만 하면 돈이 굴러들어온다는 것은 동서고금을 통해 숱하게 실증된 사실이다.

먼저, 종교 단체이기 때문에 기부하는 측에도 충분한 이유가 성립될 수 있고, 기부자의 친족도 납득할 수밖에 없다. 특히 중세 종교 기사단의 경우 일신을 희생하여 머나먼 팔레스티나 땅에서 그리스도의 적과 싸운다는, 이유로서는 당시 이보다 더할 나위 없는 대의명분을 갖추고 있었다.

두번째로, 기사단원은 결혼이 허용되지 않으므로 모인 재산을 분산시킬 위험성이 없다.

세번째는, 특히 종교 단체의 경우 기부라는 형태로 이뤄지는 자산 증식은 단체가 존재하는 한 시행된다는 이점을 지닌다. 그리고 웬일인지 이런 유의 단체는 극히 교묘하게 재산을 운영해서 일단 들어온 재산이 늘면 늘었지 줄지는 않는 게 보통이었다. 고리대금업에까지 손을 뻗친 성전 기사단만큼 노골적이지는 않았지만 부동산·동산을 불문한 성 요한 기사단의 재력도 단기간에 전 유럽에 넓고 깊이 침투해 들어갔다.

기사단 소속 기사들이 착용하는 갑주의 화려함은 서유럽 왕후들과 동석해도 눌리지 않았고, 기사단이 지은 성채의 위용은 이스라엘 왕국의 왕마저 부러워했을 정도였다. 성 요한 기사단이나 튜튼 기사단의 병원에서는 모든 환자에게 흰 빵과 고급 포도

주를 제공했으며 시트나 잠옷도 무료로 배급되었다.

이렇게 혜택받은 환경이 정신적으로 강한 공격심과 맞물려 아라비아인들로 하여금 이들 종교 기사단의 기사들을 '이슬람의 목에 박힌 가시'라 부르게 한 것이다. '그리스도의 전사'가 존재할 이유는 팔레스티나 현지는 물론이고 서유럽에서도, 심지어는 적들마저도 인정하는 사실이었다. 전멸을 불사하는 기사들의 분전은 어쩌면 단순한 자기 만족일 수도 있겠지만, 어쨌든 간에 자기의 존재 이유를 확신할 수 있는 사람만이 지닌 강인함이기도 했던 것이다. 1291년까지는 종교 기사단의 황금 시대였다. 이슬람이 그렇게도 고대한 '팔레스티나의 기독교도 일소'는 기사들의 활약이 없었다면 1291년 훨씬 이전에 실현되었을 것임에 틀림없다.

난민 시대

1291년 4월, 술탄 할릴에 이끌린 이슬람의 대군은 이중 성벽에 감싸인 아콘을 포위했다. 제1차 십자군이 예루살렘을 정복한 지 200년. 팔레스티나 땅을 뒤흔든 기독교 세력도 그들이 '성 요한의 아크레'라 부른 이 도시를 남기고 모두 사라져버렸다.

반면 이슬람으로서는 이 도시만 함락시키면 기독교도를 바다에 처넣을 수 있다고 생각하고 있었기에 공격은 극도로 격렬했다. 이에 맞선 기독교군에서 성전 기사단은 북쪽 수비를 담당했고 성 요한 기사단과 튜튼 기사단은 남쪽 성벽의 방위를 맡았다. 동쪽 성벽은 프랑스와 영국의 기사들이 지켰고 서쪽 성벽은 십자군 원정으로 경제대국이 된 베네치아와 피사 상인들이 지키는 것으로 진용이 갖춰졌다.

공격도 격했지만 이제 사수하는 일 외에 달리 방도가 없는 방위군의 저항도 굉장해서 한 달을 넘긴 공방전의 치열함은 장대한 십자군 운동의 대단원을 장식하기에 조금도 손색이 없었다. 아라비아의 연대기 작가는 이렇게 전한다.

"이슬람군은 주민 대부분을 죽이고 막대한 전리품을 획득했으며 죽이지 않은 사람은 남김없이 포로로 삼았다. 그리고 마지막 한 명을 성밖에서 참수한 뒤 시가지를 완전히 파괴했다."

노예로 팔린 기독교도 수가 너무 많아 소녀 한 명이 은화 한 닢 값도 안 되었을 정도라고 한다. 아라비아 쪽 기록자는 이 전투를 다음과 같은 말로 맺음하고 있다.

"이리하여 온 팔레스티나 땅이 다시 이슬람의 손에 들어왔으며 시리아로부터 이집트에 이르는 해안 지방에서도 모든 프랑크인을 추방하여 땅을 정화했다. 알라 신에게 영광 있으라!"

돌아갈 조국이 있는 이탈리아 해양 도시국가 사람들은 그나마 괜찮았다. 하지만 200년이라는 세월은 길다. 팔레스티나에서 나고 자란 사람들에게는 돌아갈 조국마저 없었다. 거의 전멸해버린 기사단을 끝으로 닥치는 대로 끌어모은 배에 매달려 때마침 불어닥친 거센 비바람 속에 높은 파도를 헤치며 막막한 바다로 향한 그 패주는 실로 비참했을 것이다. 300킬로미터 떨어진 키프로스 섬까지 갈 수 있었던 사람들은 얼마 안 되는 생존자 중에서도 다시 소수에 지나지 않았다. 중상을 입은 성전 기사단의 단장도, 마찬가지로 중상을 입어 가쁜 숨을 몰아쉬던 성 요한 기사단의 단장 장 드 빌리에도 축복받은 이들 소수자 속에 들어 있었다. 100년 전, 사자심왕 리처드가 별 생각 없이 정복해두었던 키프로스만이 지중해로 내쳐진 기독교도가 잠시 몸을 기댈 수 있는 유일한 땅이었다.

당시의 키프로스 섬은 장기적 전망과는 담을 쌓고 지내던 영국 왕 리처드 1세가 그저 정복하고자 하는 욕구로 정복했다는 느낌을 강하게 풍기던 곳으로, 비잔틴제국에서 서유럽 기독교 세력으로 지배권이 옮겨지긴 했지만 리처드로부터 이 땅을 할양받은 성전 기사단의 통치가 제대로 통하지 않았다. 아직 팔레스티나에 강력한 근거지를 두고 있던 시절, 성전 기사단은 사서 고생하면서까지 이 섬의 통치에 골몰할 필요가 없다고 생각했는지 프랑스에서 팔레스티나로 흘러들어온 뤼지냥이라는 귀족에게 10만 두카토를 받고 섬을 팔아 치웠다. 그뒤로 그 일족의 지배가 이어져왔다.

틀림없이 그런 경거망동을 후회했을 성전 기사단 이하 아콘의 난민들은 이 키프로스 왕 밑에서 셋방살이 하듯 체재할 수 있었다. 난민은 동정은 받아도 환영은 못 받는다. 키프로스 왕은 기사단에게 토지 소유를 허락하지 않았다. 섬을 뺏길까봐 두려웠던 것이다. 기사단은 이 상태로 창설 이래 최대의 위기에 직면하게 된다.

시련기

중세 종교 기사단은 성 요한, 성전, 튜튼 등의 3대 기사단이든 여타 군소 기사단이든 간에 한결같이 다음과 같은 것을 목표로 삼았다.

첫째, 그리스도가 부활할 때까지 묘로 삼았던 성묘(聖墓)를, 즉 성묘가 있는 예루살렘을 중심으로 한 성지 일대를 보전하고 이교도의 공격으로부터 방위할 의무.

둘째, 성지에 사는 기독교도와 성지를 찾는 순례자의 안전을 보증할 의무.

셋째, 성지 방위를 위한 전투에서 부상당하거나 병에 걸린 기독교도의 치료.

넷째, 전투에서 적의 포로가 되어 노예로 팔린 기독교도를 찾아내 자유를 회복시키기 위한 노력.

키프로스 섬에서 셋방살이 신세가 된 기사단은 이 모든 목표를 상실해버린 것이다. 그나마 네번째 목표가 아직 남아 있는 셈이었지만 기사단부터 난민 처지였던지라 자금이 부족했고 값 올리기에 여념이 없는 이슬람교도에게 잡힌 사람들의 구원 활동도 생각만큼 잘될 리가 없었다. 키프로스를 발판삼아 다시 한번 성지 회복을 위한 십자군을 결성하자는 사절을 서유럽 여러 나라에 잇달아 보내도 보았지만, 거의 반세기 동안이나 성지 방위는 기사단이 알아서 할 거라는 태도로 서유럽에서 세력을 늘리는 데에만 열중해온 왕후들은 불명확한 회답을 보내왔을 뿐이다.

서유럽은 이미 팔레스타나를 잊고 있었던 것이다. 키프로스의 '난민들'은 철저히 고립되었음을 새삼 뼈저리게 느껴야 했다.

타인에게서도 인정받을 만한 존재 이유를 잃어버린 조직이 제풀에 허물어지는 속도를 늦춘다는 것은 불가능에 가깝다. 이전의 존재 이유를 되찾든가, 아니면 새로운 환경에 순응해서 다른 새로운 존재 이유를 획득하든가 둘 중 하나만이 이 불가능을 가능하게 할 수 있는 것이다.

먼저 작은 기사단이 서유럽으로 돌아가 자연사하듯 사라져버렸다. 튜튼 기사단도 서유럽으로 돌아가 이후 프로이센을 식민지화하는 데 전념하게 된다. 가장 비참한 운명을 맞은 것은 성전 기사단이었다.

이 기사단이 프랑스에 갖고 있던 엄청난 재산과 광대한 영유지가 왕권 강화에 열심이던 프랑스 왕의 관심을 끌어버린 것이다. 이 모든 것을 수중에 넣으리라 결심한 프랑스 왕은 성전 기사단 파괴 공작에 착수했다. 이단·비밀결사 결성 등의 죄목이 제기되었다. 현대의 역사학도 당시 왕의 기사단 탄핵이 사실에 근거했는지 아닌지 결론을 못 내리고 있지만, 고리대금업을 하고 있던 성전 기사단이 사업상 이슬람교도와 접촉을 가진 것은 사실이므로 이런 사정이 죄목을 날조하는 데 유리하게 작용했을 것이다. 기사들이 차례로 고문대에 누웠고 화형에 처해졌다. 마침내 1314년, 기사단장이 처형됨으로써 성전 기사단은 완전히 괴멸했다.

그렇다면 성전 기사단만큼은 안 되어도 역시 상당한 재력을 쌓아놓았던 성 요한 기사단은 어째서 그 같은 운명에 처하지 않았는가. 그것을 보여주는 확실한 사료는 없다. 성전 기사단을 괴멸시키는 데 협조를 했다느니, 아비뇽 유수에 직면한 교황 클레멘스 5세가 원칙 없기로 유명한 사람이었다느니 하는 이유들이 거론되고 있기는 하다. 하지만 성전 기사단에 비해 환경 순응성이 뛰어났던 성 요한 기사단의 방향 전환이 기사단 존속에 한몫했음도 사실이었다.

키프로스 섬에서 난민 생활을 해야 했던 성 요한 기사단은 얼마 안 있어 팔레스티나의 말 대신 키프로스의 배에 올라탔다. 이슬람교도를 상대한다는 명분 아래 해적업으로 전직을 한 것이다. 한편으로는 기사단 창설 당시부터의 사업인 병원을 새삼스레 전면에 내걸었다. 성전 기사단의 괴멸에 조금이나마 양심의 가책을 느끼고 있던 서유럽 왕후들은 이 때문에라도 그들에게 손을 댈 수 없게 되었다.

병자 치료에 힘을 쏟든 해적업으로 성공하든 간에 키프로스에 머무르는 한 왕의 방침에 좌우되는 더부살이 신세라는 데는 변함이 없다. 팔레스티나 시대에는 지상에 존재하는 가장 견고하고 당당한 성채라는 찬탄을 받았고, 현대에 이르러서도 십자군이 남긴 최고의 성이라 인정받는 크라크 데 슈발리에를 필두로 팔레스티나 각지에 치외법권 영토를 소유하고 있던 성 요한 기사단이다. 본거지를 두는 것이 얼마나 중요한지 누구보다도 잘 알고 있는 그들인 것이다. 자신들의 성을 갖고 싶은 욕구를 억누를 수 없었다.

키프로스에 온 지 15년, 마침내 이를 가능하게 할 호기가 우연처럼 찾아왔다. 제노바 해적 비뇰리라는 사내가 키프로스에 와서 성 요한 기사단에게 사업을 같이 해보지 않겠느냐는 말을 꺼낸 것이다.

로도스 섬으로

그 사내는 당시 쇠퇴기에 접어들고 있던 비잔틴제국 황제로부터 어떤 방법으로인지 코스 섬과 레로스 섬을 빌리는 데 성공했는데, 거기다가 로도스 섬을 더해서 그 근해 일대의 여러 섬들까지도 정복하려고 마음먹은 것이다. 하지만 그러기에는 전력이 불충분해서 '동종 업종'에서 성공을 거두고 있던 성 요한 기사단을 찾아와 배와 병력 양면에서 힘을 모으자고 제의한 것이다. 조건은 정복한 토지에서 나오는 매년 수입의 3분의 1을 달라는 것이었다. 당시 기사단장 풀크 드 빌라레는 귀가 솔깃해졌다.

1306년 가을에 행해진 최초의 습격은 로도스 섬의 합법적 영유자인 비잔틴제국 주둔군의 완강한 저항으로 실패로 끝났지만, 본거지를 갖고 싶다는 일념에 불타 오른 기사들의 전의는 그 정도로는 꺾이지 않았다. 몇 번이고 원정을 거듭한 끝에 로도스 섬이 완전 정복된 것은 1308년이 되어서였다. 비잔틴제국의 항의도 있었지만 군사력으로 되찾을 능력이 없는 나라의 항의란 그저 말에 머물 뿐이었다. 한편 서유럽은 십자군 운동의 새로운 기지가 출현했다며 대환영이었다. 교황이 교서를 내려 기사단의 로도스 섬 영유를 인정한 것이다.

다시금 본거지를 갖게 된 성 요한 기사단이 약속대로 제노바 해적에게 수익의 3분의 1을 지속적으로 줬는지 어떤지는 알 수 없다. 종래 '그리스도의 전사'들이 보인 행동으로 보건대 제노바 해적은 기사들에게 보기 좋게 속아넘어간 게 아닐까 하는 생각이 든다.

다만, 로도스 정복전에 들어간 자금의 대부분을 베네치아 은행의 융자로 충당했는데 이 융자금은 20년이 걸리긴 했어도 모두 갚았다고 알려져 있다. 당시 지중해의 양대 라이벌인 베네치아와 제노바 중에서 베네치아 쪽을 성 요한 기사단이 특별히 여겼기 때문은 아니다. 개인은 개인일 뿐이라며 좋든 나쁘든 방임해버리는 경향이 강했던 제노바와 달리 베네치아는 자국 시민의 불이익은 공화국 전체의 불이익이라 생각하고 있었다. 동지중해 해역에서 우세를 보이는 베네치아 해군과 적이 되는 우를 범하는 것은 간신히 본거지를 가지게 된 성 요한 기사단으로서는 해서는 안 될 행위였던 것이다.

성 요한 기사단이 키프로스의 셋방살이를 벗어나 '자택'이 된 로도스로의 이전을 완료한 것은 1310년이 되어서였다. 이리하여 기사단의 제2의 시대가 개막된다. 기사단은 이제부터 '로도스 기사단'으로 불리게 된다. 이쯤 되자 비잔틴 황제도 기사단의 섬 영유를 기정 사실로 인정해야 했다. 같은 시기에 프랑스에서는 성전 기사단 기사들의 육체가 불 속에서 타들어가고 있었다.

그리스도의 뱀 소굴

옛 로도스 섬

에게 해 동남쪽, 금세라도 소아시아에 착 달라붙을 것같이 가까이 자리잡은 로도스는 남서쪽에서 북동쪽을 향해 마치 럭비공을 세워둔 듯한 느낌으로 떠 있는 섬이다. 섬의 전체 면적은 1,500제곱킬로미터가 채 안 되고, 세로로 가장 길게 잡아도 80킬로미터, 너비 역시 가장 길게 잡아 38킬로미터밖에 안 된다. 등뼈처럼 산맥이 달리고 있는데 높은 산이라고 해봤자 1,200미터 높이의 산이 하나 있을 뿐이다. 경작지 역시 별로 없다.

이곳이 고대로부터 이상적인 기후로 유명한 땅이다. 시가지는 가장 추운 2월에도 섭씨 2도를 밑돌지 않고 가장 더운 8월에도 응달에서는 25도를 넘을 때가 드물다. 양지의 기온이 30도를 넘으면 한여름이다. 11월부터 4월까지가 우기지만, 며칠이고 추적추적 비가 내리지는 않는다. 강우형(强雨型)이라서 한번 쫙 내리고 나면 곧 그친다. 바람도 연신 방향이 바뀌는 지중해의 바람과는 반대로 드물게도 로도스 섬 근해만은 계절풍같이 일정한 방향으로 바람이 분다. 봄에서 여름은 마에스트랄레라 불리는 북서풍이, 가을에서 겨울에는 시로코라는 남동풍이나 리베치오라는 남서풍이 분다. 더운 계절에는 시원한 바람이, 추워지면 따뜻한 바람이 부는 셈이어서 로도스 섬의 기후가 온순하다고 정평이 난 것도 당연하다. 산맥에서 흘러내려오는 시냇물 덕에 물도 풍부하다. 녹색이 넘쳐나는 이 로도스 섬에 없는 것을 꼽으라면 밀 정도일 것이다. 하지만 이것도 아주 많은 양을 필요로 할 때의 얘기다.

좋은 항구는 섬 북쪽부터 동쪽에 걸쳐 집중해 있다. 그 중에서도 특히 섬의 최북단에 있는 로도스와 섬 동쪽 중간쯤에 위치한 린도스가 고대로부터 주요 항구로 꼽혀왔다. 수도는 늘상 로도스였다.

지중해의 낙원 같은 이 섬을 인간이 그냥 지나칠 리 없다. 역사 시대부터 따져봐도 기원전 1500년을 전후해서 크레타로부터 온 이주자가 섬의 북부에 살기 시작한 이래 에게 해의 다른 섬들과 마찬가지로 그리스 민족과 더불어 변천을 거듭해온 땅이다.

기원전 800년경부터는 당시 통상 항로에서 더할 나위 없이 좋은 위치였던 만큼 근처 소아시아 서안의 이오니아 도시인 에페소스, 밀레투스, 할리카르나소스 등과 아울러 주요 통상 기지로서 번영을 누렸다. 로도스에서 온 이주자들이 건설한 지중해 연안 식민 도시도 많았다.

해상에 떠 있는 섬인 까닭에 대륙과 뭍으로 이어진 이오니아 여러 도시가 기원전 5세기에 페르시아의 공격을 받았을 때에도 로도스는 화를 면할 수 있었다. 선단을 지닌 로도스는 아테네가 제창한 반페르시아 동맹에도 참가했으며, 나중에 온 그리스 땅이 스파르타파와 아테네파로 나뉜 시대에도 이 양대 세력 사이를 끊임없이 오가긴 했어도 어쨌든 간에 독립을 지킬 수 있었다. 단, 알렉산드로스 대왕 시대에는 상대의 힘이 가히 압도적이어서 그랬는지 앞장서서 마케도니아 편에 섰다.

로도스가 진정으로 빛을 발했던 시대는 알렉산드로스 대왕 사후에 비로소 시작되었다 해도 좋을 것이다. 이집트와 맺은 긴밀한 통상 관계가 동지중해의 이 조그마한 섬에 이집트의 알렉산드리아나 시칠리아의 시라쿠사에 맞먹는 번영을 가져다준 것이다. 고대 세계 7대 불가사의 중 하나로 꼽히는, 로도스 항 입구에 다리를 벌리고 선 거대한 상이 만들어진 것도 이 시대였다.

이 거대한 청동상은 기원전 227년에 발생한 엄청난 지진 때문에 무너져버렸다. 이집트의 피라미드 등과 함께 고대 세계 7대 불가사의로 꼽히는, 인간의 기술로는 도저히 불가능하다는 경탄을 받은 거대 건조물이다. 이것으로 추측하건대 로도스 섬도 당시 최고의 기술 수준을 갖추고 있었음에 틀림없다.

당시의 로도스인은 기술뿐만 아니라 예술면에서도 뛰어난 자질을 보였다. 지금도 루브르 미술관에 있는 「사모트라키의 니케」는 기원전 2세기에 로도스인이 만들었다고 하며, 바티칸 박물관의 「라오콘 군상」도 로도스인이 만든 것을 로마 시대에 모작한 것이라 한다. 오늘날도 로도스 섬의 미술관에는 고대 그리스의 향기를 전하는 예술품이 몇몇 남아 있어 2천 년 동안 각지에 흩어진 작품이 얼마나 많았겠는가를 상상케 해준다.

로도스 섬의 명성은 율리우스 카이사르 등 고대 로마 귀족의 자제들이 학문을 닦기 위해 찾아오곤 하던 기원 전후를 즈음해서 점차 빛이 바래기 시작했다. 로마제국의 속령이 된 로도스 섬은 서기 395년에 제국이 동과 서로 분할되었을 때 동쪽의 비잔틴제국 소속이 되었다. 그뒤 역사의 무대 뒤켠에 머물러야 했던 시대가 오래도록 이어진다. 그리고 10세기에 들어 이탈리아 해양 도시국가 상선의 왕래가 격해지자 로도스 섬도 어떤 때는 비잔틴 직할령이었다가 때로는 베네치아와 결탁하기도 하고 또 어떤 때는 제노바에게 항구를 빌려주기도 하는 상태를 벗어나지 못했다. 비잔틴제국의 부침에 따라 그에 끌려들어갈 수밖에 없었던 것이다.

그리고 1310년, 성 요한 기사단이 이 섬을 정복한다. 일찍이 고도 문명의 주인이었던 로도스인이지만 이미 이즈음에는 고도 문명하고는 거리가 먼 프랑스인이 주체인 성 요한 기사단에게마저 야만인이라 부를 자격을 갖고 있지 못했다.

기사단을 맞으며

로도스 섬 전역에 흩어져 있는 주민을 다 긁어모아도 5만이 채 안 되었다고는 하지만 그 100분의 1도 안 되는, 종교나 풍

속이 모두 다른 기사단에게 점령당하고서도 로도스 원주민인 그리스인이 한번도 반기를 들지 않은 것을 이상하게 여길지도 모르겠다. 하긴 당시 로도스 섬에 옛 영광의 흔적도 남아 있지 않았다고 하는 것만으로는 온전히 설명이 안 되는 것이 사실이다.

15세기 후반부터 대두된 대국주의 이전, 즉 양적인 활용에 성공하는 사회체제가 확립되기 이전에는 아무리 양이 적다 해도 질이 담보되고 그것을 활용할 수만 있다면 오늘날에는 상상도 못할 만큼 오랜 기간 동안 지배가 가능했다.

말 그대로 한줌밖에 안 되는 사람들이 본국에서 원군을 급파하기에는 비용과 시간에 모두 무리가 따르는 머나먼 땅에 통상 및 군사용 기지를 구축하고 의외로 오랫동안 이를 유지한 것은 베네치아나 제노바 같은 해양 민족의 이야기만은 아니다. 키프로스 왕국도 그랬고 팔레스티나에서 쫓겨나기 전의 십자군 세력도 같은 범주에 들어간다. 이 시대, 로도스 섬에 본거지를 얻은 성 요한 기사단도 질적인 활용만을 생각하면 되는 것이었다.

또한 로도스 원주민인 그리스인의 입장에서도 착취에만 골몰하는 지배자를 맞아들인 것은 아니었다. 본디 기사단은 재원이 풍부하다. 섬을 정복한 직후라면 몰라도, 서유럽에 있는 재산을 운용해서 올리는 수익이 착실히 들어오기 시작하자 당시 로도스인의 수입 따위에 의지할 필요가 전혀 없었던 것이다. 더구나 서유럽에 있는 기사단의 재산은 확대 일로를 걷고 있었다. 튜튼 기사단이 발트 해 연안으로 가버렸고 성전 기사단이 괴멸해버린 지금, 기사도 정신과 수도원 정신을 융합하여 이교도에 대항하는 조직은 성 요한 기사단밖에 남아 있지 않았다. 당연히 신심 깊은 사람들의 헌금이나 유산 양도는 성 요한 기사단으로 집중되었다. 뿐만 아니라 여전히 오리엔트에 머물며 대이슬람 게릴라 작전을 펼치고 있는 유일한 조직인 것이다. 내용을 들여다보면 해적과 별로 다를 것도 없지만 그런 것은 당시 서유럽의 분위기에서 문제가 되지 않았다.

요컨대 누구든 간에 지배자는 있게 마련이라고 인정해야 했던 당시의 로도스인은 지배자치고는 정말로 좋은 지배자를 만난 셈이었다. 일단 같은 기독교도이면서 유복하다. 게다가 이 지배자들은 그들이 사업을 계속하는 데 피지배자가 절대적으로 필요했던 사람들이다.

로도스 섬 근해에는 몇 개의 섬들이 산재한다. 로도스를 수중에 넣은 성 요한 기사단은 이 작은 이웃 섬들을 시작으로 코스, 레로스 등 비교적 큰 섬까지도 세력권에 넣는 데 성공한다. 또한 소아시아 남단이라고는 해도 섬이 아닌 할리카르나소스, 당시에는 이미 이 고대의 명칭이 아니라 보드룸으로 통하고 있던 그곳의 항구 도시를 영유하는 데도 성공했다. 나중에 티무르에게 빼앗기긴 하지만 일시적이나마 소아시아의 주요 도시 스미르나까지 영유한 시기도 있다. 이는 로도스 섬을 본거지로 삼아 그 근해를 항해하는 이슬람 배를 습격하려 할 경우 꼭 필요한 조치이기도 했다.

여러 섬들에 지은 요새는 파수대 역할을 했고 당시만 해도 녹음이 짙었던 이 섬들은 배를 건조하는 데 필요한 목재를 제공했다. 또한 반세기도 안 되어 완성된 성 요한 기사단의 이와 같은 세력권은 실로 그들에게는 더할 나위 없이 좋은, 바꿔 말해 적인 이슬람으로서는 더할 나위 없이 불리한 위치에 자리잡고 있었다. 파죽지세로 판도를 넓혀가던 이슬람 신흥국 투르크와 이슬람 기성 세력치고는 역시 강대한 편이었던 이집트를 연결하는 선상에 위치했던 것이다. 그뒤 150년 간 동지중해 세계에서 투르크의 지배가 확장됨에 따라 얄궂게도 로도스에 있는 성 요한 기사단의 존재도 덩달아 부각되어갔다.

이 경향을 결정적으로 만든 것이 1453년의 비잔틴제국 멸망과 1517년의 시리아 및 이집트의 정복이다. 투르크군이 올린 이 두 가지 획기적인 전승은 동지중해를 투르크제국의 내해로 만들어버렸지만 그럴수록 그 내해 속에 웅크리고 꼼짝하지 않는 이물질에 더 신경 쓰이게 마련이었다. 일찍이 팔레스티나 시대에 '이슬람의 목에 박힌 가시'였던 기사들은 로도스로 옮긴 뒤에도 '그리스도의 뱀'으로 간주되었다. 로도스 섬은 이슬람교도에게는 뱀의 소굴이었던 것이다.

이 '뱀'들, 즉 해적화한 기사들을 고대로부터 전해져온 항해술로 지원해준 이들이 다름 아닌 로도스 원주민인 그리스인들이었다. 전투에서는 타의 추종을 불허한다는 자신감으로 가득 찬 기사들도 영토에 기반을 둔 귀족들인 만큼 배를 다루는 기술면에서는 자신감도 전통이랄 것도 없다. 게다가 귀족 체면에 장사치나 할 만한 그런 일에 관계할 수는 없다고 생각하고 있었다. '푸른 피'를 받았다면 남자에게 가장 고귀한 일, 곧 전투에 전념해야 한다고 믿고 있는 사람들이었다.

성 요한 기사단이 지배하게 된 로도스 및 근해 여러 섬들에서는 이리하여 지배계급과 피지배계급의 이해가 기묘하게 일치를 보게 된다. 게다가 서유럽 기독교 세력이 지배자가 되자 서유럽 상인의 로도스 기항도 이전보다 훨씬 더 잦아졌으며, 계속 그 상태가 유지되었다. 제노바 배가 많았지만 프로방스나 카탈루냐 상인들 중 이곳에 눌러앉는 사람들도 늘어갔다. 유대인 거류구도 상업에 활기를 불어넣는 데 한몫했다. 로도스 섬은 고대 세계의 붕괴 후 길고 길었던 침체를 조금씩 벗어나는 것 같았다.

둥지 틀기

팔레스티나 최강의 성이라 불리던 크라크 데 슈발리에의 소유자였던 성 요한 기사단이다. 로도스 섬의 수도 로도스에 쌓아 올리기 시작한 성채 도시는 이 섬이 번영을 자랑하던 고대에도 가져본 적이 없는 견고한 것이었다.

항구도 군항과 상항을 구별한 다음 둘 다 규모를 키워 충실하게 정비했다. 성벽은 무기의 진보와 전술의 전환에 대응할 수 있도록 끊임없이 정비되었다. 같은 이유로 항구 정비도 끊이지 않았다. 팔레스티나를 잃은 지금, 로도스 섬의 성 요한 기사단은 대이슬람 전선의 최전방에 자리잡게 되었다. 이는 항상 전시체제하에 살아야 함을 의미하는 것이었다.

로도스 섬 전체가 상시 전시체제하에 놓인다는 것은 그 섬의 행보를 좌우하는 기사단 역시도 전시 조직으로 편성되어야 함을 뜻한다. 이미 십자군 시대부터 군사적 색채를 강하게 띠어왔던 성 요한 기사단이지만 로도스로 본거지를 옮긴 뒤에는 이를 더 강화하는 방향으로 나아갔다.

기사단은 기사들이 쓰는 모국어를 기준 삼아 독립 군단들로 나뉜다. 이탈리아, 영국, 독일은 각각 한 군단씩을 구성한다. 독일 군단에는 나중에 결국 프로이센에 틀어박히지만 그 당시만 해도 튜튼 기사단이 아직 존재하고 있었기 때문에 남독일 지방의 귀족 자제가 많았다. 에스파냐인은 당초 한 개 군단이었지만 얼마 안 가 포르투갈 출신자가 포함된 카스티야 중심의 에스파냐인과 나바르나 카탈루냐까지 포함한 아라곤 출신자 등의 두 개 군단으로 나뉘었다. 이후 전자를 카스티야 군단이라 부르고 후자를 에스파냐 군단 또는 아라곤 군단이라 부르게 된다.

십자군 시대부터 단연 다수의 기사를 제공해온 프랑스는 로도스 시대가 열린 뒤에도 그 우세에 변함이 없어 세 개 군단으로 나뉘어 있었다. 보통 프랑스 군단이라 불리는 일 드 프랑스 출신자 군단, 프로방스 군단, 그리고 오베르뉴 군단이다. 이들 각 군단의 구성원 수는 서로 꼭 같다고는 할 수 없어서, 비록 분할되어 있다고는 해도 프랑스인 세 개 군단과 에스파냐인 두 개 군단의 양적 우세가 흔들린 적은 없다. 각 군단은 각각 본부라 할 수 있는 기사관을 가지고 있다. 세 동의 프랑스 기사관과 에스파냐 기사관이 특히 장대하고 멋들어진 구조를 갖추고 있었다.

이들 군단은 군단장이라 해도 좋을 기사관장의 지휘 통솔을 받았는데, 여덟 명의 기사관장과 기사단장, 부단장, 그리고 로도스 담당 대주교 등이 성 요한 기사단의 최고 결정 기관인 참모본부 격의 위원회를 구성하고 있었다. 이 위원회는 기사 파면권까지 지니고 있었으므로 입법, 행정, 사법을 겸임했다 할 수 있다. 또한 서유럽에 있는 기사단 재산의 운용부터 로도스를 중심으로 하는 주변 도서 및 기지에 사는 사람들에 대한 통치까지 모든 것이 위원회의 권한 안에 있었다.

각 기사관에 속하는 기사들은 이 위원회 밑에 자리잡는다. 성 요한 기사단이 영유하는 지역에 있는 성채 관리관도, 군선 함장도 장교 계급에 속한다 할 수 있는 이들 기사 속에서 임명되었다. 서유럽에 있는 재산의 운용은 노령에 달한 기사, 말하자면 퇴역 장교들의 몫이다. 하지만 상시 전시체제에 있는 로도스 섬 기사들은 전사하는 수가 많아서 나이 들어 서유럽으로 돌아가는 사람은 소수에 불과했다. 서유럽에서 '신참'을 보충할 수 있는 체제를 갖추고 있기도 해서 오리엔트에 있는 성 요한 기사단의 평균 연령은 언제나 상당히 낮은 편이었다.

여기까지가 장교급으로 귀족 혈통을 이은 사람이라는 조건이 붙는 기사들이다. 종교 기사단이므로 수도승처럼 청빈, 복종, 순결의 3원칙을 서약한 사내들이었다. 물론 결혼은 허락되지 않는다. 로도스를 본거지로 하는 오리엔트의 성 요한 기사단에서 이들 기사들이 차지하는 수는 500에서 600명 정도로, 적의 본격적인 공격이 예측될 때라도 갑자기 수가 늘어나거나 하지는 않았다.

평생 서유럽에 살면서 한번도 로도스 땅을 밟아보지 않은 기사들도 있었는데, 그들 대부분은 막강한 세력을 떨치는 왕가나 대귀족 자제들이었으며 추기경 등 로마 가톨릭 교회의 고위 성직자일 때가 많았다. 메디치 가문 출신으로 당시 교황 레오 10세의 사촌이며 그 역시 몇 년 뒤에 교황이 된 줄리오 데 메디치 추기경 역시 단 한번도 이슬람교도와 싸워본 적이 없는 성 요한 기사단 소속 기사였다.

이들 기사들 밑에 하사관 계급에 해당되는 기사늘의 송복이나 로도스 출신 선원, 병원에서 근무하는 의사 등이 있다. 당연한 말이겠지만 이들의 경우 꼭 귀족이어야 할 필요는 없다. 또 수도승 같은 서원을 할 필요도 없다. 기사들도 일주일에 하루는 병원에서 근무할 의무가 있었지만 당시만 해도 귀족 중에 의술을 지망하는 자는 거의 없을 때라 가톨릭 종교 단체인 성 요한 기사단에도 전속 의사로는 유대인이 많았다.

기사단의 공용 언어는 당시의 공용어였던 라틴어였지만 회합에서는 프랑스어와 이탈리아어가 쓰이고 있었다. 프랑스어 사용은 프랑스 출신자가 많았기에 당연했고, 이탈리아어가 사용된 이유는 기사단으로의 물자 공급이나 수송을 맡아준 이들이 주로 이탈리아 상인이었고 또한 전시체제하에서 끊임없이 요구되는 성채 건조 및 복구 공사를 담당하는 기술자도 당시는 이탈리아인이 압도적으로 많았기 때문이다. 물론 각 기사관 안에서는 각

각 자기네 모국어로 말했다.

병원

병원 기사단(Knight Hospitalers)이라는 속칭에서도 알 수 있듯이 의료 사업은 성 요한 기사단의 간판이다. 로도스 섬에 새로 지어진 병원은 기사단장 공관에 다음가는 훌륭한 건물이었으며, 병원 운영의 최고책임자는 프랑스나 프로방스 혹은 오베르뉴 기사관장, 즉 프랑스인이 겸임하는 것이 전통으로 굳어 있었다. 한편 영국 기사관장은 기마대, 이탈리아 기사관장은 함대 최고책임자를 겸하는 것이 불문율이었다.

처음 예루살렘에 아말피의 상인들이 병원을 건설한 것은 성지 순례자를 치료하기 위해서였는데 십자군 시대가 되면서는 성지를 지키기 위한 대이교도 전투에서 부상당한 전사들을 치료한다는 또 다른 목적이 더해졌다. 이 두 목적은 로도스로 온 뒤에도 그 사이 양상이 상당히 많이 바뀌었음에도 불구하고 계속 추구되었다.

13세기 말에 서유럽 기독교 세력이 팔레스타나를 완전히 잃은 뒤 잠시 동안은 성지 순례의 발길도 끊어졌지만, 얼마 지나지 않아 베네치아를 시작으로 서유럽 여러 나라에서 성지 순례를 목적으로 한 단체 여행을 기획하기 시작했다. 이슬람교도 쪽도 기독교도를 지중해로 내몰았으므로 일단 목적은 달성한 셈이었고 순례자들이 뿌리고 다니는 돈에 무관심할 수도 없었다. 타협이 이뤄진 것이다. 이리하여 서유럽과 팔레스티나 사이를 왕복하게 된 순례선이 안심하고 병자를 내려놓을 수 있는 곳이라곤 팔레스티나 근처에서는 로도스 섬밖에 없었다.

1489년에 키프로스 섬이 베네치아공화국에 병합되면서부터 서유럽 선박들은 키프로스에도 꼭 한 번은 들르게 되지만 그때까지 150년 간 로도스 병원은 서유럽인들이 머나먼 타향에서 병으로 쓰러졌을 때 가장 안전할 뿐 아니라 수준 높은 치료를 기대할 수 있는 유일한 시설이었다. 성지 순례자 중에는 왕자와 같이 사회적으로 중요한 지위를 점하는 사람도 적지 않았기 때문에, 로도스 병원 및 이를 경영하는 성 요한 기사단으로서는 의료의 질을 향상시키고 쾌적한 병원 환경을 유지하는 데 신경을 쓰는 것은 적어도 본전은 건질 수 있는 투자였다. 이슬람교도 지배하의 예루살렘에서는 수도원을 두는 것까지는 허락되었지만 순례자를 위한 시설로는 숙박소만이 인정되었을 뿐이고 병자 치료까지 만족스러운 상태는 절대 아니었다.

성지를 지키는 전투에서 쓰러진 기독교도의 치료라는 두번째 목적도, 이제는 성지라는 요소가 빠져버렸지만 이교도의 폭력에서 기독교도를 지킨다는 의미로 해석하면 여전히 중요한 의의를 지녔다.

성 요한 기사단의 배는 이슬람 배만 보면 공격을 가했는데, 이럴 때도 승무원을 죽이거나 포로로 삼고 배를 침몰시키거나 나포하며 짐을 뺏거나 하는 것에만 골몰하지는 않았다. 특히 투르크 배는 기독교도 노예를 노잡이로 쓰는 것이 보통이었기 때문에 이들을 사슬에서 해방시킨다는 대의명분이 있었던 것이다. 이 대의를 달성하기 위한 전투에서 쓰러진 전사는 종교 기사단인 성 요한 기사단의 입장에서 보면 이교도로부터 기독교도를 지킨 전사들이었다. 기사단의 기사들에게는 충분한 치료를 받을 권리가 있었던 셈이다.

이런 이유들 때문에라도 로도스의 기사단 병원은 외관이 장려하고 뛰어났을 뿐 아니라 그 내용 역시 당시로서는 발군의 치료 수준이었다. 베네치아 본국의 병원 정도가 이에 견줄 수 있다고 말해질 정도였으니까.

전속 의사단은 내과의 두 명과 외과의 네 명으로 구성되었고, 간호는 일주일에 하루는 의무적으로 병원 근무를 해야 했던 기사들이 맡아보았다. 천장이 높고 널따란 대형 병실에는 개인 침대가 죽 늘어서 있었고 100명까지 수용할 수 있었다. 각각의 침대는 커튼을 칠 수 있게 되어 있었다. 환자의 소지품이나 순례자라면 으레 많게 마련인 짐들을 침대 밑에 밀어 넣거나 옆에 층층이 쌓아놓을 필요도 없었다. 대형 병실의 한 쪽 벽을 따라 간이 창고로 쓸 수 있는 작은 방들이 줄줄이 늘어서 있어 거기에 둘 수 있었기 때문이다. 또한 보행이 가능한 환자들을 위한 식당도 마련되어 있었다. 매일 아침 대형 병실 한가운데에 있는 작은 예배당에서 환자들을 위한 미사가 열렸다. 그 외에 일곱 개의 개인 병실도 있었다.

치료비는 환자의 빈부를 불문하고 모두 무료였고 개인 병실도 따로 방값을 물리는 일이 없었다. 식사도 전원 평등하게 나왔고 무료였는데, 흰 빵과 포도주가 더해진 고기 요리에 삶은 야채라는 당시로서는 꽤나 호사스런 식단이었다. 게다가 마포로 만든 시트와 은제 식기도 쓸 수 있었다. 시트와 식기는 죽은 기사들의 유품이었기 때문에 서유럽 유수 가문의 문장으로 장식되어 있었다. 2층에서는 남국의 짙은 녹음 아래를 한가로이 거닐 수 있는 정원으로 바로 나갈 수 있게 되어 있었다. 이러고 보니 병원이 자주 확장을 해야 했을 정도로 번성한 것도 당연한 일이었다.

병원 안에서 도박은 엄금되었고 큰 소리로 말하는 것도 금기였다. 병문안이 허용되긴 해도 사실상 다른 환자에 폐를 끼칠 만큼 병문안을 오는 사람이 많았던 것은 아니다. 오리엔트 땅 조그마한 섬에서 병상에 누운 순례자에게 머나먼 고국의 친족이 황급히 달려올 리도 없었고, 그것은 전투에서 부상당해 홀로 누워 있는 기사도 마찬가지였다.

'그리스도의 뱀들'

간판이었던 병원 경영도 이처럼 순조로웠지만 또 다른 본업인 해적업 쪽도 그 못지않게 번창 일로였다.

동지중해 해역에서 서유럽 세력이 후퇴하는 대신 투르크 세력이 신장됨에 따라 로도스 근해가 점차 '메인 스트리트'화했기 때문이다. 투르크제국의 주요 항구인 콘스탄티노플이나 갈리폴리에서 출항해 시리아나 이집트로 갈 생각이라면 로도스 근해를 지나지 않고 간다는 것은 말이 안 된다. 거리가 짧을 뿐 아니라 항해상의 여러 이유 때문에라도 가장 자연스러운 항로였다. 게다가 투르크인은 통상 민족도 해양 민족도 아니었기에 되도록 연안을 따라 항해하려 했다. 항해를 투르크 지배하에 있는 그리스인 선원들에게 일임할 때가 많긴 했지만 그리스인도 에게 해의 섬 그림자가 보이는 바닷길에만 익숙한 민족이었다. 막막한 대양을 아무렇지도 않게 항해하는 제노바인이나 베네치아인과 같을 수는 없는 것이다. 그래서 투르크 항구를 나선 뒤로는 곧장 투르크령 소아시아 연안을 따라 가능한 한 최대로 남하한 다음 에게 해 끝까지 오면 그제서야 어쩔 수 없이 지중해로 나오곤 했다. 문제는, 바로 그 지점에 로도스 섬이 버티고 있다는 것이다.

더구나 로도스 근해는 지중해로서는 보기 드문 계절풍 해역이라 계절별로 일정한 방향으로 바람이 불고 맑게 갠 날이 많다. 시야가 탁 트여 있다는 얘기다. 게다가 에게 해의 연장선상에 위치하기 때문에 수심이 얕아서 조그마한 바람에도 파도가 일곤 한다. 조류도 남에서 북으로 흐르며 속도는 0.5노트에서 2노트 정도이다. 이 정도라면 그다지 악조건이라 할 수 없겠지만 투르크 배는 진짜 해적선이 아닌 이상 항해 기능면에서 역시 좀 떨어지는 편이다. 그에 반해 기사단의 배를 다루는 이들은 어릴 때부터 이곳 바다와 함께 살아온 로도스인들이었다.

함포를 쏴서 승부를 결정짓게 된 트라팔가르 해전 이전까지 해전이라고 하면 적의 배에 접근해서 올라탄 다음 적선 위에서 백병전을 전개하는 것이 보통이었다. 일단 적선에 접근할 수만 있으면 그뒤는 육전과 별 차이가 없다. '푸른 피'가 흐르는 성 요한 기사단의 기사들은 적과 싸우는 데 삶의 존재 이유를 둔 사내들이다. 로도스인의 교묘한 항해술과 기사들의 용감무쌍함이 합쳐진 만큼 투르크 배들이 벌벌 떠는 것도 당연했다. 그리고 전사는 전투를 할수록 강해진다. 이 점에서도 성 요한 기사단은 전투집단으로서 이상적인 상태를 유지할 수 있었다.

성 요한 기사단의 해군력은 양에서나 질에서나 단 한번이라도 베네치아공화국에 맞먹을 만큼 강력했던 적이 없다. 해양 민족이 아닌 투르크나 에스파냐와 비교해보면 양에서 상대가 안 되었다. 그러나 그들에게는 굳이 전장을 확장할 필요가 없었다. 섬의 근해만 지키고 있으면 사냥감이 제 발로 들어오는 것이다. 이 해역을 최대한 활용하는 데 필요한 요새나 기지도 전략 요충지만을 골라 이미 다 건설해놓았다. 배도 하루 동안만 나갔다 오면 되므로 원거리 항해용과 달리 쓸데없는 짐 대신 전투원을 더 많이 승선시킬 수 있었다. 배의 크기를 따져보면 돛이 세 개나 달린 베네치아 대형 갤리선의 반쪽밖에 안 되지만 돛대 수는 똑같다. 로도스 근해에서 벌어질 전투만을 염두에 두고 만들어진 이 쾌속 갤리선이 성 요한 기사단 해군의 주력이었다. 4.5 내지 7노트 정도는 가볍게 냈다고 한다.

성 요한 기사단의 군선과 베네치아나 제노바 갤리선의 차이는 하나가 더 있다. 이탈리아 해양 도시국가가 전투 전문 병사들을 더 승선시키는 대신 노예가 아닌 자유민을 노잡이로 채용해서 적선에 접근한 뒤에는 이들까지도 전투원으로 활용한 반면, 기사단 선박의 노잡이는 잡혀서 노예가 된 이슬람교도가 대부분이었다는 사실이다. 그 때문에 이탈리아 배처럼 노잡이를 상갑판에 앉혀둘 수는 없었고, 갑판 바로 밑에 천장이 낮은 층을 하나 더 만들어 거기에 앉아 노를 젓게 했다. 나무 사슬이 노잡이들을 감고 있었다. 적선에 접근할 때 같은 이슬람교도인 그들이 등 뒤에서 치고 나올 우려가 있었기 때문이다. 이 점에서는 기독교도가 사슬에 묶인 채 노를 젓는 투르크 선박과 똑같았다.

각 섬의 요새에서 봉화를 올려 보내는 신호가 로도스에까지 이르면 네 척이 한 조가 된 선단이 출항한다. 한 척당 통상 100명의 노잡이와 20명의 선원, 그리고 50명의 기사가 타게 된다.

그 중 두 척이 먼저 적선 옆을 빠른 속도로 스쳐 지나가 사냥감 뒤로 돌아간다. 이어서 나머지 두 척이 적선의 정면을 막아선다. 이렇게 협공 태세를 취한 다음 배를 가능한 한 가까이 접근시키는 것이다. 적선과 노가 맞물릴 때까지 다가갔을 때 '그리스의 불꽃 화약'을 집어던진다.

물론 투르크 배도 이 위험한 해역에 달랑 한 척만 어슬렁어슬렁 나타날 리가 없다. 대략 네댓 척이 한 선단을 꾸리게 마련이고 때로는 열 척 정도가 몰려다니기도 했다. 성 요한 기사단 쪽도 척후가 보내오는 정보에 따라 내보낼 선단 수를 조정했다. 경우에 따라서는 적선 한 척 대 기사단 선박 두 척의 대결이 벌어지는가 하면 일대일 대결을 하기도 했다. 그래도 조종 기술과 전투 능력면에서 앞선 기사단 선박은 투르크 배를 부들부들 떨게 하기에 충분했다. 돛대 꼭대기에서 나부끼는 빨간 바탕의 백십자 깃발은 이슬람교도에게는 악마의 표지처럼 보였을 것이다.

'그리스의 불꽃 화약'으로 통칭되는 화기는 원래 비잔틴인이 발명한 것을 팔레스티나 시대 십자군도 활용했다고 한다. 초산칼륨과 유황, 염화암모늄, 수지 등을 혼합해 만드는데 혼합 비율이 비법으로 전수되었기에 현대에도 상세한 내용은 모른다.

사용법은 여러 가지가 있다. 현대 화염방사기처럼 기다란 구리관에 집어넣어 불을 붙여서 적에게 내뿜는 경우, 또는 테라코타제 항아리에 넣어 적에게 던지는, 말하자면 수류탄식 사용법이다. 그 외에 똑같이 테라코타제 항아리에 넣긴 해도 거기에 도화선을 박아서 불을 붙인 다음 던지는 폭탄식 사용법도 있었다. 비잔틴인은 뱃머리에 달린 동물 모양 장식의 입에서 적선을 향해 불을 뿜는 방식도 쓴 것 같지만, 성 요한 기사단의 배는 이 방식은 채용하지 않았다. 풍향에 따라서는 자기 배가 불길에 휩싸일 위험성도 있었기 때문일 것이다.

어떤 사용법을 쓰든 간에 이 '그리스의 불꽃 화약'을 적선 위에 던져 넣으면 나무로 만든 당시 선박 같은 것은 갑판이건 돛대건 할 것 없이 순식간에 불길에 휩싸였다. 이 때문에 적이 혼란에 빠지면 강철 갑주로 완전 무장을 한 기사들이 돌진하는 것이다. 이 전법은 말을 타지 않는다는 것만 빼고는 중세 기사의 투혼에 잘 맞아떨어졌던 것 같다.

단 한번도 대함대를 거느린 적이 없는 성 요한 기사단이었지만 소함대에 의한 철저한 게릴라 전법으로 확실한 전과를 올릴 수 있었다. 배를 불태운 다음 승무원은 죽이거나 포로로 삼았으며 승객은 인질로 잡아두었다가 자유를 원하면 막대한 몸값과 교환했다. 짐도 모조리 빼앗았다. 투르크 배가 이를 피하려면 대함대의 호위에 의지하는 수밖에 도리가 없었지만, 해운국이 아닌 투르크에게 '메인 스트리트'를 항해하는 배마다 일일이 대함대를 붙여줄 여유가 있을 리 만무했다. 성 요한 기사단의 이러한 해적 행위의 명분은 이교도에 대한 공격과 이교도의 사슬에 매인 기독교도의 해방이라는 두 가지 점이었다.

너무도 철저히 이슬람을 향한 증오로 일관한 탓에 따지고 보면 동지인 기독교도들 간의 관계가 때로 어그러져버린 경우도 있다. 통상 국가인 만큼 현실 노선을 취할 수밖에 없었던 베네치아와의 관계가 특히 그러했다.

어느 해인가, 북아프리카 연안을 항해하던 베네치아 배가 종종 원정도 하던 기사단 배로부터 공격을 받아 로도스 섬에 예인되었을 뿐 아니라 그 배에 타고 있던 아라비아인 10여 명이 노예로 팔리기까지 한 사건이 일어났다. 1453년의 콘스탄티노플 함락으로 비잔틴제국이 멸망하기 전, 즉 투르크와 베네치아가 아직 대립 관계까지는 가지 않았던 시대의 일이었다. 사건을 알게 된 베네치아 정부는 종교가 어쨌든 간에 승객의 안전을 보증하는 것은 그를 태운 쪽의 의무라 하여 급거 크레타 섬에 주둔하고 있던 베네치아 함대에 출동을 명했다. 이윽고 로도스 항 입구를 가득 메운 베네치아 군선의 포구가 항구 성벽을 정조준한 상태에서, 베네치아 함대는 아라비아인을 돌려주든가 전투를 벌이든가 둘 중 하나를 택하라며 기사단을 다그쳤다. 마침내 배는 승객 모두와 함께 반환되었다.

15세기 후반이 되자 베네치아공화국도 자의 반 타의 반으로 투르크와 두 번의 전쟁을 치르게 되는데, 이 두 전투 사이의 평화기에 성 요한 기사단은 베네치아 상선까지도 공공연히 습격했다. 기사단의 생각으로는 이교도와 협약을 맺는 기독교도는 이교도 이상으로 가증스러운 존재였기 때문이다. 성 요한 기사단이 팔레스티나를 잃온 뒤에도 종교 기시단으로서의 존재 이유를 유지할 수 있었던 것은 바로 이런 태도를 수미일관 견지했기 때문이다. 정신적인 문제에 그치는 것이 아니다. 이런 종교 기사단으로 남아야만 토지나 재산 등의 기부가 계속되었기 때문에 이제 그들로서도 이런 식으로 살아갈 밖에 달리 도리가 없었다.

성 요한 기사단은 베네치아공화국처럼 통상으로 먹고 살 필요가 없었다. 아니, 오히려 그들은 통상에 의지하지 않음으로써 비로소 살아남을 수 있는 존재들이었다.

어쨌든 사태가 이쯤 되자 국가로서의 제노바가 쇠퇴한 지금 동지중해에서 투르크에 맞서는 유일한 양대 세력이 되어버린 베네치아와 기사단의 관계도 복잡해지기 시작했다.

베네치아의 유력 귀족 집안 사람들 중 성 요한 기사단에 입단한 사람은 단 한 명도 없었다. 기사단 쪽도 장사로 성장한 귀족(노빌레)에게 '푸른 피'가 흐른다고는 생각지 않았지만, 같은 도시 귀족이라도 메디치 가나 제노바 출신 단원들은 있었다. 베네치아 정부가 입단을 허용치 않은 것이다.

여기서 짚어둘 것이 있다. 베네치아공화국같이 통상에 기반한 나라에게는 어떤 세력을 확실한 적으로 찍어두는 것만큼 손해보는 장사도 없고 멍청한 짓도 없다. 베네치아는 사정이 허락하면 공공연히, 그렇지 않으면 은밀히 성 요한 기사단의 요구를 충족시켜주었다. 그러나 기사단 쪽은 베네치아가 은밀히 도와주는 것은 전혀 알아채지 못한 것 같다. 적을 속이려면 아군도 속여라, 베네치아가 통달해 있던 이 고도의 테크닉은 중세 '푸른 피'에게는 낯설었던 듯하다.

정복왕 메메드 2세

세력 확장의 일로를 걷고 있던 신흥국 투르크가 로도스 섬에 틀어박힌 기사단을 수수방관한 것은 아니다. 1453년에 비잔틴 제국을 멸망시키고 수도를 콘스탄티노플로 옮김으로써 비잔틴 제국의 후계가 되었노라 선언했을 정도로 지중해 세계의 제패에 열심이었던 술탄 메메드 2세다. 1480년, 그는 로도스 섬 정복을 위해 10만 대군을 파견했다. 성 요한 기사단은 단장 피에르 도뷔송의 지휘를 받아 3개월에 걸친 공방전을 펼치며 끈질기게 버텼다. 당시 원정군은 술탄의 친정군이 아니어서 장군들의 전법이 철저하지 못한데다 때마침 역병이 투르크군을 덮쳐서 기사 수만 따지면 600명밖에 안 되었던 방위군을 구해주었다.

이는 투르크로서는 그다지 큰 불명예도 아니었고 사기에도 큰 영향을 미치지 않았지만, 성 요한 기사단에게는 300년 전 팔레스티나 시대 이래 가장 값진 승리였다. 비잔틴제국도 바다의 여왕 베네치아도 이길 수 없었던 투르크와 맞서 끝내 격퇴하는 데 성공한 것이다. 서유럽 여러 나라도 이제서야 로도스 섬의 기사들의 존재를 안 사람들같이 기독교 세계의 쾌거를 축하했다. 도뷔송은 역대 기사단장 가운데 어느 누구도 오르지 못했던 추기경의 지위까지 획득했다. 서유럽으로부터의 기부나 기사 지원자가 급증한 것은 말할 나위도 없다.

하지만 투르크가 이대로 손을 떼리라는 생각은 아무도 하지 않았다. 그뒤 40년 간 기사단은 방위력 증강에 전념한다. 그 중에서도 1513년부터 21년까지 기사단장을 지낸 이탈리아인 파브리지오 델 카레토는 콘스탄티노플 함락 이후 무기의 주력이 된 대포에 대비해서 성벽 구조를 일신하는 공을 세웠다. 그는 당시의 기술 선진국인 이탈리아 출신이었던 만큼, 무용만이 승패를 좌우하는 시대는 이미 가버렸음을 이해하고 있었기 때문이다.

성 요한 기사단이 그나마 40년 동안이라도 평온히 지낼 수 있었던 것은 투르크가 그 시기 동안 로도스 문제를 등한시했기 때문일 것이다.

메메드 2세의 아들인 바예지드 시대는 아버지가 있는 대로 세력을 뻗쳐 정복해놓은 대제국을 정비하느라 눈코 뜰 새 없었고, 손자 셀림 시대에는 투르크 민족이 염원해오던 시리아, 아라비아, 이집트 정복을 실현한 것이다. 이 일련의 대정복 사업이 1517년에 일단락되면서 메카까지도 영유하게 된 투르크는 정신적으로도 이슬람의 맹주가 되었다. 동지중해를 완전히 내해로 만든 그들이 이제 눈엣가시 같던 로도스 섬을 공격할 때가 온 것이다.

이 '내해'에는 키프로스와 크레타라는 기독교도의 성채 두 개가 떠 있었지만, 여전히 만만치 않은 해군력을 갖춘 베네치아공화국의 영토이다. 반면 또 다른 성채 로도스는 대국 투르크 편에서 보면 말 그대로 한줌밖에 안 되는 사내들이 지키는 섬이다. 게다가 해적질은 하지 않는 베네치아와 달리 로도스 정벌은 해적 퇴치도 겸하는 셈이다. 더구나 십자가를 앞에 내건 '승병'들을 상대하는 전투인 만큼 이슬람의 정의가 100퍼센트 통한다. 1520년, 투르크의 술탄으로 즉위한 쉴레이만은 마침내 로도스 제압을 결심했다.

서유럽에서 대두하고 있던 합스부르크 왕가와 언젠가는 상대하게 되리라 자각하고 있던 젊은 술탄에게 '그리스도의 뱀 소굴'은 더 이상 내버려둘 수 없는 존재였을 것이다. 즉위 1년 뒤 헝가리 원정에 나서서 베오그라드 정복에 성공한 쉴레이만의 눈길은 서서히 로도스 섬으로 향했다.

술탄 쉴레이만 1세

무에서 유를 창조한 것으로 따지면 술탄 메메드 2세는 개창자가 아니다. 하지만 비잔틴제국을 멸망시키고 투르크 민족에게

향후 그들이 나아갈 바를 제시해준 것으로 따지면 역시 그야말로 투르크의 실질적인 개창자라 생각해도 될 것이다. 그리고 바예지드, 셀림, 그 다음에 쉴레이만으로 이어지므로 나중에 대제라 불리게 되는 술탄 쉴레이만도 사실은 제3대가 아니다. 그러나 쉴레이만은 모든 면에서 투르크 제국 제3대 군주로서의 요소를 두루두루 갖춘 술탄이었다.

증조부 메메드 2세는 열아홉 살에 즉위했을 때 후계 다툼을 미연에 방지할 목적으로 동생을 죽이는 선례를 남겼지만, 조부인 바예지드는 이를 등한히 한 까닭에 동생 젬의 반란을 초래하게 된다. 반란은 진압했지만 젬이 로도스 섬으로 도망쳐버린 쓰라린 경험을 가지게 된 것이다.

성 요한 기사단의 단장은 아무리 제 발로 굴러들어온 귀중한 인질이라도 로도스에 머물게 할 경우 투르크에게 공격 명분을 주게 된다는 생각에 젬 왕자를 그들의 모국 프랑스로 보냈다. 투르크의 공세에 맞설 방패로 삼기 위해 이를 프랑스 왕으로부터 건네받은 이가 바로 당시의 교황 보르자(알렉산데르 6세)였다. 이리하여 투르크 왕자는 로마에서 우아한 인질 생활을 하게 되는데, 콘스탄티노플에 있는 형 바예지드로서는 당연히 그가 죽어주는 쪽이 어느 모로나 바람직했다. 술탄은 로마 교황 앞으로 편지를 보낸다.

"투르크제국의 술탄은 인질이 된 동생의 가련한 처지로 비탄에 잠겨 있던 바, 어찌해서든 불행한 동생을 구함이 육친의 정이라 생각하여 가까스로 결론을 내렸소. 젬을 이 세상 모든 고통에서 해방시켜 그 혼이 안식을 찾을 저 세상으로 보내주시오. 교황에게는 30만 두카토로 사례하겠소……."

 교황으로서 돈을 물 쓰듯 하기로 이름을 날린 보르자였던 만큼 메디치 가의 전 재산에 육박하는 군침이 삼켜질 만큼 매력적인 거액이었다. 하나 그는 또한 희대의 정치적 인간이었다. 그는 인질은 살려두면 살려둘수록 값이 올라간다는 것도 잘 알고 있었다. 투르크 망명 왕자는 '보르자의 독'을 마시지 않아도 되었다. 그렇지만 그는 몇 년 뒤 이탈리아로 침입해 들어온 프랑스 왕의 요구에 따라 억지로 동행하여 나폴리로 가던 도중 말라리아에 걸려 병사했다.

 차기 술탄 셀림은 이 불상사를 되풀이할 수 없다고 생각했는지 즉위 직후에 두 동생과 그 처첩, 그리고 아이들까지 열일곱 명을 죽여버렸다. 그 아들 쉴레이만은 자매는 있어도 형제는 없었던 까닭에 피로 물든 왕좌에 앉지 않아도 되었다.

 이런 사정이 반영된 것인지 스물다섯 나이로 즉위한 쉴레이만은 즉위 당초부터 '법의 수호자', '질서의 지배자'로 평가되기를 바랐고, 스스로도 틈 날 때마다 이런 태도를 보이기를 즐겼다. 로도스 정복을 결심했을 때도 선전포고 없이 군대를 보내는 것은 그의 적성에 맞지 않았다. 1521년, 타계한 파브리지오 델 카레토의 뒤를 이어 기사단장으로 취임한 지 얼마 안 된 필리프 드 릴라당 앞으로 자신이 직접 쓴 친서를 보낸 것이다.

 확실히 서유럽 합스부르크 왕가의 카를로스보다 교양면에서 뛰어났던 쉴레이만의 손으로 씌어진 만큼, 멋들어진 라틴어 문장으로 채워진 편지였다. 편지는 그해 1521년 중에 달성한 투르크군의 전승을 열거하면서 완벽한 방어 태세를 갖추고 있던 여러 아름다운 도시들을 정복했고 수많은 주민을 죽였으며 생존자는 남김 없이 노예로 만들었다고 한 다음, 성 요한 기사단의 단장도 오랜 근린 관계를 생각하여 자신의 전승을 함께 축하해주기 바란다는 말로 맺음하고 있다.

물론 이 우아한 문장 속에 숨은 의도를 기사단장은 읽고 있었지만 이쪽도 '푸른 피'가 흐르는 몸이었다. 그는 이슬람교도를 상대로 기사단이 거둔 전공을 열거하고 술탄도 함께 축하해주기 바란다는 답장을 써 보냈다.

술탄은 다시 한번 친서를 보내왔다. 이번에는 상당히 솔직한 글이었다.

"귀하에게 즉각 섬을 넘겨줄 것을 명한다……. 귀하 및 그 부하 기사들에게는 기사단의 귀중품을 가지고 섬을 떠날 권리를 인정해줄 것이다."

이 뒤에 덧붙여, 만일 성 요한 기사단이 로도스 섬에 계속 머물 생각이면 그것도 허락해주리라, 단 술탄의 신하임을 인정해야 한다고 씌어 있었다. 57세의 기사단장은 아예 답장도 보내지 않았다.

선전포고가 이뤄진 것이다.

개전 전야

기술자 마르티넨고

 이탈리아 기사관에 기거하는 안토니오 델 카레토에게는 제노바 근처 수도원에서 지낼 때와는 전혀 다른 생활이 시작되고 있었다.
 성 요한 기사단에 기사로 입단한 사람에게는 보통 3년에 달하는 수도원 생활이 부과된다. 그리스도의 전사로 활동하기 전에 먼저 그리스도의 종으로서 질박하고 평안한 몇 년을 보내며 자신을 신에게 바쳐야 하는 것이다. 이것이 안토니오의 경우 단 1년으로 끝나버린 것은 전력 증강에 매진하는 로도스 섬 본부로부터 소집 명령이 나왔기 때문이다.
 안토니오의 경우, 로도스 도착 직후 시작될 예정이었던 신참 기사의 통상 훈련도 기사단장이 친히 내린 명령에 의해 연기된 상태였다.
 통상 훈련이란 배에 승선하여 이슬람 선박의 습격에 참가하는 것이다. 훈련이라기보다는 다짜고짜 실전에 투입하는 것인데, 아무리 어릴 때부터 무술을 익혀온 '푸른 피'라도 선상 전투를 경험한 사람은 적다. 그러나 로도스에서는 '해적'이 그들의 본업이다. 하루라도 속히 어엿한 해적이 되어야 했던 것이다.

그런데도 안토니오가 받은 명령은 어찌된 영문인지 '통역을 하라'는 것이었다. 안토니오와 같은 배를 타고 로도스로 온 그 베네치아인과, 단장 이하 기사단 수뇌 사이에서 의사소통 역할을 맡아보라는 얘기였다. 단장은 물론이고 제각기 언어가 다른 여러 기사관장들도 이탈리아어를 못 알아듣는 게 아니다. 또 베네치아 사내 쪽도 프랑스어든 독일어든 조금씩은 할 줄 안다. 다만, 이 사내가 말하는 이탈리아어가 베네치아가 아니라 그 속주인 베네토 지방 방언이어서 다른 나라 사람이 알아듣기에는 무리가 따랐던 것이다.

게다가 기사단장은 이 사내가 말하는 내용의 조그마한 뉘앙스 차이까지도 이해하고 싶어하는 듯했다. 프랑스와의 국경 가까이에 있는 리구리아 지방에서 나고 자란 덕에 프랑스어를 능수능란하게 구사할 수 있는 이탈리아인 안토니오가 통역으로 기용된 데는 이런 속사정이 있었다.

단 한마디도 놓치고 싶지 않다는 기사단장의 말에, '푸른 피'를 받은 것도 아니고 때문에 기사도 아닌 이 사내의 도착을 기사 열 명, 아니 기사 100명의 도착보다도 더 간절히 기다리고 있었던 것은 아닐까 하는 인상을 받았다. 베네치아공화국의 속주인 북이탈리아 베르가모 출신인 이 사내는 축성 전문 기술자였다.

이름은 가브리엘로 타디노. 베르가모 교외의 마르티넨고 태생으로 건축 기사들 세계에서는 마르티넨고로 통할 때가 많다고 했다. 나이는 사십대 중반을 약간 넘긴 듯했고, 귀족은 아니다. 키가 작지만 옹골찬 체격이다.

이십대 시절에 베네치아공화국 육군의 기술 장교로 복무했다고 한다. 베네치아 대 전 유럽이라는 양상으로 전개된 1509년의 '캉브레 동맹전'에서는 독일의 신성로마제국 황제 막시밀리안 1세 휘하 군대에 포위된 파도바를 방위하는 데 참가했다. 그로부터 3년 뒤, 이번에는 공세를 취한 베네치아군의 선봉에 서서 브레시아 공격에 참진했다. 그때 부상을 입어 포로가 되었지만 일 년 뒤 포로 교환에 의해 석방되어 돌아온 마르티넨고를 베네치아 정부는 보병 지휘권을 지닌 특별직 대령으로 임명했다. 특별직의 내용은 물론 성채 기술이다. 이 자리에 다시 3년을 더 있으면서 북이탈리아에서 벌어진 전투에 참가했다.

그러던 중, 1516년에 이르러 베네치아 원로원은 이 특별직 대령을 에게 해 최대의 베네치아 기지 크레타의 성채 정비를 위해 파견하기로 결의했다. 그로부터 5년 동안 크레타 섬 성채 총감독으로 근무한 마르티넨고는 섬의 북안을 따라 서쪽에서 동쪽으로 뻗어 있는 그라부사, 카네아, 수다, 레티모, 칸디아, 스피나롱가 등의 각 성채를 문자 그대로 물샐 틈 없이 강화하는 데 전념했다.

이렇게 크레타에 체재한 지도 6년째가 되어가던 어느 날, 크레타의 수도 칸디아에 있는 그의 집으로 남들 눈을 피해 프랑스인

개전 전야 *81*

한 명이 찾아왔다. 아직 젊은 그 남자의 이름은 라 발레트며, 성 요한 기사단의 기사로 로도스 섬에서 왔다고 했다. 그 사내가 전한 말에 베네치아의 축성 기술자는 안색이 바뀌었다.

라 발레트는 로도스의 성채 감독관으로 마르티넨고를 초청하고 싶다는 기사단장의 말을 전하러 온 것이다. 그는 이런저런 감언이설로 그를 데려가려고는 하지 않았다. 그렇기는커녕 투르크군의 내습은 필지의 사실이며 전투가 시작되면 방위측은 고전을 면치 못하리라 했다. 성 요한 기사단이 이교도를 상대로 얼마나 혁혁한 전공을 세워왔는지 따위는 단 한마디도 하지 않았다. 딱 부러지게 로도스에는 우수한 축성 기술자가 필요하다고 담담한 어조로 말했을 뿐이다. 하지만 오히려 이런 라 발레트의 태도가 베네치아 기술자의 장인 정신에 불을 지폈다.

대투르크 최전방 기지인 크레타에 산 지 오래된 마르티넨고는 성 요한 기사단을 일소하려는 투르크 술탄의 결의가 전례 없이 강함을 알고 있었다. 또한 그가 섬기는 나라 베네치아공화국은 투르크와 기사단 둘 중 어디에도 편들지 않고 중립을 취하겠다는 의사를 서둘러 표명하고 있었다. 실제로 본국 정부의 지령을 받은 크레타 총독은 성 요한 기사단이 의뢰한 크레타에서의 용병 모집과 군량미 구입 요청을 모두 거절해버렸다. 기술자라고는 하지만 어디까지나 베네치아군의 일원인 마르티넨고가, 더구나 대령인 그가 기사단의 초빙 제의를 받아들인다는 것은 국가 방침에 정면으로 위배되는 행위다. 공화국의 이익을 우선시하는 베네치아는 자국민이 국익에 반하는 행동을 할 경우 절대 용서하지 않기로도 유명한 나라이다. 총독에게 부탁해도 들어줄 리만무하다. 그렇다고 베네치아 국적을 지닌 건축 기술자는 성 요한 기사단에 협력해서는 안 된다고 못박은 지령이 명시적으로 나와 있는 것도 아니다. 그러나 조만간 벌어질 로도스 공방전에서 다른 누구도 아닌 자신이 기술면에서 방어를 지원한다는 사실이 마르티넨고의 직업 의식을 강렬히 자극했다.

베네치아공화국의 엔지니어라면 극히 당연한 일이지만, 축성 기술자든 조선 기술자든 설계 건조만으로 그들의 일이 끝나는 것은 아니었다. 배를 만든 기술사라면 그 배가 해전에 나설 때 거기 승선해서 항해중이나 전투를 전후한 때의 수리 복구 등 일체의 책임을 지게 된다. 축성 기술자도 마찬가지로 공방전에서 그 역할이 더 절실히 요구될 때가 많았다. 기술자 한 명의 임기응변이 전황까지 좌우할 때가 종종 있었던 것이다.

로도스 섬의 성채를 마르티넨고가 설계한 것은 아니다. 하지만 3년 전에 기사단의 초빙으로 대규모 개조 공사를 담당한 기술자는 마르티넨고와 같은 베네치아 시민인 비치만차 태생의 스콜라라는 사람이었다. 그리고 스콜라가 대거 개조한 로도스 성벽은 당시 동지중해 세계에서 견줄 데가 없으리만치 견고한 것으로도 평판이 높았다. 그것을 자신이 떠안는다, 이 생각만 해도 장년에 접어든 마르티넨고의 가슴은 뿌듯해졌다.

젊은 기사의 독특한 유혹은 마침내 성공한 듯했다. 도망칠 수밖에. 이 건축 기술자는 이렇게 말했다. 탈영을 말하는 것이다.

라 발레트는 이렇게 되리라 예상이나 한 듯 고개를 끄덕이고 말했다.

"카네아 앞바다에 배를 세워놓도록 조치하겠습니다. 보트는 선생 쪽에서 자체 조달하기 바랍니다."

마르티넨고는 그라부사 섬의 성채 시찰이라는 명목을 붙이면 배를 타고 카네아 항을 나올 수 있을 거라고 답했다. 탈출을 숨기기 위해서, 또 로도스에서 할 일을 위해서 마르티넨고의 조수 두 명도 데려가기로 했다.

탈출이 결행된 것은 그로부터 거의 두 달이 지나서였다. 두 달 동안 마르티넨고는 혹시 탈영 계획이 발각되지나 않을까, 행여 성공하더라도 탈영 사실이 알려지면 베네치아 정부가 내릴 벌은 또 얼마나 무거울까 따위가 걱정되어 제대로 잠을 이루지 못했다.

그와 조수 두 명을 태운 보트를 건져 올린 것이 바로 안토니오가 타고 있던 제노바 배이다. 일단 신변상의 위험은 벗어났다며 안도의 한숨을 내쉰 마르티넨고는 꼬박 이틀 간이나 침상에서 일어나지 못했을 정도로 마음 고생으로 녹초가 되어 있었다.

그는 몰랐던 것이다. 그와 조수 두 명이 제노바 배에 올라타자마자 카네아 성채를 출발한 전령이 말을 달려 동쪽으로 향했고, 칸디아에서 이를 접수한 크레타 총독의 명령으로 급사(急使)를 태운 쾌속선이 베네치아 본국으로 향했음을.

비밀로 분류된 총독의 보고서는 베네치아공화국의 첩보기관이자 가장 중요한 사항들을 비밀리에 처리하는 기관인 10인 위원회로 보내졌다. 거기에는 이렇게 적혀 있었다.

"기술 장교, 대령 가브리엘로 타디노 디 마르티넨고가 무사 탈영에 성공했음을 보고드리는 바입니다."

선견지명

베네치아공화국은 다른 나라와 교역함으로써 살아가는 나라이다. 만일 모든 나라가 베네치아 같은 경제체제를 취하고 있다면 국제관계는 경제 원칙만으로 움직였을 것이다. 하지만 현실은 그렇게 흘러가지 않는다. 영토 국가는 웬만하면 자급자족이 가능하므로 타자(他者)가 절대적으로 필요한 베네치아식 생활방식을 이해하지 못한다. 설령 종교가 다를지라도 경제관계를 수립할 수만 있다면 별 문제 없다는 그들의 사고방식에 대해 돈밖에 모르는 지조 없는 민족이라 못박아버리는 것이다. 그렇지만 기독교국에 대한 이슬람의 침략 의도가 뚜렷해지고 있는 것이 현실이므로 베네치아식 생활방식을 비난하는 쪽에도 일리는 있었다. 요컨대 이적 행위라는 것이다.

게다가 16세기 초라는 시대는 서유럽의 주도권이 베네치아형의 이탈리아 도시국가에서 프랑스, 에스파냐 등의 영토형 대국으로 결정적으로 옮겨가고 있던 시기이기도 했다. 이런 국제 환경하에서 베네치아 같은 나라가 살아남을 마음이 있다면 만사에 신중히 대처해야 한다. 이것이 외교 감각으로 그 존망이 좌우되는 국가적인 숙명이었다.

1453년의 콘스탄티노플 공방전에서 콘스탄티노플에 있던 베네치아 거류구는 황제의 요청을 받아들여 비잔틴제국 편에 서서 국기를 전면에 내걸고 공공연히 투르크에 항전했다. 하지만 함락과 동시에 일어난 비잔틴제국의 멸망 직후, 콘스탄티노플의 새 주인이 된 투르크에게 베네치아는 콘스탄티노플의 베네치아 거류구를 유지하여 양국의 통상관계를 지속시키기를 청하는 특사를 파견했다. 더구나 그 특사에게, 공방전에 참가한 베네치아 시민은 개인 자격으로 참전한 것이고 정부는 이를 심히 유감스럽게 생각하고 있다고까지 말하게 한 것이다.

그러나 공방전에 참가한 베네치아인 중 누구 하나 자신의 죽음이 개죽음이라고는 생각지 않았다. 실제로 그들의 희생은 헛되지 않았다.

콘스탄티노플은 함락되었고 천 년의 찬란한 역사를 지닌 동로마제국은 멸망했다. 그 자리에 대신 투르크제국이 등장함으로써 지중해 세계의 세력권이 일거에 이슬람 쪽에 유리하게 돌아선 것도 이제 예측이 아니라 현실이 되어버렸다. 하나 그 전투에서 국기를 내걸고 항전한 서유럽인은 베네치아인밖에 없다. 베네치아공화국은 이를 로마 교황 이하 서유럽 여러 나라에 대한 대책으로 100퍼센트 활용하고, 한편으로는 이교도 투르크와의 통상관계 재개에 전력투구한 것이다. 만일 콘스탄티노플의 베네치아 거류구가 제노바 거류구와 같이 어정쩡한 태도로 일관했더라면 이런 줄타기는 애당초 불가능했을 것이다. 실제로 제노바는 투르크와 통상관계를 재개함에 베네치아보다 훨씬 뒤처져버린다.

기독교도의 제국을 이슬람이 멸망시켰다는 현실은 서유럽 기독교도에게도 일대 통한으로 남았다. 그 피가 채 마르기도 전에 피를 흘리게 한 상대와 손잡는 것처럼 보인 베네치아를 서유럽은 절대 용서할 수 없었을 것이다. 서유럽 기독교국이 보내는 비난의 대합창 속에서 베네치아의 고립은 불가피했음에 틀림없다. 하지만 베네치아 같은 나라에게 고립은 꿈도 꿀 수 없는 사치일 뿐이다. 경제관계의 단절을 의미하기 때문이다. 베네치아가 그런 고립을 피할 수 있었던 것은 콘스탄티노플 공방전에서 흘린 피에 베네치아인의 피도 섞여 있기 때문이었다.

크레타에 주재하고 있던 한 기술사의 '탈영' 노 베네치아공화국의 외교 감각의 산물에 지나지 않는다.

이미 중립을 선언한 이상 동쪽의 '타자' 투르크를 자극하는 행위는 절대 저지를 수 없었다. 하지만 투르크의 과녁은 로마 가톨릭 교회 직속인 성 요한 기사단의 본거지 로도스 섬이다. 중립이니까 그냥 두고보겠다고 해버리면 교황 이하 서유럽 여러 나라를 자극하는 꼴이 된다.

크레타에서의 식량 조달이나 병사 모집을 베네치아는 허락하지 않았다. 이런 것은 눈에 띄는 짓이고 무슨 수를 쓴다 해도 투르크를 속일 수 없기 때문이다. 그렇지만 베네치아군 소속 기술자 한 명이 자기 판단에 따라 탈영해서 로도스 섬 공방전에 참가하는 것은 괜찮다. 투르크 쪽에는 제멋대로 도망쳤으니 어쩌란 말이냐 항변할 수 있고, 서유럽에는 우리는 이런 식으로 참전했다고 변명할 수 있기 때문이다.

공방전에는 축성 기술 전문가가 절대 필요한데 당시 이 방면에서 베네치아는 서유럽 제일의 선진국이었다. 동지중해의 여러 베네치아 기지 중 가장 큰 곳이 크레타 기지였다. 그곳의 기술장교들 중 최고위에 있는 사람이 마르티넨고다. 여러 척의 배에 식량이나 병사를 가득 실은 것과 비교해서 조금도 손색이 없는 '원군'인 것이다.

성 요한 기사단의 기사 라 발레트가 크레타를 방문한 것 자체가 어딘지 모르게 베네치아의 교묘한 공작에 얽혀든 것 같은 인상마저 받게 된다. 베네치아라면 그렇게 할 수도 있었겠지만 거기까지 입증할 사료는 없다.

그런데 정작 마르티넨고 본인은 얼마나 많은 고민 끝에 죽기를 각오하고 탈출했으며 또 얼마나 오래도록 조국을 배반했다는 생각에 가슴을 쳐야 했던가. 그 또한 적을 속이려면 먼저 아군을 속이라는 베네치아식 외교의 '희생자' 중 한 명이었을지도 모르겠다.

'기사 숙부님'

귀족의 피가 흐르지 않는 사람은 제대로 인간 대접도 못 받는 기사단이지만 베네치아 기술자에 대한 정중한 대우는 이 전통에 정면으로 배치되는 것이었다.

기사단장 릴라당도 각 기사관장도 귀족답게 날씬하게 뻗은 등을 굽히면서까지 마르티넨고의 입에서 나오는 말에 귀기울였다.

단 한 마디도 놓치지 않으려는 태도가 역력하다. 기술자 쪽도 자기 일에 자신감을 가진 사람 특유의 간결 명료한 말로써 정확히 관찰, 분석하고 의견을 피력했다. 안토니오가 맡은 일은 이를 프랑스어로 통역하는 것이다.

기사단장이 이 일을 안토니오에게 맡긴 것은 이 젊은이가 베네토 방언과 프랑스어 모두를 알아듣기 때문만은 아니다. 작고한 전우이자 선대 기사단장인 파브리지오 델 카레토의 젊은 조카에게 숙부의 업적이 얼마나 훌륭한지를 보여주고 싶다는 온정도 작용한 것이다.

실제로 성벽 괴칠이 시작되자마자 카레토 가문에서 '기사 숙부님'으로만 통했던 그의 존재가 안토니오의 가슴에 비로소 확실히 와닿았다.

안토니오는 열 살 때 단 한 번 '기사 숙부님'을 만난 적이 있다. 교황 율리우스 2세가 소집한 라테란 공의회의 경호를 성 요한 기사단이 맡았는데 당시 책임자가 파브리지오 델 카레토였다. 공의회가 끝난 뒤 겨우 며칠 동안이긴 했어도 그는 고향 피날레의 성에 머무를 수 있었다.

그때의 파브리지오 숙부는 무장다운 데가 거의 없고 행동거지 하나하나가 온화해서 꼭 학자 같아 보였기 때문에 어린 안토니오를 크게 낙담시켰다. 이슬람교도와 벌이는 백병전의 양상 등 퍼붓는 질문에 일일이 답해주긴 했지만 마치 남의 얘기처럼 말해서 손에 땀을 쥐는 얘기를 듣게 되리라 기대했던 사람들은 열 살짜리 소년이 아니더라도 누구든 실망했던 것이다.

개전 전야 *89*

하지만 후작인 안토니오의 아버지가 '기사 숙부님' 앞으로 세 아들을 데려가서 장남은 집안을 상속할 것이고 막내는 군사 쪽으로 진출하겠지만 둘째 아들인 안토니오는 언젠가는 숙부의 뒤를 이을 거라 소개하자, 성 요한 기사단의 기사는 잠시 동안 부드러운 눈빛으로 열 살 난 조카를 지그시 바라보았다. 그리고 숙부가 머무르는 동안 아직 어린애이긴 했어도 식탁에서 안토니오의 자리는 언제나 숙부 옆에 마련되었다.

그 다음해인 1513년, 피날레의 평온한 해변가에 자리잡은 성으로 '파브리지오, 기사단장 선임'이라는 소식이 전해지자 카레토 일족 전원은 깜짝 놀랐다.

워낙에 온화하기만 한 숙부님이 서유럽 명문가 출신의 씩씩한 기사들을 이끌게 되리라고는 아무도 생각지 않았던데, 전통적으로 성 요한 기사단은 프랑스인의 세력이 강한 곳이었다. 기사단장으로 선출되는 이의 대부분은 프랑스 출신이 점하는 것이 보통이었다. 이탈리아인이 기사단장이 되기는 40년 만인 것이다. 그것도 40년 전의 이탈리아인 기사단장은 오르시니 가문 출신이었다. 로마에서 둘째가라면 서러운 오르시니라면 당연하지 하고 고개를 끄덕이겠지만 제노바 근처의 일개 후작 집안으로서는 정말 획기적인 사건이었다. 로마 교황이 축하 인사를 전해 왔고 그해 내내 카레토 일가는 숙부님 얘기로 떠들썩했다.

해가 거듭되면서 사람들의 기억에서 이 자랑스러운 화제는 밀려나갔다. 파브리지오 델 카레토는 1513년부터 1521년까지 기사단장을 역임했지만 그 동안 투르크는 공세를 취하지 않았기 때문에 유럽에까지 알려질 만한 빛나는 무공을 세울 수 없었기 때문이다. 언제부턴가 피날레 해변의 성에서도 파브리지오를 입에 올리는 사람이 하나둘 줄어들었다. 오랜 세월 뒤에 그 이름이 다시 한번 사람들의 입에 오른 것은 숙부의 별세 소식이 알려지고서였다. 당시 열아홉 살이던 안토니오는 가슴에 백십자를 수놓은 성 요한 기사단의 수도복을 걸친 몸이 되어 있었다.

그로부터 일년이 지난 지금, 안토니오는 기사단장으로 지낸 8년 간을 숙부가 어떻게 사용했는지 눈으로 보고 있는 것이다. 로도스 시가를 빙 둘러싸고 있는 성벽, 이것이 유럽이 잊어버리고 있는 동안 숙부가 이뤄낸 업적이었다. 안토니오의 가슴은 비로소 자랑스러움에 터질 듯 부풀어올랐다. 그 때문에 옆에서 함께 가던 마르티넨고의 눈이 성벽 위를 따라가면서 찬탄의 빛을 띠기 시작한 것도 얼마 동안은 눈치채지 못할 정도였다.

성채 도시

로도스 섬의 수도 로도스의 성벽은 전투원들만을 감싸안고 있는 것은 아니었다. 유럽의 다른 많은 도시들처럼 비전투원, 즉 일반 시민의 거주지까지도 지킬 목적으로 시가지 전체를 빙 둘러싸고 있었다.

시가의 북쪽 일대는 기사단장의 공관이나 각국 기사관, 그리고 병원이나 무기 탄약고 등이 집중되어 있는데, 이 일대와 여타

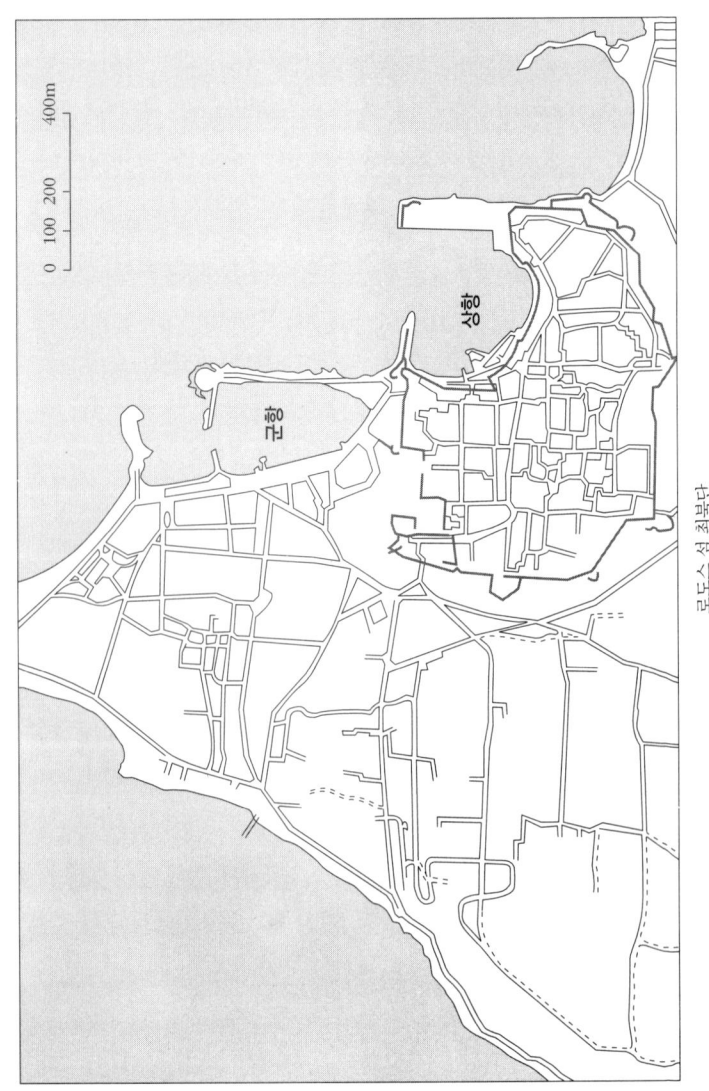

로도스 섬 최북단

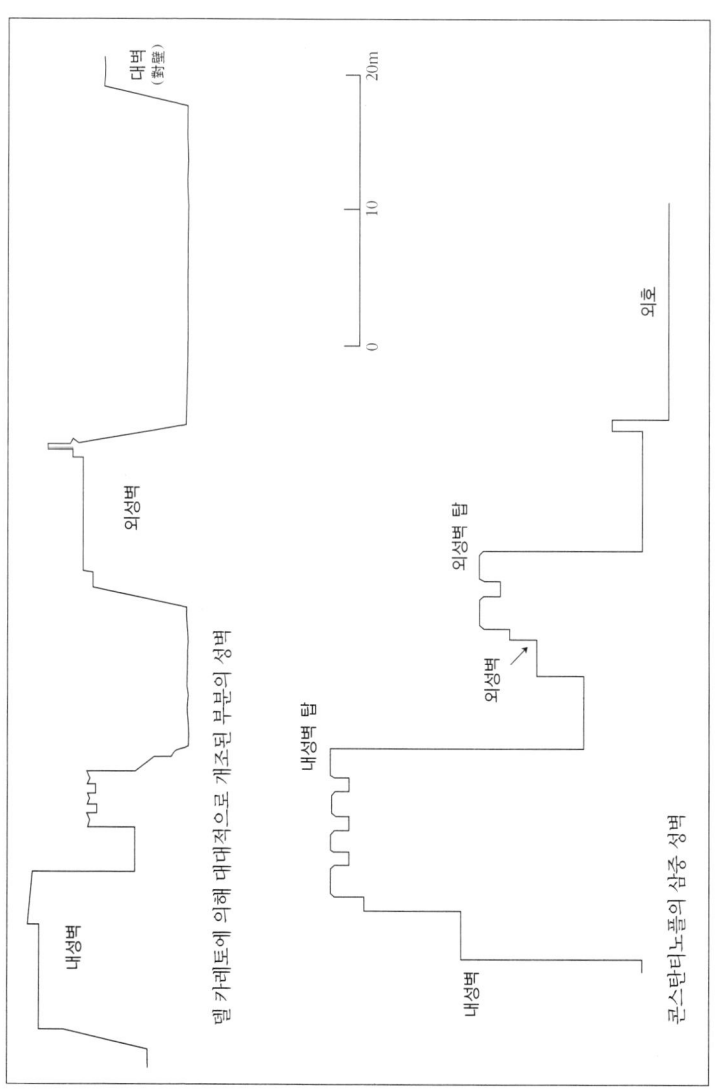

지역 사이를 가로막고 있는 돌담이 있긴 해도 이것을 방패삼아 싸우기에는 너무 빈약해서, 뭐랄까, 사적 영역과 그렇지 않은 지역을 구분하는 정도의 역할밖에 하지 못했다. 그래서 지중해에서 평판이 높은 로도스 성벽이란 시가지 전체를 둘러싼 성벽을 가리키는 게 상식이었다.

전체 길이는 대략 4킬로미터. 단, 전략 요충지마다 앞으로 튀어나온 돌출부가 있으므로 그 둘레 길이까지 더하면 족히 5킬로미터는 넘을 것이다. 아마도 오랜 습관 때문이겠지만, 이 성벽은 성 요한 기사단을 구성하는 여덟 개 군단이 각각 일정 구역을 분담하고 있었다. 평시의 정비 및 보강뿐만 아니라 전시 방위까지도 책임을 지도록 되어 있는 것이다.

북쪽에서부터 보기 시작하면, 먼저 상항(商港) 입구를 지키는 드 나이야크 요새부터 시작해서 군항 선착장 앞을 지나 기사단장 공관 북쪽을 돈 다음 남쪽으로 조금 내려온 곳에 있는 당부아즈 문에 이르는 약 800미터의 성벽은 일 드 프랑스 출신자가 모인 프랑스 기사대가 담당한다. 3대 전의 기사단장 당부아즈가 보강했다고 해서 그 이름을 딴 당부아즈 문은 육지 쪽으로 열린 두 개의 문 중 하나이다. 문이라고는 하지만 이것만으로도 요새 역할을 할 수 있도록 견고하고 복잡한 구조를 갖추고 있다.

당부아즈 문에서 성 조르주 성채까지의 200미터는 독일 출신 기사들의 책임 구역이다. 프랑스 부대에 비해 훨씬 짧은 구역이지만 부대 구성원이 적어서 그런 것은 아니다. 바다에 면한 저지대는 공격에 마땅치 않은 곳이고 실제로 기사단이 로도스 섬을 본거지로 삼은 지 200년이 지났어도 이쪽으로 적이 제대로 된 공격을 펼친 적은 없기 때문이었다. 반대로 당부아즈 문부터는 지면이 올라가기 시작한다. 적의 공격에 노출될 확률이 현격히 높아지는 위험 지대가 되는 것이다.

실제로 성벽 구조 자체가 당부아즈 문을 경계로 달라지는 것은 축성 기술에는 전혀 문외한인 안토니오까지도 알 수 있었다. 당부아즈 문까지 성벽은 전통적인 구조에 충실한, 수직으로 높이 솟은 꼴을 하고 있으며 그 바깥을 둘러싼 호(濠)도 폭이 좁다. 성벽 위 통로에 서서 보니 만일 성벽 바깥쪽에 적이 있다면 훨씬 밑에 가라앉아 있는 것처럼 보일 듯했다. 하긴 성의 역할 중에는 다가서는 쪽이 위협을 느끼게 하는 것도 있으므로 그런 점에서는 한층 높이 솟아 있는 기사단장 공관을 정상으로 한 이 일대는 충분히 제 역할을 다하고 있다 할 것이다. 특히 바다에서 오는 적이라면 틀림없이 엄청난 위압감을 느낄 것이다.

그렇지만 당부아즈 문을 경계로 성벽의 양상은 조금씩 바뀌기 시작한다. 이 근처만 해도 성벽이 높고 흉벽(胸壁)이라 불리는 성벽 위의 톱니 모양도 잘다. 그 때문에 활이나 석궁을 써서 방위하기에는 적당하지만 대포의 설치는 불가능할 만큼 좁다. 성벽 자체도 얇은 편이어서 4미터 정도밖에 안 된다. 하지만 호는 넓고 깊다. 세 개의 아치로 떠받친 돌다리가 호에 걸쳐져 있어 당부아즈 문과 그 바깥 지면을 연결해준다.

거의 직선을 그리며 남쪽으로 뻗어 있는 긴 성벽 중간쯤에 팔각형을 반으로 도려낸 것같이 생긴 성 조르주 성채가 있다. 불쑥 앞으로 튀어나온 이 성채부터 에스파냐(아라곤) 성채까지의 300미터 정도 되는 성벽은 오베르뉴 부대의 담당 구역이다. 여기까지 오면 성벽 두께가 족히 10미터를 넘어서는 반면 높이는 갑자기 낮아진다. 흉벽도 굵직굵직해서 소형 대포 정도는 충분히 배치해둘 수 있다. 직선으로 이어진 성벽면에는 성채 하나가 더 돌출해 있어서 정면 공격뿐만 아니라 에스파냐 성채와 더불어 좌우에서 적을 협공할 수도 있게 되어 있다.

에스파냐 성채에서 영국 성채에 이르기까지 200미터 남짓한 성벽은 아라곤 부대 기사들의 담당 구역이다. 이 주위의 호는 너비가 100미터 가까이나 되는데, 호 가운데쯤에 두꺼운 외벽이 버티고 있어서 이중 성벽을 이루고 있다. 더구나 이 외벽은 영국 성채와 이어져 병력의 증감을 용이하게 할 수 있는 구조를 갖추고 있다.

영국 성채부터 동쪽으로 거의 직선으로 이어지는 코스퀴노 성채까지의 400미터는 영국 부대가 맡은 구역이다. 이 일대도 100미터는 되는 호 가운데 외벽이 버티고 서 있다. 이 근처 성벽은 똑같이 외벽의 보호를 받는다고는 하지만 안쪽으로 접혀 들어간 아라곤 담당 구역에 비해 바깥쪽으로 드러나 있는 편이어서 영국 성채와 코스퀴노 성채가 양쪽에서 지켜준다 해도 직선거리가 400미터인 만큼 이것만으로 수비한다는 것은 무리한 일이다. 그래서 이 성벽에는 합계 네 개의 성채가 튀어나와 직선 성벽의 불리함을 만회하도록 되어 있다. 영국 성채 앞의 호에는 다리가 설치되어 있는데 평시에는 사용하다가 여차하면 안쪽으로 거둬들일 수 있는 도개교이다.

코스퀴노 성채에서 발주자의 이름을 딴 델 카레토 성채까지의 500미터 구간은 프로방스 부대의 담당 구역이다. 코스퀴노 성채는 견고함에서 당부아즈 문에 필적할 만한데, 성벽 밖으로 통하는 두 개의 문 중 하나가 바로 여기에 마련되어 있기 때문이다. 프로방스 기사들이 지키는 성벽은 직선이 아니다. 이 구간 성벽에는 원형과 각형을 합쳐 세 개의 작은 성채가 돌출해 있어서 호 속에 버티고 선 외벽이 없는 데서 오는 불리함을 만회하고 있다.

델 카레토 성채에서 동쪽의 상황을 지켜주는 제방까지는 이탈리아 부대의 담당 구역이다. 성벽은 400미터에 달하는데 이 역시 호 속에 선 외벽을 지닌 이중 구조를 갖추고 있다. 더구나 델 카레토 성채의 구조는 여태까지의 축성 상식을 완전히 뛰어넘은 것이다. 높이 솟아오른 성채가 지금까지의 상식이었던 반면, 델 카레토 성채는 정반대로 나지막하고 야무지게 지상에 착 달라붙은 듯한 인상을 준다. 500년이 지난 오늘날에 보면 성채라기보다는 벙커라는 근대적 호칭으로 부르는 쪽이 적당해 보일 정도다. 흉벽도 대포의 설치를 주목적으로 했기에 낮고 두꺼워서 포격을 받아도 미동조차 않을 것처럼 보인다.

이런 식의 성채는 당시로서는 처음 시도되는 것이었다. 안토니오는 그저 아! 하고 감탄했을 뿐이지만, 전문가인 마르티넨고는 낮은 신음 소리까지 내면서 잠시 말을 잃었을 정도였다.

상항을 에워싼 성벽은 길이가 800미터 이상이고 카스티야 부대의 담당 구역이다. 투르크 해군은 양으로 이쪽을 압도할 수는 있어도 질이 떨어지기 때문에 해상으로 공격해 올 힘이 없다. 그들의 주임무는 어디까지나 육군 수송인 것이다. 그 때문에 바다 쪽의 방어는 봉쇄만 당하지 않으면 아무 문제 없다. 말이 그렇다는 것이지, 이쪽의 항해술이 뛰어난 덕에 봉쇄를 걱정할 이유도 별로 없었다. 사정이 이렇다 보니 대포 출현 이전의 얇고 높은 성벽을 그대로 남겨두어도 딱히 우려할 것은 없었다.

이렇게 해상 방어에 여유가 있던 관계로 바다 쪽 성벽을 지키는 카스티야 부대와 프랑스 부대에서 인원을 차출하여 유격대를 편성, 적의 공격이 집중될 것임에 틀림없는 육지 쪽 성벽 중 원군이 필요한 지역에 그때그때 파견한다는 방침을 세워놓고 있었다. 유격대의 지휘는 기사단장이 직접 맡기로 했다. 그 때문에 성 요한 기사단의 전술상 항상 제일선에 서게 되는 것은 바로 이 유격대였다.

그날 밤, 기사단장 공관 맨 위층에 있는 바다에 면한 넓은 방은 천장에 매달린 철제 샹들리에의 모든 초들을 밝혀놓아 대낮처럼 환했다. 방 한가운데 놓인 긴 나무 탁자 주위로 가죽 의자 열두 개가 주인을 기다리고 있었다.

성벽 시찰 도중 마르티넨고는 자기 의견은 거의 말하지 않고 설명에 귀를 기울이다가 드문드문 질문을 할 뿐이었지만, 이번에는 그가 얘기할 차례였다. 정오까지 성벽을 시찰한 뒤 이 베네치아 기술자는 오후 내내 그가 묵는 이탈리아 기사관에 틀어박혀 수많은 도면을 그렸다. 바로 이 자리, 나무 탁자 위에 그 도면들이 펼쳐져 있다.

등불을 받아 빛나는 탁자 정면에는 기사단장 릴라당이 자리를 차지했다. 단장과 마주보는 자리에 마르티넨고가 앉고 통역인 안토니오는 그 왼쪽에 앉는다. 다른 자리에 기사관장 일곱 명이 앉는다. 단장 바로 왼쪽에는 카스티야 기사관장 겸 부단장인 기사 다르말이 앉는다. 단장 오른쪽으로 비서관 라 발레트의 늘상 엄한 얼굴이 보인다. 성 요한 기사단의 최고 결정 기관이 단 한 명의 결원도 없이 전문가의 의견을 들으러 모인 것이다.

대포 대 성벽

"정말로 훌륭합니다. 듣던 것보다도 뛰어난 성벽을 볼 기회를 가지게 되어 감사할 따름입니다."

이 한마디에 좌중의 긴장이 풀리고 있음을 안토니오도 느낄 수 있었다. 마르티넨고는 단어 하나하나를 신중히 골라가며 말을 잇는다.

"특히 적의 공격이 예상되는 구간의 성벽은 최신 기술이 구사되어 있고 정말 뛰어납니다. 건축 기술자들이 이미 수십 년 전부터 제언해온 것들이 이렇게 철저히 실현된 예는 우리 베네치아공화국에도 아직 없습니다."

이 말은 평소부터 베네치아공화국과 관계가 별로 좋지 않았던 성 요한 기사단 수뇌부의 자부심을 치켜세워주었지만, 애국자 마르티넨고는 한마디 덧붙이기를 잊지 않았다.

"우리 공화국은 영토가 넓기 때문에 성채 하나에 일일이 신경 쓰기 힘들 때도 있습니다만."

그렇다 해도 베네치아의 축성 기술이 세계 최첨단을 달려 독일도 프랑스도 에스파냐도 베네치아 기술자를 초빙하는 데 열심이었던 시대였다. 그 중 한 사람, 더구나 유력한 한 사람이 내린 감정인 만큼 기사들이 희색이 만면한 것도 무리는 아니다. 투르크 대군의 내습이 오늘 내일 하는 이 순간, 600명 기사들이 중심이 된 수천 남짓한 방위군이 의지할 수 있는 것은 성벽밖에 없는 것이다.

1453년의 콘스탄티노플 함락은 동서를 불문하고 사회적·군사적으로 대변혁을 강제하는 계기가 된 역사적 사건이었다. 하지만 이처럼 한 시대를 긋는 대변혁이라고 해서 당시 사람들이 당장 그 의미를 알아채고 확연히 달라진 모습을 보이는 것은 아니다. 사건 직후에도 개혁의 필요를 통감한 사람들이 몇 명 있긴 했다. 그렇지만 이를 곧바로 현실로 옮기는 것은 그 사람이 절대적인 권위와 권력을 가진 전제 군주가 아닌 이상 불가능했다.

콘스탄티노플 공방전의 승패를 가름한 요소 중 첫째가는 것이 투르크의 술탄 메메드 2세의 대포 활용에 있었음은 당시에 이미 주지의 사실이었다. 이 전투가 일어난 지 불과 2년 뒤, 시에나 출신의 한 이탈리아 축성 기술자가 대포 시대에 어울리는 축성 기술을 논한 책을 발간했다. 레오나르도 다 빈치도 15세기 말에 대포의 공격을 염두에 둔 성채를 설계했고, 건축가 집안으로 유명한 산갈로 일가도 몇 가지 시안을 발표했다. 그런데도 반세기도 더 지나서야 비로소 이런 식의 성채가 지어지기 시작한 데는 몇 가지 이유가 있다.

첫째, 콘스탄티노플 함락 이후 투르크제국의 공격선은 해군력의 열세 때문에라도 한동안 북방 내륙으로 향했다는 점이다. 즉 적어도 이 시기 동안 투르크제국 남쪽의 에게 해에서는 제국의 위협을 느끼지 않아도 되었다.

둘째, 서유럽 기독교 세력 중 대투르크 전선의 최전방에 자리 잡게 된 베네치아가 공화국이었다는 점이다. 공화제는 전세 정체와 달리 어떤 제안을 최종 결의하기까지 시간이 많이 걸린다. 더구나 베네치아가 당시 영유했던 아드리아 해부터 에게 해에 이르는 지역의 수많은 기지에 있는 성채를 대포 시대에 맞춰 개조하는 사업은 방대한 재원과 엄청난 시간을 필요로 했다. 일개 위원회가 맘대로 결정할 사안이 아니라, 국회에서 검토에 검토를 거쳐서 결정해야 할 국가 정책의 대전환인 것이다. 이를 이루기 위해서는 소수의 몇몇이 각성하는 것으로는 불충분하고 정책 결정에 관여하는 사람들 중 적어도 반 이상이 이 대사업의 필요성을 납득해야 한다. 하지만 다중(多衆)이란 눈앞에 닥치기 전에는 위험을 알아차리지 못하는 법이다.

따라서 베네치아의 축성 기술이 결정적인 방향 전환을 보이게 되는 것은 한참 뒤인 15세기 말이 되어서였다. 이 시기부터 베네치아는 이탈리아의 다른 나라 출신 기술자들까지 초빙해서 자국 기술의 향상에 적극적으로 힘을 쏟기 시작했다. 그 성과가 제일 먼저 열매를 맺은 것이 투르크와 '국경'을 접하는 키프로스 및 크레타 섬의 성채들이었다.

동지중해 해역에서 베네치아와 더불어 대투르크 전선의 최전방에 위치한 로도스 섬의 성 요한 기사단에서는 사정이 좀 달랐다.

기사단이 지켜야 할 영토는 베네치아처럼 넓지도 많지도 않다. 로도스 섬 외에는 주변 서너 개의 작은 섬들밖에 없다. 게다가 공화정체도 아니다. 기사단장 이하 채 열 명이 안 되는 최고 위원회가 모든 결정권을 쥐고 있다. 또한 기사단장 한 명의 결심이 그대로 정책 결정으로 이어지는 경우도 적지 않았다. 원수(도제)가 2천 표 중 그저 한 표밖에 차지하지 못하는 베네치아에 비하면 상당히 '융통성이 좋은' 조직인 것이다.

그렇다고 개혁이 일사천리로 진행된 것은 아니다. 투르크군이 곧장 로도스에 과녁을 맞히지는 않았다는 사정도 작용했다. 닥치기 전에는 위험을 알아차리지 못하는 데는 기사들도 매한가지였던 것이다.

사실 1480년대에 들어 메메드 2세가 갑자기 대군을 파견했을 때 로도스 성벽은 비교적 얇은 벽이 직선으로 높이 솟아오른 형태로, 흉벽도 사수 한 명분 정도로 좁았으며 직선으로 이어진 성벽 요소 요소에 탑을 배치해둔 대포 이전 시대를 상징하는 콘스탄티노플식 성벽이었다. 그럼에도 방위에 성공할 수 있었던 것은 일단 술탄의 친정(親征)이 아니었기에 공격하는 여러 장수들이 실책을 범할까 두려워 소극적인 전술로 일관했던 점과 투르크 진영을 엄습한 역병 덕분이었다. 이런 성벽으로 앞으로도 버틸 수 있으리라고는 기사도 정신의 현현이라 자부하는 프랑스 기사들도 더 이상 생각할 수 없었다.

로도스의 성벽 보강은 이 승리에 도취되지 않은 도뷔송, 당부아즈 등 두 기사단장에 의해 전투 종료 직후부터 시작되었다. 성 요한 기사단에서는 신설이든 보강이든 이를 지시한 기사단장의 문장을 건축물에 새겨넣는 것이 보통이어서 도뷔송, 당부아즈의 문장을 여기저기서 찾아볼 수 있다.

이들 둘의 열의가 나름대로 흔적을 남겼다고는 해도 보강의 치원을 넘어서지는 못했다. 종래 성채의 개념을 전혀 탈피하지 못한 것이다. 확실히 로도스 성채는 견고해지긴 했지만 중세 성의 흔적이 짙게 남아 있었다. 로도스 성벽의 혁신은 당시 가장 현실적인 민족이었던 이탈리아인이 기사단장으로 나올 때까지 기다려야 했을지도 모른다.

파브리지오 델 카레토가 기사단장이었던 기간은 1513년부터 21년까지 8년 간이다. 취임 직후부터 성벽의 근본적 개혁을 꾀하고 있었음은 지금도 남아 있는 수많은 메모들을 통해 확인할 수 있지만, 이 생각을 실현시키는 데 본격적으로 착수할 수 있었던 것은 취임한 지 5년이 지나서였다. 아마도 그 5년 동안 재원을 확보하느라 동분서주했을 것이다. 베네치아에 남아 있는 건설 비용 결산서를 보더라도 당시의 성채 건설이란 아찔하리만지 돈이 많이 드는 사업이었음을 알 수 있다.

델 카레토 기사단장은 베네치아에서도 고명한 축성 기술자 바질리오 델라 스콜라를 말 그대로 삼고(三顧)의 예를 다하여 초빙했다. 당시만 해도 투르크는 로도스 공격에 별 관심이 없었기에 투르크와 몇 번이나 우호조약을 갱신해온 베네치아로서도 자국의 우수한 기술자를 파견하는 데 그다지 신경을 쓸 필요가 없었다. 베네치아공화국은 외교상의 문제만 없다면 이런 식의 '기술원조'에 너그러운 나라였다. 그래서 기술자 스콜라도 백주에 당당히 로도스 섬에 도착할 수 있었고 거기서 3년 간 머물게 된다.

스콜라의 개조안은 완전히 혁신 그 자체였다. 설계도를 본 프랑스 기사들 중 적지 않은 수가 이런 볼품없는 성벽에서는 싸울 마음이 나지 않는다고 델 카레토에게 항의했을 정도였다.

콘스탄티노플 성벽으로 대변되는 종래의 성벽이 지표면에서 높이 솟은 것이었던 데 반해 스콜라가 생각한 것은 쌓는다기보다는 판다는 쪽이 어울리는 것이었다. 지금까지는 가능한 한 아군의 위치를 높여 땅에 포진한 적을 굽어보며 공격을 퍼부을 수 있게 하는 데 주안점이 두어졌으나, 스콜라의 개선안에서는 공격측과 방위측이 거의 같은 높이에서 대치하도록 한 것이다. 양자 사이에 가로놓인 호도 이전보다 훨씬 더 넓고 깊게 바뀌었다. 즉 아무리 포격을 받아도 끈질기게 땅에 착 달라붙어 있는 성을 의도한 것이다. 이 개혁이 가장 대담하게 실행된 것은 적의 공세가 집중될 것임에 틀림없는 육지 쪽 성벽이었다. 군항과 상항에 면한 북쪽과 북동쪽의 성벽은 거의 손을 대지 않고 남겨두었다. 투르크가 가상 적국인 이상 지금 있는 성벽으로도 충분히 방어

할 수 있으리라 판단했기 때문이다.

스콜라는 옛 성벽을 뿌리부터 다 바꿔버리려고는 하지 않았다. 성벽을 위부터 깎아내려 여기서 생긴 토사와 석재에다가 새로 들여온 석재를 더해서 성벽 두께를 훨씬 더 늘렸다. 서쪽과 남쪽의 경우 성벽 위 통로의 너비가 10미터에 달한다. 세계 최강이라 입버릇처럼 말하던 콘스탄티노플의 내성벽도 5미터 정도밖에 되지 않았다. 스콜라는 이 정도로는 만족할 수 없었다. 10미터 이상 되는 두꺼운 성벽 안쪽에 이를 떠받치는 벽을 하나 더 덧붙인 것이다. 이것은 성벽 위에서 아래로 경사면을 그리며 내려가는 석벽이다. 밑으로 내려오는 돌세난이 붙어 있는 부문만 빼고 오베르뉴, 아라곤, 영국, 프로방스, 이탈리아 각 부대가 방위하는 성벽은 모두 이 방식으로 안쪽이 보강되었다.

아무리 봐도 중세의 전형적인 탑처럼 보이는 높다란 탑들도 다 허물고 새로 짓지는 않았다. 이 역시도 성벽처럼 높은 부분을 낮추고 전략적으로 중요한 위치에 있는 것들에는 석재를 덧대어 튼튼하게 했다.

이탈리아어로 흉벽을 '레이스'라는 뜻의 '메를리'라고도 하는데 성벽 위에 레이스 테두리처럼 톱니 모양이 이어져 있어 이렇게 부른다. 하지만 이 중세풍 구조물도 스콜라의 손을 거치자 직역하면 '큰 레이스'라고밖에 옮길 수 없는 '메를로니', 즉 대흉벽(大胸壁)으로 바뀌었다. 굳이 바꿀 필요가 없는 지대를 빼고는 모두 대흉벽으로 개조되었다. 메를로니로 바꿀 때 생기는 이점은 포격을 당하더라도 산산조각이 나지는 않는다는 것이다.

한편 호의 너비가 한층 넓어진 아라곤, 영국, 이탈리아 각 부대 담당 구역 앞에는 호 속에 외벽에 해당하는 석벽 하나를 더 세웠다. 적에게서 너무 떨어져버리면 이쪽이 안전하긴 해도 적에게 공격을 가할 수 없다. 일단은 이 외벽에서 방어하다가 형세가 불리해지면 내벽으로 후퇴한다. 외벽에는 각각 가장 가까운 성채와 이어진 연락 통로가 만들어졌다. 에스파냐 성벽 앞 외벽에서는 영국 성채로 달아날 수 있도록 해놓았고, 영국 성벽 앞의 외벽을 지키는 병사는 여차하면 영국 성채나 코스퀴노 성채로 후퇴해서 내성벽 방어에 임하면 된다. 영국 부대가 지키는 성벽 앞 외벽은 델 카레토 성채와 연결되어 있었다.

호의 깊이도 적의 포진이 예상되는 성벽 이외 지역에서도 20미터 깊이까지 파들어갔고 너비도 외벽부터 따져 20미터는 된다. 이렇게만 해놓으면 제아무리 인해전술이 능사인 투르크군이라도 간단하게 메워버릴 수는 없을 것이다. 콘스탄티노플의 호도 너비는 20미터 이상이었지만 깊이는 1미터밖에 안 되었다. 그래서 매립되어버린 것이다. 그렇다고 너비를 한없이 넓게 하는 것도 전략적으로 유리한 것은 절대 아니다. 적을 사정거리 밖에 방치해두고 안심하고만 있으면 전투가 성립되지 않는다. 농성을 질질 끄는 것은 육상 교통이 가능한 곳에 아군이 있지 않은 기사단으로서는 어떻게 해서든 피해야 할 일이었다.

로도스의 호는 바닷물을 끌어들일 수가 없었다. 해수면이 너무 낮기 때문이다. 그래도 어찌하든 물을 끌어들일 생각으로 호를 더 깊게 파면 시가지가 침수될 우려가 있었다.

스콜라의 개조에서 최대의 특징은 군대 용어로 '포탑'(turret)이라 불리는, 성벽면에 크게 돌출한 부분이다.

나는 지금까지 이 포탑을 성채라 번역해왔는데 이것은 완전한 의역이다. 포탑은 성벽에서 독립되지 않은 것인 데 반해 사전에 따르면 성채는 본성(本城)에서 떨어져 만들어진 소규모 축성이기 때문이다.

하지만 '포탑'이란 말은 너무 현대적인 뉘앙스를 풍긴다. 16세기 공방전 얘기를 하는데 영국 포탑이라든지 성 조르주 포탑이라든지 해버리면 너무 안 어울리는 것이다. 이 묘납은 『콘스탄티노플 함락』에서는 그냥 '탑'이라고만 했는데, 콘스탄티노플의 포탑에 비해 로도스의 그것은 성질이 상당히 많이 달라졌기 때문에 말을 바꿨다. 자세한 것은 조금 있다가 더 쓰도록 하겠다.

로도스의 포탑은 거의 성채와 비슷한 기능을 했다. 즉 이 포탑만 무너지지 않는다면 성벽 전체가 점령당하는 일은 절대 생기지 않는다는 것이다. 줄줄이 이어진 성벽의 요소 요소를 성채가 지켜주고 있다 생각하면 될 것이다.

보다 자세히 얘기하자면, 콘스탄티노플 성벽에서는 40미터 정도마다 높은 사각형 탑을 하나씩 세워놓았는데, 로도스에서는 이런 스타일을 폐기하고 대신 각 부대 담당 구역별로 하나씩 커다란 성채를 지어 전면으로 불쑥 튀어나오게 했다. 콘스탄티노플 공방전에서 탑의 역할은 그저 사각형꼴로 높이 솟아 방어에 임하는 것이었을 뿐이고 방위의 요체가 되지는 못했다. 방어상 성벽과 탑의 차이란 탑 쪽이 더 높고 사각형으로 튀어나와 있어 사각형의 양 측면을 활용할 수 있다는 것 정도였다. 그런데 실전에서는, 탑을 중심으로 방어한다는 생각 자체가 없었기에 이런 측면 활용도 그다지 행해지지 않았다.

반대로 로도스에서는 다각형으로 튀어나와 있는 성채야말로 방어의 핵심 중추였다. 그래서 각 부대는 성채를 하나씩 가지게 되었다. 실제로 공방전이 시작되자마자 각 부대의 대장, 즉 각 기사관장들이 각자 자기 부대의 성채에 자리잡고 지휘를 수행했다. 부대 깃발도 각자의 성채 위에 내걸었다.

그러나 성채 하나만으로 짧게 잡아 200미터, 길게는 400미터를 넘어서는 성벽 전역을 방위한다는 것은 역시 무리다. 그래서 거의 100미터 간격으로 소형 성채를 배치했다. 아울러 사각형일 경우 방어할 수 있는 방향이 제한되므로 다각형이나 원형으로 했다.

이런 개혁은 소수 병력으로 대군에 맞서 싸워야 했던 성 요한 기사단의 필요에 부응한 것이었지만 단지 로도스에서만 볼 수 있는 양상은 아니었다. 그뒤 100년 간 서유럽 축성 기술의 역사는 이 포탑이 진보해온 발자취라 해도 과언이 아닐 정도이다.

파브리지오 델 카레토는 16세기 초두에 가능했던 최고 수준의 성채를 남기고 세상을 떠난 것이다.

마르티넨고는 전문가의 입장에서 로도스 성채에 관해 설명한 뒤 이렇게 말했다.

"대포의 공격에 대처하는 것만 문제삼는다면 로도스 성채는 완벽하다 해도 좋습니다. 여기 가져온 도면에 표시한 곳만 정비하면 충분할 겁니다. 그렇지만 투르크는 이제 지뢰를 쓸 겁니다. 콘스탄티노플에서도 쓰려고 했지만 그때 그들에겐 갱도 굴착 기술자가 없었습니다. 하지만 이제 그들은 이 분야에 전문 부대까지 갖추고 있는 실정입니다."

마르티넨고도 스콜라가 지뢰에 대한 대책을 게을리했다고 생각지는 않았다. 이 문제에 대해서도 스콜라가 이미 손을 써놓았음은 같은 건축 기술자인 만큼 마르티넨고가 누구보다도 잘 알 수 있었고, 내심 감탄해 마지않았던 것이다.

호를 더 한층 깊이 판 것 자체가 적의 굴착을 어렵게 하기 위한 것이었는데, 그뿐 아니라 성벽 바로 안쪽 지면에 1미터 깊이의 도랑을 파놓기도 했다. 적이 땅을 파고들어오면 이 도랑 안에 들어가 공사 소리를 듣고 판단을 내리기 위함이었다. 적의 공사가 성벽의 어느 지점을 노리고 있는지만 정확히 판단할 수 있으면 곧장 그 방향으로 이쪽에서부터 갱도를 파고들어간다. 일이 잘 풀려 두 갱도가 마주치기만 하면 격퇴는 간단한 일이다. 갱도를 폭파해버리면 되는 것이다. 투르크군은 이쪽이 알아차린 갱도를 두번 다시 파지는 않을 것이니 말이다.

그래서 마르티넨고의 제언은 이 분야에서도 정비 차원을 벗어나지 않았다. 지하 도랑은 1미터로는 불충분하므로 조금 더 깊이 팔 필요가 있고 도랑 위에 지붕처럼 판을 덮어둘 필요가 있다는 것 등이었다. 지금처럼 도랑 위가 개방되어 있으면 적의 포격

개시와 더불어 사방으로 튀어오를 토사나 돌멩이가 도랑을 덮어버려 일껏 만들어놓았는데도 제 기능을 다하지 못하리라는 이유였다.

기사단장 이하 성 요한 기사단의 수뇌들은 베네치아 기술자의 제언을 전면적으로 받아들였고, 정비 공사는 당장 다음날부터 시작하기로 결의했다. 공사 총지휘는 마르티넨고에게 일임되었다. 공사에 필요한 인원, 자재, 비용 등은 마르티넨고의 요구에 그대로 따를 것임도 결의되었다. 성벽에 관한 한 이 '붉은 피'가 백지 위임장을 받은 셈이다. 베네치아 기술자는 이 결정에 감사의 뜻을 표한 뒤 한 마디 덧붙였다.

"아무리 난공불락의 성이라도 시간은 항상 공격자의 편입니다."

성 요한 기사단이 이 문제에 관해 수수방관하고 있었던 것은 아니다. 술탄 쉴레이만 1세의 선전포고가 당도한 직후, 원군 파견을 청하는 특사를 로마 교황청과 프랑스 왕 및 에스파냐 왕에게 보내기도 했다. 하지만 기독교 국가 연합인 '십자군'이 결성되기에는 서유럽의 사정도 이미 너무 많이 바뀌어 있었다.

1453년의 콘스탄티노플 공방전은 전쟁이 역사를 바꾼 좋은 예이다. 대포의 활용이 이후의 축성 기술, 즉 전술 전반을 바꿔놓은 것이나, 대군을 투입하여 승리함으로써 대군주국 시대로의 이행을 강제한 것 등 역사적 변혁을 수반한 전쟁이었던 것이다. 1522년의 로도스 섬 공방전은 이 두 가지 면 모두에서 70년 전 사건의 파장이 전면적으로 밀려온 최초의 전쟁인 셈이다. 하지만 유럽 사람들 중에 이 작은 남쪽 섬에서 일어나고 있던 새로운 흐름을 알아차린 이는 없었다.

로마 기사

 그날 밤을 끝으로 안토니오 델 카레토는 통역 일에서 해방되었다. 성벽 정비 같은 구체적인 작업은 일단 시작되기만 하면 복잡한 의사 소통이 필요없어진다. 베네토 사투리가 섞인 이탈리아어에 크레타 체재중에 익힌 조잡한 그리스어, 배우다 만 것 같은 독일어랑 프랑스이를 쓰는 미르디넹고는 혼자시도 작업을 진행시키는 데 아무 문제가 없었던 것이다.
 그렇다고 신참 기사가 로도스에 오면 으레 하게 마련인 '해적질'에 참가하는 것도 아니다. 곧 닥쳐올 투르크의 공세에 대비해 단 한 척의 배도 헛되이 쓸 수 없다는 방침이 정해져 투르크 배의 습격은 얼마 전부터 중지된 상태였다. 성 요한 기사단의 깃발을 건 배가 아침에 항구를 나서서 저녁나절에 돌아오곤 했지만 어디까지나 주변 해역을 감시하기 위해서일 뿐이었다. 요즘은 투르크 배도 잘 나타나지 않았다. 수평선 위로 자욱한 전운은 이슬람교도의 눈에도 보이는가 보다.
 로도스 섬 자체는 소란하다 할 정도로 활기에 넘쳐 있었다. 상항에는 식량이나 탄약을 가득 실은 고용선이 하루에도 몇 척씩 입항하고, 군항에서는 군선을 정비하는 망치 소리가 해질녘까지 끊이지 않았다. 육지 쪽에서는 로도스 거주민들 중 남자들이 동원되어 성벽의 정비 작업을 진행하고 있다. 마르티넨고가 얼마나 성실히 일하는지는 이탈리아 기사관에 돌아오자마자 곯아떨어지는 것을 봐도 알 수 있었다.

기사단 수뇌부도 해결해야 할 문제들이 산적해 있어 연일 정신없이 바쁜 나날을 보내고 있었지만, 딱히 맡은 일이 없는 젊은 기사들은 일주일에 한 번 있는 병원 근무를 빼고 나면 그지없이 한가했다. 무기나 갑주 손질은 고향에서 데려온 종복들의 몫이다. 이 틈에 검술이나 석궁술을 단련해두려 하는 기사들 사이에 유독 오르시니가 보이지 않는 것에 안토니오의 관심이 끌렸다.

처음 기사단장을 만나러 공관으로 갔던 날 아침, 안뜰로 내려오는 계단에서 만난 이래 저 젊은 로마 기사와는 한번도 다시 마주치질 못했다. 그때 한번 놀러 오라고 했던 그의 말을 떠올린 안토니오는 이래저래 평판이 좋지 않은 그 사내를 찾아가기로 마음먹었다.

로도스에 온 지 얼마 되지도 않은 안토니오가 잠바티스타 오르시니의 집을 찾기란 의외로 힘든 일이었다. 기사관 밖에 살 수 있는 고참 기사라도 보통은 각국 기사관이 밀집한 지역에 집을 빌려 사는 경우가 많은데 오르시니만은 그곳에 살지 않았다. 찾고 찾다가 마침내 당도한 곳은 시가지에서도 기사관에서 가장 먼, 이탈리아 부대 수비 지역과 상항 사이에 끼인 지구였다. 이 일대는 로도스 태생의 그리스인 거주 지역도 아니다. 장사를 위해 로도스에 머무는 이탈리아인이나, 지중해 세계 어디서나 볼 수 있는 유대인이 뿌리를 내린 곳이다.

짙은 나무 그늘에 덮인 안뜰이 딸린 자그마한 로도스풍 집이었다. 로도스 특유의 상쾌한 산들바람이 집안 구석구석까지 부드럽게 간질인다. 문을 열어준 이는 오르시니가 로마 북쪽의 자기네 영지에서 데려왔다는 말수 적고 성실하게만 보이는 늙은 종복이다. 안토니오도 이탈리아 기사관에서 몇 번 본 적 있는 사람이다.

가느다란 원기둥이 우아하게 떠받친 2층의 회랑과 안뜰을 돌계단이 이어주고 있다. 로마의 젊은 기사는 그 원기둥 하나에 몸을 기댄 채 안토니오를 기다리고 있었다. 오늘은 은색으로 빛나는 갑주 차림이 아니다. 흰 마포로 만든 풍성한 셔츠를 가슴팍의 매듭까지 풀어헤친 채 검정 타이츠에 되는 대로 쑤셔 넣은 모습이다. 오르시니가 이렇게까지 편한 모습으로 나타나자 안토니오도 덩달아 기분이 느슨해졌지만 약간 불쾌하다는 생각을 억지로 불러일으켜 몸가짐이 흐트러지지 않게 했다.

로마 기사는 손님에게 회랑에 놓인 의자 하나를 가리켰다. 앉으라는 말인가 보다. 그리고 자기는 그전까지 앉아 있었던 듯한 투르크풍의 낮고 긴 의자에 다리를 쭉 뻗고 팔을 괴어 옆으로 누웠다. 상체 밑에 쿠션을 괴고 다리만 길게 뻗은 그 모습에 안토니오는 이탈리아에서 자주 본 적이 있는 에트루리아 시대의 묘관에 새겨진 조상을 떠올렸다.

"잘나신 분들한테서 풀려났다고 들었는데, 심심하진 않아?"

무심결에 안토니오의 입가에 떠오른 미소를 오르시니는 대답

대신으로 받아들인 것 같았다. 그때 안토니오 뒤에서 낮은 노랫소리 같은 그리스어가 들렸다. 돌아본 그의 눈에 로도스 섬에서 자주 마시는 레몬수에 벌꿀을 탄 음료수 항아리를 들고 선 여자 한 명이 비쳤다. 바로 이 여자가 이런저런 악평의 근원인 것이다. 우연히 집에 들른 여자인지 아니면 그 집에 눌러 사는 사람인지는 안토니오도 알아챌 수 있을 정도이다. 순결, 복종, 청빈을 서원한 종교 기사단의 기사가 여자와 동거를 한다니 문제가 안 될 수가 없다.

기사들이 모두 다 이 서원을 철저히 지킨다고는 할 수 없다. 엄수되고 있는 것은 복종뿐이다. 청빈의 문제는 서유럽의 고명한 귀족 자제가 모인 성 요한 기사단에서는 로도스 섬에서 이렇게 사는 것 자체가 청빈이다. 서유럽에 있는 친형제들이 왕의 궁정이나 자기 영지의 성에서 지내는 생활에 비하면 확실히 로도스의 기사들 생활은 그들 입장에서는 엄청난 청빈이었다. 여자 문제만 해도, 결혼이 금지되었다 뿐이지 은밀히 사귀는 것은 묵인되고 있었다. 다만, 어디까지나 은밀히 사귈 때 얘기지 내놓고 여자와 동거하는 것까지 묵인되는 것은 아니다. 실제로 이 사람 외에는 그렇게 하는 사람도 없다.

그의 집에 있는 여자는 로도스 태생의 그리스 상인의 아내인데, 남편은 수년 전 콘스탄티노플에 간 뒤로 소식이 끊어졌다고 한다. 오르시니와의 관계가 사람들의 입에 오르내리기 시작한 것은 2년 전부터이다. 시가에서 이를 극히 수치스럽게 여긴 까닭에 더 이상 그리스인 거주 지구에 살 수 없게 되었다. 이런 사정을 안토니오는 나중에 그 집 종복에게서 들어 알았다. 종복들 사이에서 소문은 더 빨리 도는 것 같았다.

여자의 검게 파도치는 머리결은 목덜미쯤에서 질끈 동여매여 있었고 또렷한 얼굴 생김은 이탈리아 여자와 달리 부드럽다기보다는 강하다는 인상을 주었다. 하지만 항아리를 기울여 은잔에 음료수를 따를 때 가냘픈 몸이 사뿐히 굽어지는 모습은 흠칫 놀랄 만큼 전아했다. 행동거지도 스스로를 비하하는 것도 아니고 그렇다고 거친 것도 아닌, 극히 자연스레 자신이 있을 곳을 알아 행동하는 이의 그것으로, 얼핏 미소를 띠고 손님에게 인사하여 약긴 닌처해하던 안도니오를 구해주었다. 젊지는 않다. 스물다섯 살이라는 오르시니와 동갑이 아니면 약간 위인 것 같아 보였다. 한 가지 확실한 것은 남자와 여자가 함께 있을 때 이토록 자연스러워 보이는 쌍을 안토니오는 여태껏 본 적이 없다는 것이었다. 안토니오는 레몬수의 감미로운 쾌감을 맛보며 처음에 가졌던 당혹스러움이 눈에 띄게 엷어짐을 느꼈다.

그뒤로 젊은이는 종복을 대동하지 않고 혼자 방문하게 되었다. 오르시니와는 방 안에서 얘기할 때도 있었지만 처음 방문 때처럼 정원에 땅거미가 내려앉을 시간까지 회랑에 있는 경우가 많았다. 계절은 여름으로 접어들고 있었다. 그리스 여자는 언제 오더라도 꼭 있었다. 집 밖에서 일을 보는 것은 오르시니의 종복이 할 몫인가 보았다.

같은 이탈리아 태생에 같은 귀족 계급인 만큼 두 젊은이 사이에는 활기 찬 대화가 끊이지 않았는데, 세번째로 그의 집을 찾았을 때 안토니오를 지그시 바라보던 오르시니가 갑자기 이렇게 물은 적이 있다.

"서유럽에서 원군이 올까 안 올까?"

안토니오는 뭐라 대답할 수 없었다. 기사관에서는 모두들 원군이 이미 유럽의 항구를 출발한 것처럼 떠들썩하지만, 뭔가 막연한 불안감을 떨쳐버릴 수 없던 차였다.

"원군은 안 와. 서유럽은 이 남쪽 섬에 도움을 주고 말고 할 처지가 아니니까. 우리는 버림받은 이 상태 그대로 싸울 수밖에 없어."

안토니오는 아무 말이 없었다. 그런 그를 약간은 부드러운 눈길로 바라본 뒤, 로마의 기사는 안뜰에 우뚝 솟은 사이프러스나무 꼭대기로 시선을 옮기며 말을 이었다.

"여기 있으면 로도스 상항에서 정보가 직접 전달된다네. 상항에서 기사단장 공관으로 들어갔다가 그런 뒤에야 우리한테 전달되는 정보하고는 차원이 다른, 말 그대로 생생한 정보지.

성 요한 기사단은 교황의 인가를 받은 정식 종교 단체니까 우리는 로마 교황의 직접 관할하에 있는 셈이야. 원군 파견을 요청하는 것도, 일단 로마 교황한테 기사단이 사절을 보내면 교황이 접수해서 다시 여러 왕후들한테 친서를 보내 참가를 설득하고, 그런 뒤에 왕후들이 각자 제공해준 병사들이 교황의 깃발 아래 모여서 이 로도스까지 오는 거지. 이게 일의 절차란 말야. 이교도의 격파가 목적인 십자군은 언제나 이런 수순에 따라 편성되어왔으니까. 제아무리 실제로 군대를 파견할 수 있는 왕이라 해도 혼자 십자군 정신으로 불타올라 참전할 수는 없지. 교황이 인가해주지 않으면 그건 왕의 군대지 십자군은 아니니까. 십자군이 다른 영토 방위군하고 다른 건 바로 그 차이야.

그런데 자네도 알고 있겠지만, 교황 레오 10세는 작년 12월 초에 급사했어. 설마 마흔다섯 살에 죽을 거라고 누가 생각이나 해보았겠어? 메디치 가 출신 교황이 그렇게 갑자기 죽어버렸으니 바티칸이 발칵 뒤집혔다는 것도 사실이겠지. 추기경들도 다음 교황을 누구로 할지 전혀 예비 공작을 해놓지 않아서 한 달도 더 지나서야 새 교황을 뽑는 추기경 회의(콘클라베)를 열었을 정도니까.

그런데 예비 공작을 안 해놓은 탓에 유력한 추기경들이 서로 분열해버렸다 이 말씀이야. 추기경 회의를 몇 번이나 열어도 교황 선출에 필요한 3분의 2 찬성을 얻어낸 추기경이 하나도 없었단 말이거든. 아마 누군가 참다 참다 못해 멀리 가 있어서 회의에 참석하지 못한 추기경 이름이라도 댔나 보지. 그 사람은 학자고 청렴결백하다느니 어쨌다느니 하면서 말야. 라이벌이 교황 자리에 앉느니 다른 아무나 되는 게 낫다고 생각한 두 파벌의 추기경들의 표가 일제히 이 사람한테 몰려버린 것은 협조성 없기로 유명한 이탈리아인이니까 놀랄 일도 아니겠지. 이렇게 해서 우리 가톨릭교도는 황제 카를로스의 궁정에서 가정교사를 지내고 있다는 것 외에는 전혀 아무것도 안 알려진 네덜란드인을 교황으로 모시게 됐다 이거지.

그런데 새 교황은 임지인 에스파냐에서 이 소식을 전달받긴 했지만 바로 로마로 떠날 수가 없었고, 덕분에 올 2월 공식적으로 교황직 수임 선언을 해놓고서도 아직도 에스파냐 땅에 머물고 있는 상태야. 수임 선언을 할 때 자기가 왕이 될 가톨릭 교회의 양대 임무가 루터파 운동에 대한 대처와 대이슬람 십자군 결성을 위한 기독교 국가들의 통일이라고 선언하긴 했지만, 유감스럽게도 교황의 면류관을 쓸 때까지 그는 절대 정식 교황일 수가 없지. 대관식 장소는 로마에 있는 산 피에트로 성당. 그때까지는 교황청에 주인이 없는 셈이야. 즉 교황청은 아무것도 못 한다는 거지.

그건 그렇고, 서유럽에서는 새 교황이 에스파냐에서 어떤 경로로 로마까지 갈지를 놓고 티격태격하고 있다는데.

신성로마제국 황제 카를 5세, 그러니까 카를로스는 소년 시절 가정교사의 영전을 휘하 백성 모두와 축하하고 싶다는 명목으로 에스파냐에서 해로를 통해 네덜란드까지 간 다음 독일을 거쳐 이탈리아로 들어가는 길을 권하고 있다는군. 다 자기네 영토지. 어쨌든 황제는 겉으로는 축하니 어쩌니 하지만, 신성로마제국이랑 사이가 안 좋은 프랑스 땅을 교황이 지나게 되면 의전상 당연히 왕이 영접할 거고 그러면 교황과 프랑스 왕이 친해질지도 모르니까 그런 기회를 라이벌한테 주고 싶지 않다는 속셈이겠지.

영국의 헨리 8세도 에스파냐에서 해로를 통해 영국에 들렀다가 거기서 네덜란드 지방으로 가시는 게 어떻겠냐는 사절을 교황한테 보냈다는군. 물론 프랑스 왕 프랑수아 1세는 프랑스를 지나는 경로를 권하고 있고.

 그래서 교황이 어떻게 했을 것 같아? 신성로마제국 황제나 프랑스 왕 어느 누구의 마음도 상하게 하고 싶지 않고 호의를 거절하기도 난처하고……. 결국엔 에스파냐에서 출발해 해로를 통해 제노바로 가서는 거기서 다시 해로로 로마 외항 오스티아까지 가기로 한 것 같아. 하지만 아직 출발도 안 했어. 해군 같은 게 있을 턱이 없는 교황청이 아직 마중나갈 배를 출항시키지 못하고 있어서지. 이대로 가면 도대체 언제쯤에나 가톨릭 교회가 주인을 맞게 될지 막막하기만 할 뿐이야.

 그런데 말야, 만에 히니 이교도를 괴멸시키는 데 이 한 몸 다 바치겠다 작정한 교황이 로마에 있으면 상황이 변할까? 자네 생각은 어때?"

 "그렇게는 생각되지 않습니다. 교황청의 주인이 누가 되든 간에 2년 전 루터의 파문 뒤로 공공연히 활동하고 있는 루터파에 관한 대책이 지상 과제로 간주될 테니까요."

 "그래. 로마 교황으로서는 만사를 제쳐놓더라도 이것만은 끝을 봐야 되는 문제야. 프로테스탄트라는 루터 일파의 세력이 아직 침투하지 않은 나라에서도 성직자건 평신도건 할 것 없이 동요하고 있어. 나같이 맨날 빈정대기만 하는 놈도 일단 교황 자리에 앉으면 이 문제만은 피할 수 없어. 이교도 투르크한테 어떻게 대처한다 하는 것은 나중 문제지.

 더구나 우리는 유럽 내 세력들이 치고받는 재편기에 전투를 벌여야 해. 운도 정말 없지.

아라곤과 카스티야 군주가 결혼해서 정식으로 통합된 에스파냐, 유럽에서 중앙집권화가 제일 잘된 프랑스, 대륙 진출에 실패한 덕에 오히려 국내 통일이 일사천리로 진행되는 영국, 명목상 왕 위의 왕이라는 신성로마제국 황제 자리에 앉아 있으면서도 선거후들이 다들 힘이 강해서 중앙집권화에 뒤처진 독일, 그리고 밀라노, 베네치아, 피렌체, 교황청, 나폴리. 얼마 전까지만 해도 이런 나라들이 균형이라고 하기엔 좀 이상하지만 어쨌든 균형이라고밖에 할 수 없는 기묘한 상태를 유지했지.

그게 조금씩 변하더니 이제 결정적으로 옛날하고는 달라지기 시작했어.

역시 동쪽의 투르크가 자극한 거라고 봐야겠지. 콘스탄티노플이 함락되면서 비잔틴제국도 없어지고, 대신에 투르크가 그 자리를 차고앉아서 옛 비잔틴제국 영토의 '계승'이라는 대의명분을 내걸게 됐지. 투르크는 이 대의명분을 최대한 활용해가면서 북으로는 빈을 압박하고 동으로는 티그리스와 유프라테스 강을 넘어서 페르시아 땅까지 갔고, 남쪽으로 홍해를 포위했고, 서쪽으로는 이집트부터 알제리까지 북아프리카 전체를 영유하는 대제국으로 성장했으니까.

동쪽의 대제국에 맞서려면 서유럽도 대국이 되는 수밖에 없는 거야. 시대의 요구가 그런 방향으로 가기 시작할 때 카를로스가 등장했지. 정말 어쩌면 그렇게 때가 잘 맞았는지 모를 정도로.

6년 전이니까 1516년이군. 외조부인 에스파냐 왕 페르난도가 죽고 카를로스가 에스파냐 왕이 되었지. 그런데 이걸로 끝이 아냐. 3년 전인 1519년에 신성로마제국 황제 막시밀리안도 죽었고, 합스부르크 왕가 직계인 카를로스가 대를 이어 독일과 오스트리아까지 자기 지배하에 넣은 거야.

신성로마제국 황제 카를 5세, 즉 신대륙까지 포함한 에스파냐 왕 카를로스 1세의 탄생이지. 1500년생이니까 올해로 스물두 살밖에 안 되네. 혹 그가 죽어서 대제국이 와해되기를 바라더라도 운명의 여신이 단단히 벼르지 않는 이상 힘들 나이지. 투르크의 현재 술탄 쉴레이만도 스물여덟 살이니까 이쪽도 죽으려면 한참 남았고.

게다가 좌우로 합스부르크 가의 영토에 끼어 점점 더 경계심을 강화하는 프랑스의 왕도 이십대 젊은이지. 1515년에 즉위했을 때가 스물한 살이니까, 프랑수아 1세는 쉴레이만하고 같은 스물여덟 살이네. 그리고 영국 왕 헨리 8세는 서른한 살이고.

중요한 건 카를로스, 쉴레이만, 프랑수아, 헨리 모두가 그저 젊다는 것 하나만 믿는 사람들이 아니라는 거야. 다들 정말로 똑똑한 사람들이지. 이렇게 보면 유럽에서는 이제부터 정말 격한 세력의 재편성이 이뤄질 거라는 생각이 들어. 아마 내 생각이 대체로 맞을 거야.

사실 카를로스 대 프랑수아의 대결은 이미 이탈리아에서 시작되고 있잖아. 나폴리 이남은 에스파냐령이 되어버렸지만 밀라노 중심의 북이탈리아 지방 영유권을 두고 두 나라가 다투고 있으니까. 피렌체공화국도 프랑스 밑에 들어가서 형식적인 독립만 유지하는 상태고. 사정이 이렇다 보니까 이탈리아에 남은 독립국이라곤 이제 실질적으로는 베네치아공화국밖에 없어. 베네치아도 이탈리아 내의 상황에 대처하는 데 급급한 만큼 괜히 동쪽에서 투르크와 문제를 일으킬 이유가 없겠지. 그 때문에 그들로서도 어쩔 수 없이 로도스가 죽게 내버려두는 거고.

자, 이런 게 우리가 태어난 고향 유럽이야. 이런 상태에서 성 요한 기사단을 도와 이교도를 정벌하자고 떠들어보았자 누가 이 멀고 먼 남쪽 섬까지 와주겠나? 이탈리아에서 전쟁이 벌어지면 에스파냐와 프랑스를 합쳐 5만 명의 군사가 동원되지만, 그 10분의 1만큼이라도 이곳에 파견해줄 왕은 없어……. 같은 또래인 그들은 앞으로도 세상을 좌우하겠지만, 우리는 외롭게 싸우다 이 남쪽 섬에서 죽는 수밖에 없겠지."

한 달 뒤, 안토니오는 바다로 나갔다.

그리스의 바다

안토니오는 성 요한 기사단이 영유하는 주변 섬들에 있는 성채의 최종 점검단에 기사단장의 명령으로 참가하게 된 것이다. 기사 다섯 명으로 이뤄진 일행의 단장은 잠바티스타 오르시니. 안토니오는 그가 자신을 점검단에 추천했으리라 생각했다.

일행을 태운 쾌속 갤리선은 로도스 군항을 나서자마자 키를 서쪽으로 잡았다. 조금 지나자 다시 북서쪽으로 방향을 튼다. 이 주변 해역은 에게 해(다도해)라는 이름이 왜 생겼는지 알게 해줬다. 섬 그림자가 수평선 너머로 사라졌나 싶으면 다른 섬이 눈앞에 나타난다. 로도스를 떠나 100킬로미터 남짓 가자 레로스 섬이 나타났다.

레로스 성채에는 다섯 명의 기사가 상주하고 있었다. 로도스에서 온 일행들이 할 일은 이 다섯 명의 기사와 스무 명 남짓한 그리스 병사들을 무기 및 탄약과 함께 섬에서 철수시켜 50킬로미터 정도 남쪽에 있는 코스 섬으로 옮기는 것이다. 레로스 섬은 본디 콘스탄티노플에서 출발한 투르크 선단을 보는 대로 섬과 섬을 이어주는 봉화를 올려 코스 섬에 알리는 역할을 하던 곳으로 성채 자체도 적의 내군이 퍼붓는 공격에 버틸 만큼 든든하지가 않다. 그래서 기사단 수뇌부는 병력을 옮겨 코스 섬 수비를 강화하는 쪽이 낫다고 판단한 것이다.

오르시니와 안토니오가 탄 배는 철수 작업이 끝나기 전에 한발 먼저 코스 섬으로 향했다. 코스는 레로스보다 상당히 큰 섬인데, 로도스와 마찬가지로 이 섬의 방위 역시 섬 끄트머리에 있는 항구를 둘러싼 성채를 중심으로 이뤄진다. 이 코스 섬의 항구에서 건너편 소아시아 서쪽 끄트머리까지는 겨우 10킬로미터 정도밖에 안 된다. 10킬로미터 너비의 볼품없는 이 바다야말로 콘스탄티노플에서 이집트나 시리아로 가는 배들이 덩치가 아주 크지 않은 이상 반드시 지나게 마련인 요충지인 것이다.

해협의 가치가 이토록 높았던 까닭에 성 요한 기사단은 이미 100년 전에 얼마 안 되긴 해도 코스 섬 건너편 육지를 수중에 넣었다. 코스 항구에서 20킬로미터 정도 떨어져 있는 보드룸, 이 근처에서 가장 입지 조건이 좋은 그 항구를 점령해 견고한 성채를 구축해놓은 것이다. 보드룸과 코스 섬 사이에 끼인 바다를 항해하는 이슬람 배는 소선단일 경우 이 두 항구에 주둔한 기사단 병력만으로도 충분히 처리할 수 있었다. 대선단일 경우에는 코스 섬에서부터 차례로 봉화를 올려 사냥감이 접근하고 있음을 로도스에 알렸다. 대함대의 호위를 받지 않는 한 이슬람 선단이 무사히 로도스 근해까지 접근할 수는 없게 되어 있었던 것이다.

1517년에 이집트까지 정복하여 동지중해를 내해로 만든 투르크 편에서 보면 집 안 정원에 작지만 맹독을 품은 뱀의 무리가 둥지를 틀고 있는 꼴이었다.

코스에서 볼일을 마친 일행은 보드룸으로 향했다. 기사단의 유일한 육상 기지인 보드룸에는 근방 최강의 성채가 있을 뿐 아니라 갤리 군선이 몇 척이라도 출격을 기다리며 대기할 수 있는 항구가 갖춰져 있다. 항구에는 조선소도 붙어 있다. 보드룸이야말로 기사단에게는 로도스 다음가는 기지인 것이다. 투르크의 선박 습격 때문에만 그런 것은 아니다. 이 기지에는 다른 기능이 하나 더 있었고, 그것은 보드룸이 아니면 충족할 수 없는 기능이었다. 투르크인에게 붙잡혀 소아시아 각지에서 노예로 지내는 기독교도가 운이 좋아 탈출에 성공하는 것도 드물지는 않았는데, 그들이 도망칠 수 있는 유일한 땅이 바로 보드룸이었던 것이다. 성 요한 기사단은 이들 도망 노예를 보호하여 일단 로도스 섬에 보낸 뒤 최종적으로는 서유럽으로 돌려보낸다는, 종교 기사단으로서는 극히 중요한 임무를 수행하고 있었다.

안토니오는 보드룸으로 향하는 선교(船橋)에서 우연히 둘만 있게 된 기회를 놓치지 않고 모처럼 만에 오르시니에게 말을 걸었다. 그때까지는 성채 관리관들과 회합을 갖느라 분주하여 개인적인 대화를 나눌 수 있는 분위기가 아니었다. 오르시니 역시 산들바람이 부는 정원에서 우수 어린 얘기를 했던 사람 같아 보이지 않았다. 분주히 오가며 끊임없이 지시하는 품이 어엿한 지휘관으로 변신한 모습이다. 안토니오가 자신이 받은 이런 느낌을 말하자 로마의 젊은 기사는 쓴웃음을 띠며 말했다.

"어떤 인간이든 자기 죽음이 개죽음이 아니라 생각하며 죽을 권리가 있는 법이다. 그런 생각을 할 수 있도록 하는 게 위에 있는 사람의 의무이기도 하고."

그날 밤 식사가 끝난 뒤 다시 둘만 있게 되는 기회가 있었다. 이번에는 오르시니 쪽에서 같이 성벽 위라도 산책하지 않겠느냐며 말을 걸어왔다.

보드룸 성벽은 항구 입구에 돌출한 형태로 지어져 있어 눈앞에 보이는 것이라곤 어둠에 잠긴 바다뿐이다. 옆으로 보이는 바다 위로 어선 불빛이 아롱거린다. 어떤 것은 천천히 움직이고 어떤 것은 멈춰 있다. 바다는 젤리를 부어놓은 듯 움직일 줄을 모른다. 하지만 성벽 위에 오르니 역시 바람이 불고 있긴 하다. 멀리 건너편으로 조그만 등불이 몰려 반짝이고 있다. 코스의 불빛이리라. 등불로 신호를 보내도 다 알아볼 수 있을 것 같았다.

두 사람은 성채를 지키는 탑 중 하나, 통칭 영국인 성채라 불리는 탑 위로 올랐다. 보드룸 수비는 영국 출신 기사들이 맡아보는 것이 전통이었다. 안토니오는 아까부터 머릿속을 가득 메우고 있던 생각에 다시 매달리고 있었다. 그 때문에 옆에 오르시니가 있다는 것도 일시 잊을 정도였다.

그 생각이란 오늘 아침 떠나온 코스 섬이 의학의 아버지인 히포크라테스의 고향이고, 지금 자기가 서 있는 보드룸이 역사의 아버지인 헤로도토스의 고향이라는 것이었다. 보드룸은 고대에는 할리카르나소스라 불리던 땅이다. 할리카르나소스에서 조금만 북쪽으로 가면 밀레투스가 있고, 더 북쪽으로 가면 에페소스가 있다. 또다시 북쪽으로 더 가면 트로이의 옛 전장에 닿게 된다. 트로이에 조금 못 가서 눈을 바다로 돌리면 고대 서정시인들의 섬인 레스보스가 떠 있으리라.

젊은이는 고대 그리스 세계에 푹 빠져 있었다. 오르시니의 말소리에 문득 정신을 차렸을 때는 억지로 2천 년을 끌려온 것 같은 가벼운 불쾌감을 느끼기까지 했다. 안토니오는 오르시니를 좋아했지만 남의 기분 따위는 아랑곳하지 않는 이런 태도만은 불만스러웠다.

"콘스탄티노플을 출발한 투르크군은 보스포루스 해협을 지나 아시아로 들어올 것이다. 거기서 부르사를 통과한 뒤 소아시아를 남하해서 스미르나까지 오겠지. 스미르나에서 다시 남쪽으로 내려와 마르마리스에 닿으면, 로도스와 겨우 50킬로미터밖에 안 떨어진 그곳을 본격적인 전진기지로 삼을 거야. 마르마리스 항구는 움푹 들어간 만(灣) 안쪽에 있어서 우리 쾌속선으로도 공격이 불가능하니까.

 수송선 중심인 투르크 해군은 콘스탄티노플을 출항한 뒤 다르다넬스 해협을 지나서 에게 해로 나오겠지. 그러고는 소아시아 연안을 남하해서 이 앞바다를 통과해서 마르마리스로 들어갈 거야. 술탄이 직접 군대를 끌고 온다면 자기 자신은 배를 타고 올지도 모르고. 아무래도 배를 타는 쪽이 편할 테니까. 그거야 어쨌든 간에 이렇게 좁은 이 앞바다를 대함대가 지나게 될 테니까 다섯 척 정도 가지고 막느니 어쩌느니 하는 건 말도 안 되지.

 투르크군도 로도스 공략을 앞에 두고 작은 기지에 연연하면서 시간을 낭비하지는 않을 거야. 코스 섬도 여기 보드룸도 그냥 무시해버리고 지나가겠지. 로도스가 함락되면 작은 기지의 수비 따위는 전혀 무의미하니까. 그러니까 여기나 코스 섬에 수비 병력을 둬보았자 아무 쓸모도 없어. 로도스의 병력을 한 명이라도 더 늘리고 탄약을 조금이라도 더 쌓아두는 쪽이 훨씬 나은 판에 말야. 이런 작은 기지에 있는 병력은 전원 로도스로 철수시켜야 해."

 안토니오는 왜 기사단장에게 그런 말을 하지 않았는지 물었다.
 "물론 했지. 그런데 단장은 이렇게 말하더라구.
 '선배 기사들이 오랫동안 목숨을 걸고 지켜온 섬들이다. 이슬람의 깃발이 오르는 것을 보고만 있을 수는 없다.'
 그렇다고 내 생각을 완전히 물리쳤다고 볼 수도 없지. 로도스 이외의 각 기지를 지키는 기사들에게 단장의 명령이 떨어지면 즉시 성채를 버리고 로도스 방위에 참가하라고 전하셨으니까.

기사도 정신이 넘쳐나는 프랑스 기사들도 공방전이 두 달만 이어지면 서른 명이 안 되는 원군이라도 얼마나 귀중한지 알게 될 거다."

깜짝 놀란 안토니오는 공방전이 정말 두 달이나 이어질지 물었다. 오르시니는 답했다.

"두 달로 끝나면 다행이지만…… 아마 더 오래 갈지도."

너무도 조용히 말해서 바람 부는 방향에 있지 않았다면 바로 옆에 있는 안토니오도 알아듣지 못했을 것이다. 침울한 목소리였다.

동쪽으로

이틀 뒤 아침 일찍 기사들을 태운 갤리선은 보드룸을 뒤로 하고 바다로 나아갔다. 코스 섬의 옆을 지나치고 로도스 섬 앞바다를 통과해 동쪽으로 100킬로미터 정도 더 나간 바다에 있는 카스 섬에 가기 위해서였다. 거기 있는 성채가 기사단이 영유하는 동쪽 끄트머리 기지였다. 바꿔 말하면 레로스부터 카스까지의 바다가 성 요한 기사단의 제해권이 통하는 해역인 것이다.

선미 쪽 선교에서 바라보니 옛 할리카르나소스가 아침햇살에 선명히 모습을 드러내고 있었다.

항구 바로 위 언덕에 반원형극장 터가 보인다. 부채꼴로 펼쳐진 객석의 돌계단이 바다 쪽을 보고 있다. 극장이 그리스 시대에 만들어진 것인지 아니면 로마 시대에 만들어진 것인지는 모르지만, 어느 시대건 간에 그 옛날 지중해 세계의 이 땅은 모든 면에서 번영의 극치를 달리고 있었다. 안토니오는 일찍이 이 근방이 철학의 발상지 이오니아였음을 떠올렸다. 보트만 타고도 왕래할 수 있으리만치 다닥다닥 붙어 있는 섬들, 지금 아침햇살을 받아 빛나고 있는 저 거리들이 일찍이 지중해의 '시장'이라 불리던 문명의 선진 지대였음이 젊은이에게는 실감되지 않았다.

아득한 고대의 꿈 속에 몽롱하던 젊은이는 어느 틈엔가 선교로 돌아와 있던 오르시니가 선교를 둘러싼 격자창 건너편으로 자기를 보고 있음을 좀 지나서야 알아차렸다. 로마의 젊은 기사는 안토니오의 흉중을 꿰뚫어보기나 한 것처럼 다섯 살 어린 동료에게 장난기 어린 눈길을 던지고 있다. 안토니오는 이때에도 오르시니와 자기 사이에 공유할 수 없는 것이 있음을 느끼고 가벼운 불만감을 가졌다. 로마의 젊은 기사는 젊은 동료의 표정에 얼핏 비친 그런 감정까지도 알아챈 것 같았다. 친구의 마음을 끌려 한 것이다.

"이제 갈 카스 섬은 굳이 따지고 든다면 기사단의 감옥 같은 데야. 죄를 범하거나 기사단의 규율을 어긴 이가 유배되는 곳이지. 감옥은 없지만 이 작고 볼 것 하나 없는 섬에서 성채를 지키는 것 자체가 벌이라는 식이야.

나도 한 번 가본 적이 있는데 전혀 뉘우치지 않아서 기사단장이 두 손 들고 반년 만에 다시 불러들였지. 지금 있는 이들도 규율을 어겼다 뿐이지 정말 재미있는 놈들이야."

덩달아 웃긴 했지만 안토니오도 알고 있다. 오르시니가 로도스로 돌아갈 수 있었던 것은 잘못을 뉘우치지 않는 데 기사단장이 질려서가 아니라는 것을. 잠바티스타 오르시니는 당시 로마 교황이었던 레오 10세와 먼 친척뻘이었다. 교황의 모친이 오르시니 가문 출신이기 때문이다. 레오와 마찬가지로 메디치 가문 출신인 줄리오는 추기경인 동시에 성 요한 기사단 소속 기사이기도 했다. 한번도 수도원 생활을 해본 적이 없고 단 한번도 이슬람교도와 싸워본 적이 없는 기사이긴 했지만. 이 메디치 가의 추기경이 교황의 뜻을 전하는 친서를 보냈으니, 제아무리 기사단장이라도 무시해버릴 수는 없었던 것이다. 원래 1년인 유배 생활이 반년 만에 끝난 데는 그런 배경이 있었다.

그러나 오르시니는 나쁜 일이 있을 때만 거론되는 악질 기사는 아니다. 오히려 그 뛰어난 재능이 언제 어디에 있든 조만간에 남의 이목을 끌고야 마는 그런 사람이다. 특히 성 요한 기사단은 상시 전시체제하에 있다. 이런 상태에 있는 한 남의 인정을 받아 등용될 기회가 평시보다 빨리 더 많이 오게 마련이다. 이번 점검의 책임자로 그가 임명된 것도 그런 한 예에 지나지 않았다.

카스 섬은 소아시아 남안에 거의 붙어 있었다. 적지에 이보다 더 가까이 갈 수는 없으리라는 생각이 들게 했다. 건너편 육지와의 간격이 5킬로미터밖에 안 되지 않는가. 손바닥만한 이 섬의 항구에서 바라보면 건너편에 흩뿌려진 불빛의 수를 셀 수도 있을 정도였다.

오르시니가 이 섬에 하달한 기사단장의 명령은 '전원 철수'였다. 건너편이 적의 땅이라 해도 이 역시 손바닥만한 마을뿐이어서 제해권 확보라는 사명이 있다 할지라도 스무 명이나 되는 기사를 이런 곳에 놔둔다는 것은 유배가 아닌 이상 전혀 무의미했던 것이다. 요즘은 투르크 배가 그림자 하나 보이지 않아 심심해 죽을 지경이었던 기사들은 로도스로 돌아간다는 말에 크게 기뻐했고, 철수 작업은 눈 깜짝할 새에 완료되었다. 이제 로도스로 돌아갈 일만 남았다. 기지 점검의 임무도 이곳이 마지막이었다.

섬을 떠난 갤리선은 키를 똑바로 서쪽으로 잡았다. 하지만 포넨테(서풍)가 강해서 돛과 노를 다 쓰는 쾌속선도 쾌속은커녕 좌우로 지그재그를 그리며 나아가야 했다. 이럴 때에는 돛대 세 개에 매달린 삼각돛의 방향을 계속해서 바꿔줘야 하므로 선원들은 이 일에 매달리느라 정신이 없었고, 이를 지휘하는 함장도 선교에서 쉴 형편이 아니었다. 덕분에 안토니오도 오르시니와 둘이서 한가하게 보낼 시간이 많아졌다.

몰락하는 계급

안토니오 델 카레토와 잠바티스타 오르시니는 아주 엷긴 해도 피가 조금은 섞여 있다. 굳이 따지자면 그렇다는 얘기다. 오르시니 가는 메디치 가와 인척 관계인데 이 메디치 가의 딸 마달레나는 4대 전 교황 인노켄티우스 8세의 조카 프란체스케토 치보와 결혼했다. 마달레나는 피렌체공화국의 사실상의 군주였던 고명한 로렌초 일 마니피코의 딸로, 선대 교황 레오 10세의 여동생이다.

교황 인노켄티우스 8세에게는 프란체스케토 외에 테오도리나라는 조카딸이 한 명 더 있었는데, 그녀는 제노바의 부호 브조디 말레와 결혼했다. 이들 부부에게서 난 자식들 가운데 한 사람인 페레타가 알폰소 델 카레토에게 시집온 것이다. 바로 안토니오의 어머니이다. 그 때문에 오르시니와 안토니오는 15세기 말 이탈리아에 군림한 가계 중 메디치와 치보라는 두 집안을 통해 어렴풋이나마 피가 닿은 관계인 것이다.

이 말을 들은 오르시니는 풋 하고 웃음을 터트리더니 한참을 킥킥대며 웃기만 했다.

"그런 걸 가지고 피가 닿았다고 한다면 유럽에서 조금이라도 이름을 알린 집안치고 오르시니 가와 인연이 없는 집안이 어디 있겠어?"

그러면서도 오르시니는 기분이 상한 듯한 안토니오를 달랠 생각인지 이런 말을 덧붙였다.

"자네는 우리 가문이 취해온 혼인 정책이 앞으로도 계속 지금 같은 성과가 있을 거라고 생각하나 보군. 난 그렇게 생각하지 않아. 지금까지는 이런저런 인연으로 그물만 짜놓으면 우리 집안의 독립성을 지킬 수 있었지. 하지만 이제 사정이 달라졌어. 혼인 정책은 계속 펴겠지만 더 이상 가문의 권력을 확장하는 수단은 될 수 없다는 거야. 그저 대국의 군주 밑에서 간신히 존속하는 선에서는 유용할 테지.

카레토 가문은 아마 얼마 전에 후작이 되었지?"

"아버님께서 신성로마제국 황제 막시밀리안 1세에게서 후작

작위를 수여받았습니다."

"오르시니 집안은 말이야, 숱하게 많은 분가들이 백작이나 후작이 되었지만 종가는 여전히 바로네라든가 시뇨레(주인)로 불릴 뿐이야. 궁정 귀족이 아니라는 얘기지. 하지만 곧 거기 끼는 것도 시간 문제겠지."

(이로부터 38년 뒤, 오르시니 종가는 공작〔프린치페〕 작위를 수여받는다.)

안토니오도 막강한 권력을 풍미하던 오르시니 가의 역사는 잘 알고 있다. 이탈리아에서 가장 유명한 집안을 꼽으라면 다섯 손가락 안에 들 뿐만 아니라 어쩌면 1, 2위를 다툴지도 모를 오르시니 가문 앞에서라면 카레토 따위는 가문도 아니었던 것이다.

12세기 이래 로마를 대표하는 귀족은 오르시니와 콜론나였는데, 로마 이남에 영지를 가진 콜론나와 로마 이북에 펼쳐진 지역에 기반한 오르시니는 사사건건 부딪히는 것으로도 유명했다. 13세기에 구엘프(교황파)와 기벨린(황제파) 간에 다툼이 일어나자 오르시니는 구엘프, 콜론나는 기벨린 편을 들어 서로 적대시했다. 교황을 낸 적도 있는 이 두 집안과의 관계는 역대 교황들이 머리를 싸맨 제일의 과제이기도 했다. 양가 모두 전통적으로 전 유럽의 유력 가문과 인척 관계를 맺는 데 열심이었으므로 이름 없는 집안 출신이거나 외국인 출신 교황은 이 양가와 어떻게 지낼지 신경을 쓰지 않을 수 없었던 것이다.

상인 출신인 메디치 가는 경제력에 더해 '이름'에까지 욕심이 생기자 장남을 오르시니 집안으로 장가를 보냈다. 어쨌든 간에 오르시니나 콜론나라는 성을 내건 추기경이 한 사람도 없을 때가 없는 곳이 로마 교황청이다. 교황은 없더라도 교황 예비군은 언제든지 갖추고 있는 셈이다. 로마 교황이 지니는 특수한 권력 때문에 서유럽 왕후들까지도 이 두 집안과 혼인 관계를 맺는 것을 환영했다. 유일한 예외는 베네치아공화국의 귀족들이었는데, 이는 자국의 독립을 지키기 위해서는 다른 나라의 유력자들과 피를 섞지 않는 쪽이 유리하다고 판단했기 때문이다.

오르시니와 콜론나 두 집안은 전 유럽의 유력 가문과 혼인을 통해 결합하는 데서나 교황청 안에 그물을 쳐놓는 데서나 막상막하였지만, 종교 기사단 침투에 관한 한 오르시니 쪽이 운이 좋았다.

오르시니가 성 요한 기사단에 일가 사내들을 보내기 시작할 즈음에 콜론나는 성전 기사단과 가까이 지내기 시작했는데, 14세기 초두에 이 기사단이 소멸하면서 기사단에 대한 콜론나 세력의 침투 노력도 허물어져버렸다. 그뒤 종교 기사단이라 할 만한 것은 성 요한 기사단밖에 남지 않게 되었지만, 여기에는 이미 오르시니 일족이 뿌리를 깊게 내리고 있었다. 오르시니는 15세기 후반에 기사단장까지 냈다.

각 방면으로의 오르시니 가의 진출은 이 정도에서 멈추지 않았다. 일족의 사내들 대부분이 용병대장으로서 이탈리아는 물론이고 서유럽 여러 나라 군대에까지 파고든 것이다. 당시의 용병제도는 대장이 자기 힘으로 먹여 살리는 부하들을 이끌고 부대 단위로 계약을 체결하는 것이 불문율이었는데, 오르시니 일족 중 이를 업으로 삼은 사람은 작은 영지를 영유하면서 반쯤 독립된 생활을 하던 분가 쪽에 많았다. 그들은 오르시니라는 이름 대신 튤리 백작이라든가 피티리아노 백작이라든가 하는 식으로 보통은 영지 이름을 따서 자신을 알리곤 했다. 종가의 주인이 용병대장으로 나서거나 할 경우 이는 곧 오르시니 가문 전체가 교황청이나 베네치아 혹은 나폴리 왕 같은 세력과 손을 잡음을, 다시 말해서 강한 정치적 색채를 띠게 됨을 의미했지만, 분가 사람이 용병대장으로 나설 때는 이런 문제는 그다지 신경쓸 필요가 없었다. 계약의 체결이나 파기 모두가 꽤나 자유스러웠기 때문에 고용히는 쪽에서도 정치저 부담 따위는 걱정하지 않아도 되었고 고용되는 쪽도 나름대로 이점을 누릴 수 있었다. 용병 사업이 꽤 잘 나가는 영리 사업으로 통용되던 시대이기도 했다. 콜론나 일가는 이 방면에도 손을 뻗쳤기 때문에 여기서도 두 가문은 라이벌 관계에 놓이곤 했다.

그토록 강대했던 오르시니 가문에도 일시 그늘이 드리운 적이 있었다. 교황의 권력 강화를 결심한 한 사내가 교황 자리에 있던 시기다. 오르시니, 콜론나는 둘 다 광대한 영토를 영유하고 있지만, 이는 다 교황령 안에 있는 땅들이다. 보르자 가문 출신의 교황 알렉산데르 6세는 교황의 권력을 강화하려면 제멋대로 행동하는 이 호족들을 일소해야 한다고 판단하고 그 실행을 아들 체사레에게 맡겼다. 그 역시 엄청난 재능의 소유자여서 호족들 편에서 보면 엎친 데 덮친 격이었다. 이 시기에는 그 대단한 오르시니 일족도 괴멸 직전까지 갔다. 일족 내에서 주요한 위치를 점하던 남자 두 명이 사형에 처해지고 오르시니 가문 출신 추기경은 수감 생활을 감내해야 했다. 로도스 섬에 기사로 온 잠바티스타도 보르자군에 포위된 성안에서 태어나 그뒤 수년 간 이어진 망명 생활 속에 유년 시절을 보냈다.

1503년에 보르자가 급격히 몰락하면서 오르시니 일족도 간신히 숨을 쉴 수 있게 되었고, 다음 교황인 율리우스 2세의 딸과 오르시니 가문의 남자가 결혼함으로써 재차 교황청에 침투하여 영향력을 과시할 수 있었다. 그리고 그 다음 교황인 레오 10세는 메디치 가에 시집가 있던 클라리체 오르시니의 아들이었다.

이런 것은 주지의 사실로, 제노바 근처 바닷가 성에서 자란 안토니오라도 알고 있는 일이었다. 그렇기에 더더욱 영원토록 망하지 않을 것 같은 오르시니 가문의 직계 잠바티스타의 주변에 맴도는 우수가 도저히 이해되지 않는 것이다. 로마의 젊은 기사는 그런 안토니오의 의문에 피식 웃으며 마치 나이 어린 동생에게 말하듯 입을 열었다.

"베네치아나 피렌체의 지배계급을 구성하는 도시 귀족은 얘기가 다르지. 그들은 노빌레(귀한 사람)라고는 불려도 칭호는 없으니까. 반대로 토지 소유에 기반한 귀족(노빌레)은 두카(공작), 마르케제(후작), 콘테(백작), 바로네(남작) 따위로 나뉘지. 이 칭호들의 어원은 로마제국이 망한 뒤에 서유럽을 지배한 비잔틴제국 황제나 여타 서유럽 왕들에게로 거슬러 올라가.

두카는 애초엔 라틴어로 둑스라 부르던 것을 이탈리아어에서 이렇게 부르게 된 건데, 황제나 왕의 으뜸가는 관료로서 영지 안의 구역별 행정이나 군사를 담당하는, 뭐랄까, 지방장관 같은 걸 가리키는 명칭이었지. 그러다가 프랑크족의 지배가 시작되자 같은 일이라도 더 작은 구역을 담당하는 수장을 콘테라고 부르고, 변경 지역 장관을 '변경(마르카)을 지키는 자'라는 뜻으로 마르케제라고 부르게 된 거야.

 그런데 어원이 '자유로운 자'라는 뜻인 바로네만은 황제나 왕의 신하여서 얻은 칭호가 아니야. 자기 힘으로 꾸리는 영지가 있고 그 땅에 대한 조세 징수권이나 사법권, 게다가 화폐 주조권까지 가진 사람도 있어. 조세만 해도, 일단 바로네가 다 징수하고 그 중 일부를 명목상 주군인 황제나 왕 혹은 이런저런 군주한테 보내면 되었고 말이야.

 이탈리아만 보자면 랑고바르디족의 지배가 미쳤던 북이탈리아나 중부 이탈리아에는 콘테나 마르케제가 많지만 그렇지 않은 남이탈리아는 바로네 천하였어. 아주 오랫동안. 델 카레토 가는 후작 집안이지만 오르시니 종가는 바로네다. 분가 중에는 콘테가 많이 있긴 하지만. 그나마 14세기까지만 해도 남북의 구별 없이 바로네는 다른 궁정 귀족과 차원이 다른 위치에 있었지. 군주는 가난해도 그 밑에 있는 바로네는 부자다라는 식으로.

 군주가 전쟁을 하고 싶으면 영지 안의 바로네를 일단 소집은 할 수 있었지만, 일방적인 명령은 안 통했어. 어디까지나 대등한 인간 대 인간의 계약, 이게 바로네와 군주의 관계야. 만일 군주가 계약을 위반할 경우 전선을 이탈할 수 있는 권리가 바로네한테 있는 것은 물론이고 심지어 군주한테 싸움을 거는 것도 전혀 이상하지 않았지.

남이탈리아에서는 이 상태가 14세기 이후에도 한동안 이어졌어. 당시 영지 안에서 최고의 권위와 권력을 지닌 기관은 바로네들의 집회였는데, 보통 일년에 두 번 열렸지. 거기서 의장을 맡게 되는 군주(프린치페)는 남들보다 뛰어나다거나 권력이 더 세다거나 한 사람이 아니라, 그저 동급의 여러 사람들 중 제일인자(프린치페), 그 이상도 이하도 아냐. 당시 바로네들이 군주한테 서원할 때 읊는 문장이 남아 있는데 그걸 보면 꽤 재미있어.

'우리 바로네 한 사람 한 사람이 그대와 동등하며 우리가 모이면 그대보다 더 큰 만고의 이치. 하여 지금 충성을 서원하매 우리의 권리와 우리의 특권을 존중해야 하리니, 행여 이를 어길 시에 서원이 무로 돌아감 또한 만고의 이치.'

군주 앞에서 이 문장을 큰 소리로 다 같이 읊었다고 하니까 봉건 군주도 편한 자리는 아니었겠지? 강력한 중앙집권형 지배체제의 수립을 꿈꾸는 군주가 본다면 무정부 상태가 따로 없었겠지.

그런데 좀 지나니까 남이탈리아에서 바로네의 권력이 흔들리기 시작한 거야. 당연히 바로네들은 이를 막으려고 필사적으로 방어에 나섰지. 군주와 바로네, 이 둘이 정면 충돌한 게 저 유명한 '바로네의 반란' 이야. 1460년에 나폴리 왕 페란테하고 영국(領國) 안의 바로네들이 일으킨 전쟁 말이야. 이긴 쪽은 페란테. 그 전투에서 오르시니 가문에서도 분가 하나가 상당한 타격을 입었지. 아까 말했던 그런 유쾌한 서원 따위는 이제 꿈도 못 꾸는 세상이 되어버린 거야. 어디 있어도 중앙집권화의 물결을 피할 수는 없게 된 거지.

그렇지만 로마는 사정이 좀 달라. 다른 나라의 군주 자리는 세습되지만, 로마 교황 자리는 일대로 끝나버리니까. 군주는 바뀌어도 바로네는 바뀌지 않는다 이거지.

하지만 교황령의 특수한 사정에 빌붙어서 오르시니와 콜론나 같은 호족들이 앞으로도 로마나 그 주변에서는 어떻게 세력을 지킨다고 해봤자 그게 무슨 의미가 있겠어? 콜론나 가의 남자들은 지금도 카를로스의 신하들이나 미친가지인데. 제아무리 용병대장이라도 똑같은 군주를 오랫동안 섬기다보면 신하가 안 되는 게 이상한 법이니까. 아마 우리 집안도 이 대국주의의 물결에는 못 버틸 거야. 어디 대군주의 신하가 되어서 귀족 칭호를 받고는 허울뿐인 영지에 만족해야겠지. 옛날의 '자유로운 사내'(바로네)는 영영 죽어버리고 궁정 귀족들 틈에 이름을 내걸고 살아남게 될 테지.

보병 집단이 주력이 되면서 기사들의 지위도 계속 하락 일변도잖아. 대포가 등장하면서는 전투 방식도 완전히 바뀌어버렸고. 원래 바로네는 주민들을 외적에게서 지켜주고 경의를 얻었는데, 그런 기능이 이제 모조리 군주의 몫이 되어버렸으니 더 이상 영주입네 하고 살 수는 없지……. 우리는 뭘까? 귀족의 핏줄이 아니면 입단이 안 되는 성 요한 기사단의 기사? 한편으로는 영주 자격을 잃어가는 귀족? 이 둘 다겠지. 몰락하는 계급의 마

개전 전야

지막 생존자! 우리는 결국 이런 불운을 떠안은 이들이야.

이런 우리가 대포와 사람 수로 밀고들어오는 강력한 투르크군과 맞서 싸워야 된다니 정말 웃기는 짓이지. 몰락하는 계급은 언제나 새로 대두되는 계급과 전쟁을 치르고서야 완전히 사라지는 것인가."

안토니오는 억지로 현실의 얼굴을 본 느낌이었다. 오르시니 가문만큼은 안 되어도, 델 카레토 가문 역시 이미 400년도 더 된 옛날에 제노바 근처 사보나 땅에 자력으로 영토를 연 영주 집안이다. 그러다가 100년쯤 전부터 인근 대국들의 세력 다툼을 모른 체하고 있을 수 없게 되어 밀라노공국의 주인 스포르차 집안에 붙어도 보고 때로는 제노바공화국과 동맹관계를 맺어보기도 했지만, 결국 30년 전에 이르러 어느 편인지 확실히 하지 않으면 집안이 멸문당할지도 모르는 처지가 되어버렸다. 안토니오의 아버지 알폰소가 독일의 신성로마제국 황제의 신하들 틈에 끼여 후작 칭호를 받은 것은 그때 일이다.

불현듯, 귀족의 피는 물론이고 이교도에 대한 성 요한 기사단의 존재 이유마저도 믿어 의심치 않는 저 프랑스 기사 라 발레트의 강렬한 시선이 그지없이 부러워졌다.

안토니오와 오르시니를 태운 쾌속 갤리선의 여정이 끝나갈 즈음이 되자 노잡이들도 힘이 나나 보다. 서쪽 수평선에 막 모습을 드러낸 로도스 섬의 모습이 쑥쑥 커졌다. 안토니오도 익히 들어 알고 있던 린도스 신전 터 앞을 지날 즈음 배는 키를 북쪽으로 잡았다. 이대로 로도스 섬 연안을 따라가서 수도의 항구로 들어서는 것이 동쪽에서 오는 배의 통상적인 항로였다. 린도스 언덕 위로 하얗게 빛나는 고대 그리스 원기둥들 밑으로 기사단의 성채가 있다. 안토니오는 이제 거기서 근무를 할 기회는 영영 오지 않으리라 생각하며 눈길을 떼지 않았다.

로도스 항으로 들어서기 직전에 다시 방향을 튼 배 위에서 보니 시가지 뒤쪽으로 연기가 솟고 있었다. 상당히 넓은 지역이 불타고 있는 듯, 연기는 하늘을 얼추 반이나 덮어버렸다.

퍼뜩 무슨 일이라도 생긴 것은 아닌지 걱정하던 안토니오는 곁에 선 오르시니의 말에 안심했다. 적의 내습에 대비해 성벽 바깥의 들판, 밭, 집 따위 모든 것을 태워버리는 작업이라고 한다. 적군의 포진이 예상되는 지역에 단 한 그루의 나무도 남겨두지 않겠다는 생각이었다.

"둥지가 없어져서 종달새가 헤매겠군."

오르시니의 입에서 나온 이 말에 안토니오는 미소지었다. 계절은 6월로 접어들고 있었다. 전투는 봄부터 가을까지만 행해지는 것이 보통이므로 투르크군의 결정적인 움직임을 전하는 정보가 기사단장에게 전달되었음에 틀림없었다.

1522년 여름

수평선에 드리운 전운

 장사를 앞세운다고 기사단으로부터 비난받을 때가 많은 제노바와 베네치아 상인들도 이처럼 확실하게 이슬람 대 기독교의 대결 구도가 눈앞에 펼쳐지면 자연스레 자기네 종교 쪽을 응원하게 마련이었다. 이는 어디까지나 그들이 가톨릭교도임을 자각함으로써 서유럽인이라는 것까지 자각하게 되기 때문이다. 그렇기 때문에 같은 기독교도라도 그리스 정교를 믿는 그리스인이나 아르메니아인들이 이런 변화를 보이리라 기대하기는 힘들었다. 물론 냉담하기로 따지면 프로테스탄트도 마찬가지지만, 독일이나 네덜란드(홀란드) 상인들은 아직 이곳 지중해에 모습을 드러내지 않은 시대다. 결국 성 요한 기사단에 정보를 대주는 유일한 원천은 가톨릭교도인 서유럽 무역상들밖에 없는 셈이었다.

 평소부터 종교를 따지지 않고 교역하는 이 상인들의 경우, 동지중해에 전운이 드리울 때마다 배를 항구에 세워놓으면 완전히 밑지는 장사가 되어버린다. 자기 나라가 전쟁 당사자가 아닌 한 상인들의 배는 끊임없이 투르크의 항구를 찾았고, 현지에서 이들을 대리해서 일을 맡아보는 사람들이 평소처럼 일해도 누구 하나 이상하게 보는 사람이 없었다. 베네치아 같은 독자적인 고도 정보 조직을 단 한번도 가져보지 못한 성 요한 기사단이지만, 투르크와 본격적인 대결로 치달을 때마다 정보 부족 때문에 고생한 적은 없었다. 이는 종교를 전면에 내건 기사단이 누릴 수 있는 이점 중 하나였다. 이 서유럽 상인들 덕에 기사단은 일부러 첩보원을 내보내지 않아도 투르크군의 규모나 동향을 꽤나 소상히 알 수 있었다.

투르크제국의 수도 콘스탄티노플 앞바다에 로도스 공략을 위한 투르크 해군의 집결이 완료된 것은 1522년 6월 1일. 일설에는 700척이나 되었다고 하지만 서유럽 상인들이 가져온 정보로는 300척 남짓한 규모였다. 종래 투르크 해군의 규모로 보건대 300척 쪽이 현실적일 것이다.

함대는 해적 수령 콜토글루의 지휘하에 로도스로 향했다. 투르크 민족은 통상과는 별로 인연이 없었기 때문에 해군의 조직력도 빈약해서 본격적으로 전투를 벌일 요량이면 해적 수령을 지휘관 자리에 앉히는 것이 보통이었다. 콜토글루는 300척의 배에 1만 병력을 실어 마르마라 해를 지나 다르다넬스 해협으로 향했다. 평균 승선 인원이 적은 것은 대포 등의 공성용 무기 수송이 함대의 첫째가는 목적이었기 때문이다.

비슷한 시기에 육군은 보스포루스 해협의 아시아 쪽에 집결을 완료했다. 병력 10만. 발칸 지방에서 징집된 투르크 지배하의 그리스 정교도로 이뤄진 갱부들의 부대가 눈에 띈다. 술탄은 육상으로 진군할 이 병사들과 함께 행군하기로 했다. 파샤라는 존칭으로 불리는 대신들 전원이 그를 따른다. 투르크 궁정이 빠짐없이 참전하는 것이다.

적군은 이게 전부가 아니었다. 5년 전에 정복되어 투르크 지배하로 들어간 시리아 및 이집트에서도 200척의 배와 10만 병사가 이들을 따라와 전선에 참가하기로 되어 있었다. 40년 전 메메드 2세의 공략 때보다 두 배 이상의 전력이다. 대제국 투르크에 비하면 좁쌀 한 톨밖에 안 되는 로도스 섬을 치는 데 이 정도의 대병력을 동원한다는 것은, 그만큼 스물여덟 살 난 술탄 쉴레이만이 이 전투에 거는 기대감과 패기를 여실히 보여주는 것이었다.

'그리스도의 뱀 소굴'은 대제국 투르크의 체면 때문에라도 이 기회에 완전히 일소해야 했다.

6월 1일에 콘스탄티노플을 떠난 투르크 함대는 다르다넬스 해협을 통해 에게 해로 들어간 뒤, 일단 레스보스 섬에 기항하여 보급 물자를 선적했다. 여기서부터 에게 해까지는 아무리 땅이 넓은 투르크라도 대함대가 기항할 수 있는 항구라곤 스미르나밖에 없고 그곳 근처 해역에는 중립을 선언한 서유럽 세력, 제노바가 영유하는 키오스 섬이 있다.

스미르나부터 뻗어 있는 소아시아 육지와 키오스 섬은 바다가 가로놓여 있다 해도 10킬로미터밖에 떨어져 있지 않다. 그 좁은 바다를 메울 것 같은 기세로 300척의 투르크 함대가 한꺼번에 통과한다. 키오스 섬 전체가 숨을 죽이고 있었다.

이곳을 지나면 성 요한 기사단이 제해권을 장악한 바다로 들어서게 된다. 하지만 투르크 쪽도 기사단이 영유하는 섬의 주둔 병력에 대해서는 다 알고 있다. 배 한 척만 놓고 보면 열세이지만, 300척이나 되는 대선단이고 보면 문제가 전혀 달라진다. 해적 수령 콜토글루는 대함대의 위력을 시험해보고 싶었던지 술탄의 작전 계획에 포함되지 않은 코스 섬 공략을 시도해보았다. 그러나 성채에 틀어박힌 기사들의 저항이 완강해서 간단히 함락시킬 수 없음을 알고는 곧 포위를 풀었다. 함대는 다시 남하하기 시작했다. 투르크 함대의 전위에 속하는 배가 로도스 앞바다에 모습을 나타낸 것은 6월하고도 26일의 일이었다.

함대와 동시에 출진한 육군도 마르마리스 항에 주력이 도착하기까지 한 달이 채 걸리지 않았다. 소아시아 서안을 남하하는 것이다. 자국 영내를 통과하는 셈이므로 주민과의 마찰을 걱정할 필요도 없다. 간선 도로에서 벗어나 반도 남단에 위치한 보드룸은 이들 투르크 육군의 안중에도 없는 듯 그냥 지나쳐버린다. 보드룸에 있는 기사단 성채를 공격하는 것은 시간과 병력의 낭비일 뿐이기 때문이었다. 로도스만 함락시키면 코스도 보드룸도 자연스레 수중에 들어올 터였다. 술탄이 이들과 동행한 만큼 작전은 세부에 이르기까지 엄밀하게 수행되었다. 10만 병사는 거의 아무런 사고도 일으키지 않고 마르마리스 항으로의 재집결을 완료했다. 이제 남은 것은 대포나 공성기, 무기와 탄약 따위를 로도스에 상륙시킨 함대가 그들을 데리러 이곳까지 와주기를 기다리는 것뿐이다.

이에 맞서는 기사단 쪽도 쓸데없이 공격에 나서거나 하지는 않았다. 북서쪽에서 로도스 섬으로 다가온 투르크 함대가 로도스 항 앞을 우회하여 섬 연안을 따라 5킬로미터 정도 남하, 그곳 모래사장에 다량의 대포나 공성기를 상륙시키는 동안에도 기사들은 방해 작전을 벌이지 않았다. 비록 선원들까지 포함된 숫자라고는 하나 적은 1만 명이나 된다. 한편 로도스의 성채 도시를 지키는 전력은 채 600명이 안 되는 기사와 1,500명 남짓한 용병이 고작이었다. 게다가 로도스 주민 중 참전 가능자가 3천 명 가량 되었다.

단 한 명의 병사도 헛되이 쓸 수 없는 것이다.

병기나 천막, 당장 먹을 군량미를 무사히 상륙시킨 투르크 함대가 이어서 마르마리스와 로도스 사이를 왕복하며 병력 수송을 시작했을 때에도 기사단 쪽의 방해 작전은 없었다. 누가 뭐라 해도 300척은 대군이다. 적의 해상 봉쇄를 막을 요량이면 이 단계에서 쓸데없이 군선을 내보낼 수가 없는 것이다.

이리하여 북서풍이 거세지기 시작한 7월 내내, 군항과 상항 입구를 연결한 사람 팔뚝 굵기의 쇠사슬 바깥 바다로 병사를 가득 신고 왕래하는 투르크 배를 보면서 로도스의 거리는 이제 확연한 사실로 자리잡아가는 농성전에 대비한 준비를 다지느라 여념이 없었다.

안토니오는 농성전도 처음이거니와 투르크군과 싸우는 것도 난생 처음이었다.

무엇보다도 시내 주민이 하루아침에 두 배로 불어난 게 아닌가 놀랐다. 실제로 두 배가 된 것은 아니지만 길이나 광장을 오가는 사람들이 이전보다 많아진 것은 사실이었기에 그렇게 보인 것이다. 그렇기도 하지만 절대 인구가 늘기도 했다. 전략상의 이유로 집과 밭을 다 태워버린 근교 농민들이 시내로 피난해 왔기 때문이다. 성채 도시의 남쪽 반을 점하는 일반 주민 거주구는 마치 장이 서는 날처럼 떠들썩했다.

맨발로 뛰노는 아이들, 개, 닭, 이런 것들을 보고 있으면 곧 공성전이 시작된다는 것이 거짓말만 같았다. 물론 기사단 건물이 몰려 있는 북쪽 반에서는 이런 떠들썩함을 찾아볼 수 없었지만, 기사 거주구와 주민 거주구를 가르는 얇은 석벽에 달린 문은 낮 동안에는 열려 있는 것이 보통이다. 멋모르고 기사 거주구로 들어온 양을 쫓아온 가난한 집 아이들이 오가는 기사들을 호기심 어린 눈으로 쳐다보곤 하는 광경에 안토니오는 미소지었다. 엄청난 규모의 이교도가 공격해 온다 할지라도, 인간이란 평소 생활을 쉽게 버릴 수 있는 존재가 아닌 것이다. 스무 살 나이로 삶을 접을지도 모른다는 생각이 드는 요즈음, 안토니오에게 안식을 주는 유일한 것은 바로 이런 정경들이었다. 틈이 나면 주민 거주구에 있는 교회를 찾았다. 기도하기 위해서가 아니다. 이 교회는 가톨릭이든 그리스 정교든 농민들이 모여 사는 임시 거주처였기 때문이다.

밤이 되면 긴박감이 도시를 짓눌렀다. 기사 거주구와 주민 거주구를 가르는 벽에 난 문이 모두 닫히고 각 기사관 앞과 병원, 무기고, 기사단장 공관 앞에 횃불이 밝혀졌다. 기사 거주구는 수상한 자가 발도 못 붙일 정도로 환하게 빛나고 있었다. 반면 야간 통행금지 명령이 내려진 주민 거주구는 건물 벽감에 안치된 성상을 밝히는 불빛 외에는 가로등 하나 켜지지 않아 칠흑같이 어두웠다. 가끔씩 스무 명 남짓한 병사들로 이뤄진 순찰대가 어둠 속을 걸어간다. 여느 때 같으면 밤 늦게까지 불을 밝혀놓았을 술집도 일몰과 함께 영업을 마치라는 명령을 받은 지 벌써 스무 날이 지나갔다.

기사단장은 6개월 전에 보낸 파병 요청 사절이 아무 성과도 거두지 못한 상태에서 재차 서유럽으로 사절을 파견했다. 에스파냐인 기사에게 로마 교황과 황제 카를 5세를, 프랑스인 기사에게는 프랑스 왕을 설득하라는 임무가 주어졌다. 그외에 두 기사에게는 전 유럽에 산재하는 성 요한 기사단 소속 기사들에게 로도스의 위기를 알리고 총동원령을 전달하는 임무와 아울러, 가능한 한 많은 무기와 탄약을 조달하여 로도스까지 수송할 임무가 부과되었다. 사절로 임명된 기사들은 크기는 작아도 속도가 빠른 갤리선에 올라 각자 행선지로 출발했다. 한밤중의 출항이었으며 투르크 선단에 저지당한 배는 없었다.

한편 서유럽은 1522년의 여름을 이렇게 보내고 있었다.

교황은 로마의 산 피에트로 대성당에서 치러질 대관식을 위해 서지중해를 항해하고 있었다.

그해 1월 9일에 새 교황으로 선출된 하드리아누스 6세가 에스파냐를 떠난 것은 7월 8일. 7월 17일에 제노바에 기항, 로마 외항 오스티아에 도착한 것이 8월 28일. 산 피에트로 대성당에서의 대관식은 8월 31일에야 치러졌다. 이렇게 해서 새 교황은 황제 카를 5세나 프랑스 왕 프랑수아 1세, 영국 왕 헨리 8세 등의 '호의'를 거부하면서도 적어도 기분은 상하지 않게 하면서 로마까지 올 수 있었다.

그 탓에 새 교황의 시정 방침 연설이라고나 할 추기경 회의 석상의 선언이 9월에야 이뤄지는 꼴이 되어버렸다. 이때 교황 하드리아누스 6세가 이것만은 해결하리라 선언한 것은 다음 두 가지 사항이었다.

1. 투르크의 공세에 맞서기 위한 전 기독교 국가의 연합 체제 확립.

2. 독일을 중심으로 준동하고 있는 프로테스탄트 운동에 대한 직접적 대처.

새 교황은 기독교 세계에서 이 양대 중요 과제를 해결하기 위해 적극적으로 각 왕후들을 설득할 의사가 있음을 명백히 한 것이다.

하지만 당사자인 왕후들은 자기들끼리 전쟁을 벌이느라 정신이 없었다.

　신성로마제국 황제로서 독일과 네덜란드 지방을 통치하고 에스파냐 왕 자격으로 신대륙을 포함한 에스파냐를 영유하는 카를 5세와 프랑스 왕 프랑수아 1세가 이탈리아에서 대결하고 있었다. 이해 4월, 밀라노 근방에서 치러진 전투로 카를 5세의 우세가 확정되었다. 프랑스 왕은 밀라노를 버렸고, 제노바도 프랑스 그늘에서 벗어나 에스파냐 지배하로 들어갔다. 나폴리, 시칠리아 등 남부 이탈리아는 이미 에스파냐 휘하에 있었으므로 이탈리아를 둘러싼 에스파냐 대 프랑스의 전통적인 대결 구도는 이 시기에 이르러 마침내 에스파냐의 절대적인 우세로 일단락된 것이다.

　그리고 영국 왕 헨리 8세와 카를 5세의 동맹이 성립된 것이 6월. 7월에는 서퍽 공 휘하 영국군이 노르망디에 상륙했다. 어느 누구도, 영매한 군주 프랑수아 1세가 왕으로 있고 유럽에서 가장 비옥한 경지를 가진 나라 프랑스가 그렇게 간단히 합스부르크가에 무릎을 꿇으리라고는 생각지 않았다. 그래도 일단은 프랑스가 수세로 몰렸음이 확실했다.

　투르크군의 도착을 알리며 원군 파병을 청하는 성 요한 기사단의 사절이 파견된 유럽은 이런 세상이었던 것이다. 로도스 섬의 성 요한 기사단이야말로 '동지중해 최후의 기독교도 성채'라는 것은 서유럽의 어떤 군주도 인정하지 않는 자가 없었지만, 세상 어디에서도 생각이 바로 행동으로 옮겨지지만은 않는 법이다.

　투르크 전군의 로도스 상륙은 7월 28일, 술탄 쉴레이만 1세가 상륙함으로써 완료되었다.

구름 같은 천막들

10만의 투르크군은 여섯 개 군단으로 나뉘어 각자 위치에서 포진을 마쳤다. 배치 장소가 사전에 정해져 있었던 듯, 성벽 위에서 보니 10만 명의 움직임으로는 일사불란하기 그지없었다.

이탈리아 기사들이 지키는 성벽 앞에 있는 호에 닿을락 말락 하게 페리 파샤가 이끄는 군단이 진을 쳤다. 프로방스 출신 기사들의 수비 지역 앞으로는 쿠아짐 파샤 군단의 천막들이 늘어섰다. 영국 기사들이 방위하는 성벽 건너편 평지에는 무스타파 파샤 휘하의 병사들이 포진한다. 아라곤 기사들이 지키는 성벽 건너편은 아메드 파샤 군단이 빼곡히 들어섰다. 아야스 파샤가 지휘하는 군단은 유격대이므로 독일 기사들이 수비하는 성벽 앞에 포진했지만 천막은 호에서 상당히 떨어진 곳에 쳐져 있다. 아굴라 파샤는 1만 5천 예니체리 군단을 이끌고 오베르뉴 기사들이 방어하는 성벽 앞에 포진했다. 술탄의 천막이 이 근처에서 가장 높은 아라곤 성벽 앞 언덕에 설치되었기 때문이다. 술탄의 친위대인 예니체리 군단은 어떤 전투에서도 주군의 곁을 떠나지 않았다.

투르크군의 진용을 본 방위측은 적이 로도스 성벽의 어느 부분에 공격을 집중할지 금세 알아차렸다. 네 명의 대신들이 포진한 지역, 즉 이탈리아, 프로방스, 영국, 아라곤 수비 지역일 것이다. 8년 전, 기사단장 파브리지오 델 카레토가 예측하여 철저히 개조해놓은 바로 그 부분의 성벽이 지금 대군의 공세에 맞서게 된 것이다.

문제는, 70년 전의 콘스탄티노플 공방전 당시와 비교해서 축성 기술이 장족의 발전을 보인 것은 사실이지만 공격술도 잠만 자고 있지는 않았다는 점이다.

술탄의 천막은 주위를 압도하리만치 호사스러웠다. 그것은 서유럽인이 생각하는 천막 개념을 훨씬 넘어서는 것이었다. 온통 황금색으로 빛나는 그것은 한 장으로 얼기설기 짜놓은 것이 아니리 여러 개의 천막이 잇달아 있는 것으로 보였다. 안에는 많은 방들이 마련되어 있을 것이다. 병사들이 갖고 들어가는 물건 수로 보아 콘스탄티노플의 토프카피 궁전에서처럼 편히 지낼 수 있게 되어 있음에 틀림없었다. 수도의 궁전 생활과 비교했을 때 빠진 게 하나 있다면 튤립이 어지러이 피어 있는 안뜰에 300명의 미녀를 모아놓았다는 하렘뿐일 것이다. 이교도와의 전투 하나하나가 모두 알라 신에게 바치는 성전이라 믿는 투르크인은 전장에 여자를 데려오지 않는 것이 상식이었기 때문이다. 이 화려한 쉴레이만의 천막은 성벽 위 어디에서나 볼 수 있었다.

술탄의 천막보다는 훨씬 못하지만 대신들의 천막도 무척이나 호화스러웠다.

이탈리아 성벽 앞에 있는 페리 파샤의 천막은 녹색 천을 온통 금색 실로 수놓았는지, 멀리서 보면 두꺼운 비단이 늘어서 있는 것처럼 아름다웠다. 한편, 프로방스 성벽 앞의 쿠아짐 파샤의 천

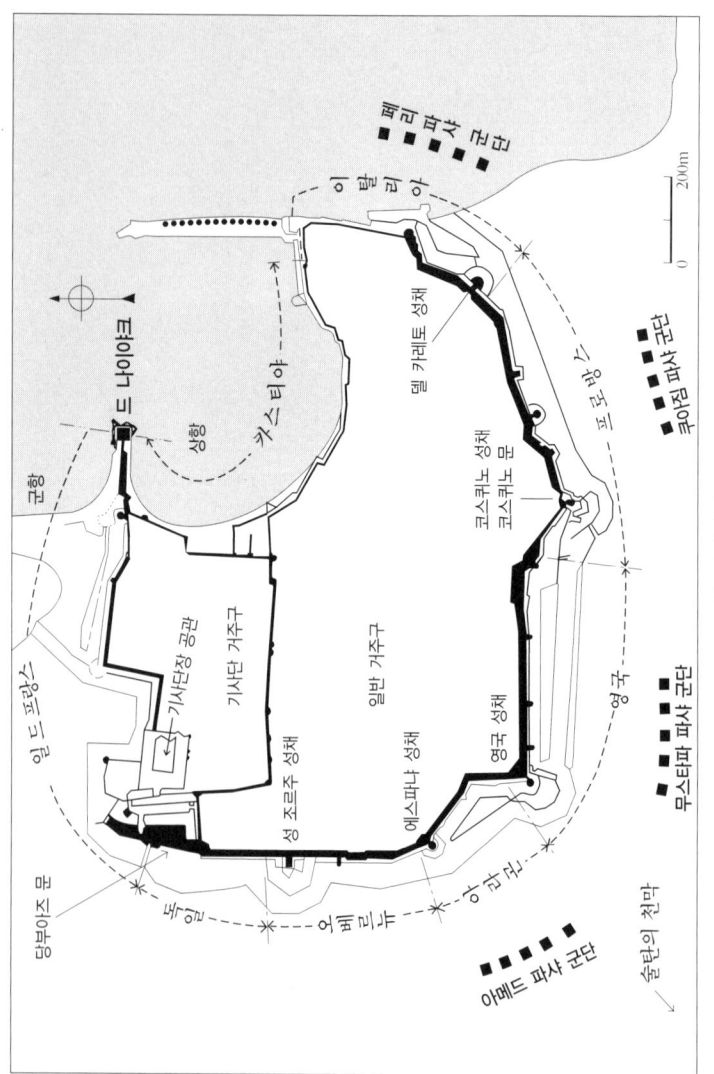

로도스 시가도

막은 청색 바탕에 수놓인 은실이 햇살에 빛나고 있었다. 영국 성벽 앞의 무스타파 파샤의 천막은, 술탄의 여동생을 처로 둔 신분 때문인지 붉은 천을 온통 금빛으로 자수해놓은 화려한 것이었다. 아라곤 성벽 앞의 아메드 파샤의 천막은 하늘색 바탕에 은색과 보라색 자수가 빛났다. 이들 천막의 등 뒤 언덕 높은 곳에 천막 꼭대기에 금색 초승달을 그려넣은 술탄의 황금색 천막이 서 있는 것이다.

각 대장의 천막도 가지각색으로 충분히 아름다웠지만 금실이나 은실로 수놓은 것은 아니었다. 점점이 서 있는 이 아름다운 천막들 사이를 메우고 있는 병사용 천막은 서 있는 땅과 별로 다를 것도 없는 황토색이다. 시가지에서 가장 높은 기사단장 공관에서 보면 지평선 끝까지가 적의 천막으로 뒤덮여 있어 10만이라는 숫자를 비로소 가슴으로 느끼게 해주었다.

7월의 마지막 며칠 동안, 성벽 위의 기사들은 호를 사이에 둔 건너편 땅에 박격포와 대포가 설치되는 것을 보고 있어야 했다. 절구(臼)포라고 부르는 게 어울릴 것같이 생긴 박격포는 둥근 절구 모양의 포신을 위로 치켜올려 커다란 포구가 하늘을 쳐다보도록 설치되었고, 포구 크기는 좀 떨어지지만 기다란 포신이 인상적인 대포는 성벽에 포구를 정조준한 상태로 설치되었다. 둘 다 무게가 꽤 나가는 만큼 포대 설치도 그렇게 쉽지만은 않았다. 이 작업을 투르크 병사들은 성벽 위의 기사들은 안중에도 없다는 태도로 묵묵히 수행했다. 성벽에서 투르크 병사들이 작업하는 지역까지는 곳에 따라서는 40미터도 더 된다. 소총이나 활의

사정거리 밖인 것이다. 기사들 쪽에서도 각 성채에 대포를 설치해두었다. 성채에서 작업 지구까지라면 사정거리 안에 들 정도로 가깝지만, 투르크 병사들도 바보는 아닌 만큼 성채 앞에서는 작업하지 않았다.

7월의 마지막 날. 해가 지기 직전에 편지를 물고 투르크의 화살 하나가 영국 성채로 날아왔다. 술탄의 봉인이 찍힌 이 편지는 즉시 기사단장에게 전달되었다. 기사단장 릴라당은 그날 밤 기사 전원을 공관 안뜰로 소집해 그 앞에서 술탄의 편지를 읽어내려갔다. 여러 번 항복을 권유했음에도 성 요한 기사단이 비상식적인 대응만을 보이기에 술탄 쉴레이만은 부득불 내일 아침을 기해 공격을 개시한다는 내용이었다.

기사단장은 편지를 다 낭독한 뒤 말했다. 우리도 기사의 예로써 적을 맞이하자. 내일 아침 머리끝부터 발끝까지 정식으로 무장하고 전원이 성벽 위에 올라 적을 맞자는 것이다. 스물여덟 살의 쉴레이만도 법이나 예의를 지키기를 좋아했지만, 귀족 집단인 성 요한 기사단도 이 점에서는 마찬가지였다. 단 양측 모두 기사도 정신을 발휘하는 것은 자기 마음이 내킬 때이고, 그렇지 않을 때는 나 몰라라 하는 점에서도 마찬가지였지만.

공방전의 시작

8월 1일, 술탄의 예고대로 로도스 섬 공방전이 개시되었다.

먼저 포격이 전투 개시를 알려주었다. 포격은 마치 시험 발사라도 하는 것처럼 이탈리아 성벽 앞에서 시작해 차례대로 프로방스, 영국, 아라곤 성벽으로 이어지다가 일단락했다. 방위측에서는 아침햇살을 받아 은빛으로 번쩍이는 갑주를 입은 기사들 600명이 성벽 위에 나란히 늘어서 적을 맞이했다. 집안의 재력을 과시하며 화려함의 극치를 달리는 갑주는 형태는 조금씩 다를지라도, 흉갑을 장식하는 붉은 바탕의 백십자와 어깨부터 덮어내린 백십자가 그려진 기다란 붉은 망토만은 전원 통일되어 있다. 창 끝이 햇빛을 품어 번뜩이고 부대별로 색이 다른 군기가 바람에 휘날린다. 그리고 술탄의 천막을 마주한 아라곤 성벽 위에 성 요한 기사단 군기를 등 뒤로 휘날리며 우뚝 선 단장 릴라당은 치솟는 포연에도 미동조차 않았다.

투르크 병사들도 이 광경에는 간담이 서늘해졌다. 머리끝에서 발끝까지 강철 갑주로 무장한 병사는 일개 인간 이상의 위압감을 뿜어내는 법이다. 성벽 위에 정렬한 성 요한 기사단의 기사들은 600명이라는 숫자 이상의 인상을 투르크 병사들에게 남겼다.

그러나 중세 그 자체를 느끼게 해주는 갑주 차림의 기사들이 그 위력과 기동력을 충분히 발휘할 수 있는 것은 말을 달리며 행동의 자유를 충분히 구가할 수 있는 장소에 있을 때뿐이다. 말을 쓸 수 없는 성벽 위에서라면 위력은 반감할 수밖에 없는 것이다. 하지만 시위 효과는 또 다른 문제이다.

아무리 기사라 해도 포탄이 난무하는 와중에 이런 시위를 하는 것은 쉬운 일이 아니었겠지만, 투르크 포병들이 아직 지형에 익숙지 않았다는 이유도 있고 해서 첫날 포격에 따른 피해는 전혀 없었다. 포연만이 짙게 깔렸을 뿐이다.

로도스 성벽이 지금까지의 성벽들에 비해 진보한 것은 높이 쌓아올리지 않고 깊이 판다는 종래 축성법과 상이한 개념을 도입했기 때문이다. 그래서 방위측과 공격측은 넓고 깊은 호를 사이에 두고 거의 같은 고도에 위치하게 되었다. 실제로는 방위측이 아무래도 약간 높은 곳에 있긴 했지만 그 차이 또한 이미 계산에 들어 있었다.

조금 높을 뿐이지 아주 많이 높은 것은 아니다. 가장자리 높이는 공격측과 방위측이 서로 비슷하지만 성벽 안으로 들어갈수록 완만한 경사를 그리며 올라가게 되어 있다. 이 경사면은 직격탄의 위력을 거의 반으로 줄이는 효과를 갖고 있었다. 본성벽이나 외벽 할 것 없이 밑으로 내려갈수록 비스듬하게 설계되어 있다. 이 역시도 포격의 충격을 덜기 위한 것이다.

당시의 포탄은 박격포든 대포든 간에 둥글게 만든 돌을 쏘는 것일 뿐, 포탄 자체가 목표물에 부딪히는 순간 폭발하는 것은 아니었다. 맞는 순간의 충격으로 대상물을 파괴하는 것이다. 충격이 크면 클수록 파괴 정도도 심하게 마련이어서 맞는 쪽이 직격 순간의 충격을 완화할 수만 있다면 대포의 위력 앞에 두손 들던 지금까지의 상태에서 벗어나는 것도 가능했다.

게다가 로도스 성벽은 포탄이 직격할 우려가 있는 호 속이나 성벽 안쪽을 부드러운 흙으로 덮어놓았다. 그 때문에 아무리 직격탄이 떨어져도 무거운 석제 포탄은 지표면에 쿵하고 파묻혀 자욱한 흙먼지를 일으킬 뿐이었다.

그런데 만일 목표물이 콘스탄티노플 성벽처럼 높고 길게 이어져 있으면 사정거리만 제대로 조준해도 어딘가에는 맞게 마련이다. 하지만 로도스에서는 대포가 놓인 고도가 과녁과 거의 같기 때문에 아무리 포격을 해대도 당연히 낙하할 때 생기는 힘 외에 더 이상의 힘은 낼 수가 없었다. 이런 사정들은 공방전 초기, 저 유명한 투르크 대포의 위력에 대한 방어측의 공포를 줄이는 데 한몫했다. 사기의 고양이 솔직히 드러난 것은 주민, 용병, 기사의 순이었다. 시내는 농성중이라는 현실을 잊은 게 아닐까 할 정도로 활기에 차 있었다. 어린애들까지도 이 정도면 버틸 수 있을지도 모른다고 생각했다.

그로부터 며칠 후, 농성측의 사기를 더 높여주는 사건이 일어났다. 해상 봉쇄 임무를 띠고 있던 콜토글루 휘하 투르크 함대가 군항과 상항 사이에 서 있는 성 니콜라 요새 공략에 나섰다가 실패한 것이다.

이 요새는 40년 전의 전투 당시 주된 전장이었는데, 이번의 주된 전장은 육상으로 옮겨갔으므로 투르크 해군의 임무는 봉쇄에 그쳤다. 하지만 성 니콜라 요새가 요새로서 기능하는 한 군항과 상항의 완전한 봉쇄는 불가능하다. 프랑스 기사 20명과 병사 50명이 지키는 요새에서는 투르크 배가 가까이 올 때마다 대포가 불을 뿜기 때문이다. 일단 포탄이 명중하면 나무로 만든 소형선은 잠시도 버티지 못한다. 상선이고 군선이고 해양의 전통이 아예 없는 투르크 배는 전반적으로 크기가 작고 구조가 조잡했다.

혹 포탄은 피한다 해도 석궁으로 쏘아대는 불화살이 또한 만만치가 않다. 그렇다고 사정거리 바깥 해역으로 배를 고리처럼 이어 빙빙 도는 것도 항해 기술이 떨어지는 투르크로서는 불가능한 일이었다. 로도스 항 바깥 바다는 수심이 다른 곳보다는 약간 깊다. 닻을 내려 배를 멈출 수가 없는 것이다. 특히 여름철에는 마에스트랄레라 불리는 북서풍이 늘상 세차게 부는 곳이다. 조금만 방심해도 군항이나 상항 어딘가에로 밀려가버리는 것이다. 실제로 순간적으로 키를 잘못 잡아 아차 하는 새 항구 출구를 막고 있던 쇠사슬에 부딪힌 끝에 로도스 쪽의 포로가 된 배 한 척이 나오기도 했다. 기사단은 제 발로 굴러들어온 이 적선 승무원들을 심문한 결과 귀중한 정보를 얻기까지 했다.

300척이나 되는 투르크 대함대는 결국 로도스의 해상 봉쇄에 실질적으로 실패했지만, 그 많은 배들을 놀리기만 한 것은 아니다.

이 배들 중 대부분은 로도스 섬과 소아시아의 마르마리스를 매일같이 오가며 10만 대군이 공격에 전념할 수 있도록 지원하는 후방 수송 업무를 수행했다. 투르크 병사들에게 지급되는 식량이 아무리 형편없기로 유명하다 해도 역시 10만 명분의 식량을 댄다는 것은 큰일이다. 게다가 로도스 섬은 애당초 밀이 별로 나지 않아 평소에도 수입에 의존하던 곳이다. 양이 대부분인 가축도, 로도스 시가에 가까운 지역 농민은 모두 성벽 안으로 피난

했고 먼 지역 사람들은 기사단이 미리 통고하여 투르크인이 닿기 힘든 산악지대로 도피하게 했기에 수중에 넣을 수 없었다. 물도 구할 수 없다. 적이 근처 우물이나 샘을 이용하지 못하도록 미리 모조리 메워버렸기 때문이다. 투르크군은 모든 것을 외부 지원에 의지해야 했다.

그러나 쉴레이만은 이것까지도 계산해서 작전을 수립해놓고 있었다. 투르크 배가 마르마리스까지만 가면 물, 밀, 양고기, 게다가 포격에 쓸 포탄부터 화약까지 무엇이든 선적만 하면 되도록 준비시켜놓은 것이다. 부족하다고 느낄 즈음이면 어느새인가 보충되어 있다. 더구나 소아시아는 밀의 산지로도 유명한 땅이었다.

쉴레이만은 산이 많은 로도스 섬 곳곳으로 병사들을 내보내 물이나 밀을 조달하느니 해상 50킬로미터를 왕복하는 피스톤 수송 작전이 낫다고 생각했다. 마르마리스까지 갈 때는 역풍을 거슬러 가야 하지만 실은 짐이 없어 배가 가볍게 마련이다. 반대로, 마르마리스에서 로도스로 돌아올 때는 포탄을 산더미처럼 실었어도 순풍이므로 아무 문제 없다. 스물여덟 살의 쉴레이만은 순순히 복종하지 않을 적지 농민을 겁주어 물자를 징수하기보다는 자기 땅에서 조달하는 이 방법이 더 효율적이라 판단한 것이다.

이는 성 요한 기사단 수뇌부의 허를 찌르는 것이었다. 1480년 때와 마찬가지로 이번 전투에서도 투르크는 로도스 섬 안에서 군량을 조달하리라 생각하고 있었기 때문이다. 공방전이 길어질

수록 적의 양식은 바닥을 드러낼 것이고 마침내 식량의 질적 저하와 물 부족 때문에 1480년 그때처럼 역병이 돌아 어쩔 수 없이 포위를 풀고 철수할 것이다, 이것이 수뇌부의 예측이었다. 그런데 지금 적은 이 예측을 완전히 뛰어넘는 작전을 세워 실행하고 있다. 이제 공방전이 길어질수록 불리해지는 것은 방위측이다.

그 즉시 소집된 수뇌부 회의에서 투르크의 수송 루트를 칠지 말지가 논의되었다.

기사단 소유의 군선을 출항시켜 역풍을 거슬러 마르마리스로 향하는 투르크 배를 도중에서 공격하자는 안을 제출한 이는 영국과 이탈리아 기사관장이다. 성 요한 기사단의 해군은 전통적으로 이 두 나라 출신 기사들이 맡고 있었다.

하지만 정찰선을 내보내 정보를 얻은 결과, 정황이 그렇게 단순하지 않음이 판명되었다. 이런 대응이 있으리라 예측했음인지, 투르크 배는 스무 척이 한 조가 되어 항해하고 있다. 이렇게 되자 기사단이 소유한 배를 총출동시키든가 아니면 코스 섬이나 보드룸 기지에 있는 배까지 소집해서 공격하지 않는 한 원래 의도했던 효과를 내지 못하리라 생각되었다.

영국과 이탈리아 기사들은 그래도 결행해야 한다고 역설했지만, 프랑스 출신 기사들이 반대하기 시작했다. 일 드 프랑스건 프로방스건 오베르뉴건 할 것 없이 한결같이 코스 및 보드룸을 포기하게 될 수도 있는 작전에는 절대 반대였던 것이다. 땅을 얻을 때는 정열적이고 잃을 때는 신경질적이게 되는 프랑스인의 기질은 기사단 소속 단원이 되어서도 변하지 않은 것이다.

그 덕분에 투르크군의 수송 루트는 아무런 제지도 받지 않고 원활하게 작동했다. 기사단의 자존심은, 300척의 적선과 맞서면서도 코스 및 보드룸과의 연락이 끊기지 않았고 로도스 섬 안에서도 린도스와 연락이 유지되고 있다는 정도로 자위해야 했다.

물량 작전

술탄 쉴레이만은 포격이 잘 통하지 않았음에도 당황하지 않았다.

8월 초의 포격이 포연과 흙먼지를 날렸을 뿐 특기할 만한 성과를 올리지 못한 이유가, 대포의 고도가 방위측보다 약간 낮은 곳에 자리잡을 수밖에 없게 된 지형에 있음을 알고 있기 때문이었다. 이에 대포의 위치를 높이기 위한 작업이 시작되었다. 나무 받침대는 대포 자체의 무게는 물론이거니와 발포시의 충격에도 견딜 수 있어야 한다. 이런 받침대를 대량 제작하는 동안 전선을 쉬지 않게 할 요량이었는지, 그로부터 며칠 동안 여태껏 단 한번도 공격받지 않은 독일 성벽과 오베르뉴 성벽에 포격이 집중되었다.

이 근처 성벽은 파브리지오 델 카레토 시대에 그다지 개조되지 않은 곳으로 성벽은 높이 솟아 있고 흉벽도 자잘해서 방위측이 제대로 된 무기를 쓰기도 힘들다. 하지만 호의 깊이나 너비가 다른 곳과 같기 때문에 포격의 효과가 갑자기 좋아지지는 않았다. 그렇긴 해도 높이 솟은 성벽 한가운데에 포탄 하나가 명중해서 성벽을 파고든 적은 있었다.

포대가 완성되어 방위측이 보기에 대포 높이가 갑자기 높아진 것처럼 보이게 된 것은 8월하고도 중순에 들어서였다. 한여름이라지만 바다에서 불어온 북서풍이 시가지를 스쳐 투르크 진영에까지 이른다. 투르크군 도착 전에 나무를 다 베어버리고 집을 파괴해버려 그늘 한 점 없는 곳이지만 바위가 많은 곳은 아니다. 한여름 햇살이 바위에 반사되어 덮쳐온다면 견디기 힘들겠지만, 발 밑에 있는 것은 흙, 30도 가까이 기온이 올라가도 바람이 불어주기만 하면 불볕 더위 속에 작업하는 것도 못 견디게 괴로울 정도는 아니었다.

포대가 높아졌다고 적중률이 높아지는 것은 아니지만, 쉴레이만은 부족한 점을 양으로 메우는 대책을 세웠다. 화약이든 포탄이든 쓰고 또 써도 얼마든지 보충할 수 있게 조처한 것이다. 포대 높이가 높아짐과 동시에 포격의 양이 대폭 늘어났다. 많이 쏘면 많이 맞는다는 것은 당연한 얘기다. 포격의 피해가 제일 먼저 뚜렷해지기 시작한 곳은 영국 성벽이었다. 투르크군은 아직은 호 속으로 뛰쳐들면서까지 공격을 전개하지는 않는다. 공격이 시작된 이후 방위측이 입은 피해는 전사자만 따질 경우 기사 두 명과 용병 몇 명에 지나지 않았다. 영국 성벽 앞 외벽 수비에 임했다가 전사한 사람들이다.

그럼에도 방위측의 사기는 수그러들지 않았다. 아니, 수그러들기는커녕 날이 갈수록 기세등등해졌다.

8월의 마지막 날, 투르크 해군의 엄중한 감시망을 뚫고 한 척의 배가 로도스 항으로 입항한 것이다. 나폴리에서 온 배로, 타고 있는 사람은 고작 기사 네 명과 소수의 용병에 지나지 않았지만 상당한 양의 탄약을 싣고 있었다. 이탈리아에 있는 성 요한 기사단의 지부가 보낸 배였다. 이것은 타고 온 사람 수나 물자의 양보다 더 큰 만족감을 안겨주었다. 투르크 해군의 해상 봉쇄가 효과가 없음이 증명되었고, 서유럽이 로도스를 잊지 않고 있다는 희망을 안겨주기에 충분했기 때문이다. 한편, 이 사실을 알고 격노한 술탄은 함대 지휘관 콜토글루를 알몸으로 돛대에 꽁꽁 묶은 뒤 온몸이 피투성이가 될 때까지 태형을 가했다.

가을

9월로 들어서자 투르크군의 물량 작전이 효과를 보기 시작했다. 방위측도 예상은 하고 있었지만, 대포와 지뢰로 땅 위와 땅 밑 양면에서 공격을 가해온 것이다.

지뢰라고 하지만 폭발물을 땅에 묻어 이것을 건드리면 폭발하는, 근대적인 지뢰가 아니다. 땅굴을 파서 성벽 바로 밑에 이르면 거기 폭약을 쑤셔넣어 폭발시키는 것이다. 콘스탄티노플 공방전 당시에도 투르크는 이 전술을 쓰려 했지만, 그때만 해도 목표 지점까지 정확하게 갱도를 파나아갈 기술을 지닌 사람이 투르크군에는 없었다. 그뒤 투르크가 발칸 지방을 지배하에 편입시키면서 그 지방의 다수의 은광 기술자를 채용함으로써 투르크군 공병대의 기술 수준이 비약적으로 향상되었다. 워낙에 깊이가 20미터도 더 되는 호 밑으로 갱도를 파야 하는 일이다. 상당히 후방에서부터 파들어가야 했다. 많은 인원이 굴착에 매달리는 것을 방위측에 들키지 않기 위한 배려이기도 했다.

9월 3일, 영국 성벽 앞 외벽 밑에서 최초의 지뢰가 폭발했다. 동시에 이 지역에 대한 포격이 훨씬 더 격해졌다. 그리고 공방전 개시 이래 처음으로 적병이 호 속으로 밀려들었다.

이 일대 공격을 담당한 무스타파 파샤가 호 가장자리까지 나와 지휘하는 모습이 보인다. 외벽의 3분의 1이 폭발로 날아가버려 무참한 몰골로 지면을 드러내고 있었다. 폭발로 비로소 노출된 갱도는 너비가 2미터는 되었다.

방위측은 본성벽까지 후퇴했다. 무너진 외벽을 넘어 밀려오는 투르크 병사들을 가능한 한 유인한 다음 소총과 석궁으로 정확히 맞혀 죽이는 전술이다. 적의 공격이 영국 성벽으로 집중되자 프랑스 부대와 카스티야 부대가 달려와 응원에 나섰다.

그날 무스타파 파샤는 휘하 전군 2만 명을 투입했다. 방위측 전력은 그 10분의 1도 안 되었지만 정예일 뿐 아니라 상시 전시 체제하에 살아온 강점을 지닌 기사들이다. 전투에 길들여진 군사보다 강한 것은 없는 법이다. 적군의 첫번째 대공격은 일몰을 신호로 투르크군이 철수함으로써 일단락되었다. 투르크 쪽 전사자는 2천 전후. 방위측의 손실은 기사 세 명과 소수 병사들로 그쳤다. 전투중의 전사자가 아니라 외벽 수비를 맡고 있다가 폭발과 함께 날아올랐거나 무너진 토사에 깔린 사람들이었다.

하지만 적이 2미터나 되는 갱도를 파고 있는데도 전혀 알아차리지 못했다는 사실은, 한시바삐 본격적인 지뢰 대책에 착수해야 할 필요를 통감케 했다.

기사 마르티넨고가 생각해냈고 이미 모든 준비를 완료한 작전이 실행에 옮겨졌다. 시내의 노인이나 여자, 아이들이 동원되어 마르티넨고가 고안한 기구를 배급받았다. 양가죽을 얇게 무두질해서 편 북같이 생긴 데다가 작은 코르크 구슬 몇 개를 매달아놓은 단순한 기구였는데, 이것을 성벽 안쪽을 따라 나 있는 도랑 벽에 대고 있으면 땅 속에서 아주 작은 소리라도 날 경우 코르크 구슬이 양가죽을 스쳐 소리를 내는 것이었다. 말하자면 원시적인 초음파 탐지기라고나 할까. 주민들은 협력을 아끼지 않았다. 특히 어린아이들의 귀가 가장 쓸모있다는 것도 알게 되었다.

이 작전을 폄으로써 9월 중에만 열두 개의 지뢰를 탐지해냈고, 로도스 쪽에서부터 갱도를 파들어감으로써 채 터지지 않은 지뢰를 철거하는 데 성공했다. 투르크군은 엄청난 포격 소리가 으르렁대는 낮 동안에만 갱도를 팠기 때문에 방위측의 갱도 굴착은 밤 시간을 이용할 수 있었다. 도랑에 지붕을 씌운다는 마르티넨고의 생각은, 포탄이 날리는 토사로부터 어린아이들을 지켜줄 수 있을 뿐 아니라 어느 정도나마 포격 소리에 방해받지 않고 적의 작업을 탐지하는 데서도 예상 이상으로 효과를 발휘했다.

그러나 모든 지뢰를 불발 상태에서 제거한 것은 아니었다. 또 9월 중순을 넘기면서부터 투르크군이 하루에 쏘아대는 포탄이 100발을 넘어섰다. 하루 평균 열두 발 정도의 박격포가 이탈리아, 프로방스, 영국, 아라곤 성벽으로 날아왔으며 방위측 사상자

수도 투르크에 비해서 적다 뿐이지 서서히 늘기 시작했다. 아라곤과 영국 성벽 앞 외벽이 특히 파손이 심해서 더 이상 수비 병력을 배치할 수도 없게 되었다.

그래도 호 속에까지 돌출해 있는 성채 다섯 개가 모두 건재한 덕에 성벽에 매달리려는 적군을 기사단 특유의 신병기를 구사하여 격퇴할 수 있었다. 신병기란 '그리스의 불꽃 화약'을 응용한 것으로, 기다란 관 끝으로 세찬 화염을 내뿜는 원시적인 화염방사기 같은 것이었다. 다만 오랫동안 화염을 방사할 수 없다는 결점이 있었는데, 미리 손봐놓은 것을 여러 개 준비해뒀다가 하나가 못 쓰게 되면 다른 것으로 바꿔 씀으로써 이 결점을 보완했다. 게다가 투르크군은 경장보병이어서 강철 흉갑마저도 걸치지 않은 병사가 부지기수였으므로 일단 화염에 휩싸이면 그대로 최후를 맞아야 했다.

선전(善戰)해온 방위측이지만 적정에 관한 정보를 얻은 지 꽤 오래되었다. 포위된 채 싸워야 하는 쪽이 겪는 가장 괴로운 문제이다. 적이 로도스로 올 때까지는 어느 정도 소상히 적을 파악하고 있던 기사단 수뇌부도, 성벽 앞에 포진을 완료한 7월 말 이래 한 달 반이 흐르도록 아무런 정보도 입수하지 못하고 있는 것이다. 수뇌 회의에서는 정보 수집의 필요성을 인정하고 대책을 강구했다.

일단 로도스 섬의 그리스인 주민 중 누군가를 적진에 잠입시키는 것은 논외 문제라는 얘기가 나왔고 전원 이에 동의했다. 행여 정체가 탄로나 잡혔을 경우, 결국은 로도스의 피지배계급에 속하는 그리스인이 입을 여느니 죽음을 택할 것이라 기대할 수는 없는 것이다. 혹은 투르크의 이중 첩보원이 되어 돌아올 위험성이 전혀 없다고도 할 수 없다. 투르크군에는 비록 투르크 지배하에 있다 할지언정 같은 그리스인이 천지 사방에 있기 때문이다. 인종으로 보나 언어로 보나 적진에 침투할 첩보원으로 쓰기에 적격인 그리스인의 채용은 포기할 수밖에 없었다. 그렇다고 서유럽인을 보내자니 외모가 달라도 너무 다르다.

적진으로 잠입하다

결국 두 명의 이탈리아 출신 기사가 선택되었다. 한 명은 남이탈리아 풀리아 지방 귀족인데, 일찍이 고대 그리스 식민지로 번영을 누렸던 그 지방 상류 사회 사내들 중에는 이제는 그리스인들에게서도 찾아보기 힘든 이마에서 직선으로 내리뻗은 코를 지닌 이가 적지 않다. 게다가 거무스름한 피부와 검은 눈동자, 흑발의 소유자여서 그리스인이라 해도 의심할 사람은 별로 없을 것이다. 더구나 운이 좋았던 것은, 이 기사가 그리스어를 능수능란하게 구사한다는 점이다.

또 한 명은 오르시니. 설사 잡히게 되더라도 그라면 입을 열기보다는 죽음을 택하리라는 것을 아무도 의심하지 않았다. 투르크인을 상대로 한 전투에서 그가 보여준 용맹무쌍함 또한 주지의 사실이다. 무엇보다도, 그라면 봐야 할 것은 하나도 놓치지 않으리라는 기사단장의 말이 큰 몫을 했다. 문제는 이 로마의 젊은 기사에게는 불리한 점이 많았다는 것이다. 먼저 황갈색 머리카락과 푸르스름한 회색 눈, 그리고 햇빛에 그을렸다고는 하지만 혈색을 훤하게 드러내주는 서유럽 젊은이 특유의 투명한 피부색도 문제였다.

이 말을 들은 오르시니는 하하 웃고는 일단 집으로 돌아가 한 시간쯤 지난 뒤 다시 수뇌 회의 석상에 모습을 나타냈는데, 그 모습을 본 사람들은 멍하니 아무 말도 못했다. 로마 대귀족 출신 기사가 그리스 하층민으로 완전한 탈바꿈을 했기 때문이다. 느슨하게 물결치던 황갈색 머리는 흑갈색 곱슬머리가 되었고 언제나 혈색이 엿보이던 엷게 그을린 피부는 땟국물이 줄줄 흐르는 새까만 색으로 바뀌었다. 푸르스름한 회색 눈동자만은 그대로지만, 오히려 이 때문에 순수 투르크인이 아니라 그리스 혈통의 흑해 연안 사내가 연상되었다.

도대체 어디서 구했는지 옷차림도 그리스 배의 잡역부한테나 어울릴 후줄근한 모습이었다. 감탄한 좌중은 오르시니에게 이 일을 맡기기로 최종 결정했다. 단 적진에 있는 동안 한마디도 해서는 안 된다는 지시가 떨어졌다. 그리스어는 별로 잘 하지 못하기 때문이다. 말하는 것은 모두 풀리아 출신 기사의 몫이 되었다.

변장한 두 사람을 태운 보트가 밤의 어둠 속을 헤치며 남몰래 항구를 나섰다. 노를 젓는 이들은 기사단의 배에서 오랫동안 일해온 여섯 명의 그리스 선원들로, 그들도 중요한 임무를 띠고 있었다. 로도스 섬 동안에 두 기사를 내려놓은 뒤 그대로 계속 남하하여 린도스 기지까지 가서 이틀을 보내고, 사흘째 밤에 원래 해안으로 돌아와 임무를 마친 두 사람을 태워 로도스 항까지 돌아온다는 쉽지만은 않은 일이었다. 그들 역시 두 기사들처럼 그리스 하층민으로 변장하고 있다. 그들이 탄 보트에는 투르크 깃발이 걸려 있었다.

공방전이 날을 거듭함에 따라 투르크군은 그에 비례하여 포격의 양을 늘리기로 한 것 같았다.

불을 뿜는 포구가 늘었을 뿐 아니라 발포 산격도 내폭 줄어들었다. 아라곤 성벽 앞 외벽은 돌과 토사 덩어리로 바뀌어가고 있었고, 영국 성벽 앞 외벽은 3분의 1도 채 남지 않았다. 그래도 아직 본성벽은 건재해서 거기까지 올라온 적병은 없었다. 본성벽은 지뢰의 피해를 입지 않았기 때문이다. 하지만 지금도 어딘가에 갱도가 굴착되고 있으리라 생각지 않는 사람은 없었다. 여태껏 단 한번도 지뢰에 당하지 않은 이탈리아 성벽 앞 외벽도 결국 지뢰가 폭발해 반 정도가 날아가버렸다.

기사단장 공관의 맨 위층 방에는 수뇌진 전원이 모여 있었다. 적진에 잠입한 기사 두 명이 돌아오기로 되어 있는 날이다. 두 사람을 태운 보트가 항구로 들어오자마자 두 기사는 바로 이 방으로 직행하여 보고를 하기로 되어 있었다. 오지 않는 사람을 기다릴 때면 시간이 정지한 듯 느껴지는 법이다. 촛대의 초가 다 타서 새 것으로 갈았는데도 두 사람은 아직 돌아오지 않는다.

1522년 여름　*171*

마침 불침번이어서 이탈리아 성벽 위를 오가던 안토니오도 오르시니의 귀환을 애타게 기다리는 사람 중 한 명이었다. 두 기사를 이 위험한 임무에 내보낸 이탈리아 기사관은 밤늦도록 불을 끄는 방이 없었다.

귀환 보고

두번째 초도 작은 밀랍 덩어리가 되어 잦아드는 불꽃이 불안하게 흔들릴 즈음, 기다리던 사람들 앞에 두 기사가 모습을 나타냈다. 둘 다 변장이 필요없을 정도로 더러워졌고 너무 지쳐 기운이 소진한 듯했다. 인부들의 숙소에서 빠져나오는 게 쉽지 않아 예정보다 귀환이 늦어졌다며 오르시니가 입을 열었다.

적진 병사들 사이에 있으면 무기가 없어 튀어 보인 까닭에 지급받는 도구로 작업하는 인부들 틈에 들어갔다고 한다. 인부로 작업에 참가하면서 적정을 관찰한 것이다.

보고는 기사단 안에서 지위가 위인 오르시니가 주로 행하고 풀리아 출신 기사는 오르시니가 확인을 청하거나 다른 사람이 질문할 때만 대답하곤 했다.

오르시니의 어조는 한마디 한마디 피로가 묻어 나오긴 했어도 평소 그의 말투 그대로였다. 마치 다른 사람 얘기를 하는 것처럼 감정에 좌우되지 않았고 때로 미소뿐만 아니라 유쾌한 웃음까지 터트렸다.

누구의 의심도 사지 않고 적진에 잠입한 두 사람은 새벽녘에 흔들려 깨워진 인부들 틈에 끼여들었다. 이곳의 인부들은 출신지가 너무 다양해 자기들끼리도 서로 말이 잘 통하지 않고 있었다. 오르시니가 그리스어를 못 하고 또 한 사람은 그리스어는 알아도 투르크어는 모르는 것 따위는 걱정할 필요가 없었다 한다. 투르크제국의 영토가 얼마나 넓은지 생각해보면 간단히 납득할 수 있는 일이다.

잠입 첫날은 모래사장에 선착장을 만드는 작업에 종사했다. 새로 만든다기보다는 이미 만들어져 있는 선착장의 기반이 부실해 무너져내려서 이를 보강하는 작업이었다고 한다. 공병들은 새벽에 기상하고 해가 지면 조집힌 천막으로 돌아가 잠자리에 든다. 식사라고는 검은 빵에 물과 삶은 야채뿐으로, 고기나 과일은 이들 인부에게는 한입도 주어지지 않는다. 공병으로 투입된 이들은 도나우 강 주변에서 징집된 사람들이 대부분이었다. 투르크군 감시하의 작업 시간은 물론이고 밤에도 행동의 자유는 없다. 해안을 따라 늘어선 천막 바깥으로 투르크군 순찰대가 순회하기 때문이다. 투르크는 자국 신민들인 이 사내들에 대해서도 탈주 방지책을 잊지 않고 마련해둔 것이다.

잠입 이틀째, 새벽 점호 직전에 그 자리를 빠져나온 두 사람은 영국 성벽 앞에 포진한 무스타파 파샤의 진영에 숨어드는 데 성공했다. 여기서도 공병에 가담했다. 그들에게 부과된 작업은 지뢰 설치를 위한 갱도 굴착이었다.

갱도는 투르크군 진영의 훨씬 후방, 호에서 따져 100미터는 확실히 더 되는 거리에서부터 파들어가기 시작한다. 먼저 완만한 경사면을 그리며 구멍을 파들어가다가 어느 정도 팠을 때 비로소 직선으로 성벽 부분을 향한다. 전체적으로 갱도를 몇 개나 파는지는 위험 부담이 커서 알아내지 못했다고 한다. 언제나 작업은 검을 뽑아든 투르크 병사의 감시하에 이뤄지기 때문이다. 그래도 영국 성벽 하나에만 열 개 이상의 갱도가 굴착되고 있는 것은 확실하다고 두 사람은 입을 모아 말했다. 그 중 하나는 방향을 보건대 틀림없이 영국 성채를 향하고 있었으며, 이를 알았을 때는 오르시니마저도 간담이 서늘해졌다고 했다. 적은 벙커처럼 강고하게 버티는 성채를 통째로 날려버릴 작정인 듯했다.

기사단장은 이 얘기가 나오자 말을 끊고 두 사람에게 잠시 기다리라는 듯한 눈길을 던지고 동석하고 있던 마르티넨고에게 시선을 향했다. 이 베네치아 기술자는 시선 하나로 단장의 의중을 알아차렸다. 시선만으로도 충분했다. 그는 즉시 탁자 위의 종이를 끌어당겨 그 위에 자를 대고 선을 그었다. 아라곤 성벽과 영국 성벽 양쪽에서 동시에 갱도를 파서 적의 갱도가 영국 성채에 닿기 전에 이와 교차하도록 한다는 구상이었다. 도면이 완성될 때까지 누구 하나 입을 열지 않았다.

마르티넨고는 완성된 도면을 기사단장의 비서관 라 발레트에게 넘겼다. 이때도 구차한 설명은 필요없었다. 발레트의 부하 한 명이 곧장 이탈리아 기사관으로 달려가 거기서 숙박중인 마르티넨고의 두 조수에게 도면을 건네면 되는 것이다. 불의의 사태가 생길 경우 그 즉시 작업에 착수할 수 있도록 인원과 장비를 갖춰

두는 것은 공방전에 참가하는 기술자의 마음가짐이기도 했다.

이를 알고 있는 기사단장 릴라당은 도면을 받아 쥔 병사가 방을 나서자 일단 안심했는지 오르시니에게 보고를 계속 하라고 일렀다. 오르시니는 여태까지처럼 때로 동료의 확인을 청하면서 보고를 재개했다.

의외의 사실

해질 때까지 갱도 굴착 작업을 하다보면 둘째 날 밤도 다른 공병들과 함께 두르그 진영 기장자리에 늘어선 공병용 임시 가옥에서 자야 될 것이기에 두 기사는 공사가 끝나기 전에 그 자리를 빠져나오기로 결정했다. 밤중에는 공병용 임시 가옥이 밖에서 자물쇠로 채워진다는 것을 뒤늦게라도 알았기 때문이다.

두 사람은 토사 운반용 짐수레를 밀면서 술탄의 천막이 쳐진 아라곤 성벽 앞의 적 진영을 가로질러 예니체리 군단의 천막이 늘어선 오베르뉴 성벽 앞까지 잠입했다. 거기서 그들은 짐수레를 버리고 포대 제작에 종사하고 있는 무리 속에 끼여들었다. 그날 밤은 이 일대에서 일하는 공병들의 천막에서 지새우기로 했다. 투르크군의 공격이 집중되고 있는 지역을 약간 벗어난 때문인지 공병용 천막도 전선에 꽤나 가까운 곳에 쳐져 있었다. 이 정도면 적의 전선을 살피는 데도 아주 좋을 것 같았다. 두 사람은 전선에서 가장 가까운 천막으로 들어갔다. 그날 밤은 한숨도 자지 않고 내내 천막 밖으로 얼굴을 내밀고 시원한 바람을 쐬는

척하면서 적진을 관찰하기로 했다.

자정을 넘길 즈음, 정면에 시커멓게 떠 있는 성 조르주 성채에서 뭔가 반짝이는 것을 먼저 알아챈 이는 오르시니였다. 그는 즉시 옆의 동료에게 알렸고, 네 개의 눈이 응시하는 가운데 다시 뭔가가 반짝였다. 빛은 일정한 간격으로 계속해서 다섯 번이나 반짝였다. 의심의 여지가 없었다. 성 조르주 성채 위에서 누군가 투르크 진영을 향해 신호를 보내는 것이다. 잠시 기다렸지만 그 뒤로는 아무 낌새도 없었다. 두 사람이 숨을 죽이고 있는 천막과 호 사이, 그 중에서도 호와 가까운 곳에는 예니체리 군단의 군단장 아굴라 파샤의 천막이 있다. 거기서 투르크 병사 한 명이 술탄의 천막 쪽으로 달려가는 것도 똑똑히 보였다.

내통자가 있다. 로도스 성벽 안에 적의 첩보원이 있다. 방안의 공기가 얼어붙은 채 꿈쩍도 하지 않았다.

다음날 하루 종일 너무 깊이 들어와버린 적진을 온갖 위험을 무릅쓰고 빠져나와 적진에서 멀리 떨어진 해안까지 가서는 대기 중이던 배에 올라타 로도스로 돌아왔다는 오르시니의 보고가 이어졌지만, 누구 하나 듣는 사람이 없었다. 첩보원에 대한 생각만이 기사단 수뇌부의 머릿속을 가득 메우고 있었다. 보고를 마친 두 기사에게 기사단장은 건성으로 수고했다는 말만 남겼다.

곧바로 첩보원에 관해서 대책을 세워야 했다. 기사단장 릴라당은 참석자들에게 의견을 묻지 않고 독단적으로 책임자를 정했다. 평소 아무리 자신의 의견이 확고해도 반드시 먼저 동료들의 의견에 귀를 기울이던 사람이다. 그래도 릴라당은 자신이 평소와 다름을 알아채지 못하는 것 같았다.

수사 책임자로 결정된 이는 영국인 기사 윌리엄 노퍽이다. 이 영국인 기사는 성 요한 기사단의 해군 지휘관이므로 오늘밤 수뇌 회의에도 참석했다. 이의를 제기하는 사람은 없었다.

노련한 기사 노퍽은 오랜 로도스 생활을 통해 그리스어는 물론이고 투르크어도 상당히 능숙하게 구사했다. 투르크어는 전투중에 포로가 되어 노예로 팔려가 갤리선 노잡이로 부려질 때 익힌 것이다. 게다가 오랫동안 함장으로 근무한 만큼 로도스 섬 주민을 어떻게 대해야 할지도 잘 알고 있었고, 현지인들 사이에서 인망도 높았다. 기사단 내부에 적과 내통하는 자가 있으리라는 생각은 어느 누구도 하지 않았기에 그리스인들 속에서 정보를 수집하는 것이 우선되어야 한다고 생각하고 내린 결정이었다.

끝으로 기사단장은 참석자 전원을 향해 오늘 이 자리에서 나온 말은 단 한마디도 흘려서는 안 된다고 다짐했다. 첩보원의 수사도 극비리에 진행되어야 했다. 그러고 나서 참석자들은 잠 한숨 안 자고 각자 담당 구역으로 돌아갔다. 어느새 바다에 면한 창으로 방안 구석구석을 밝히는 새하얀 아침햇살이 스며들고 있었다.

바다에 떠 있는 화산

남쪽 섬에도 가을 기운을 느낄 수 있는 계절이 왔다. 농성전은

3개월째에 접어들었다. 하지만 그날 밤부터 사흘 동안 로도스 성벽은 일찍이 보지 못했던 엄청난 포탄과 지뢰를 뒤집어쓰고 있었다.

이탈리아, 프로방스, 영국, 아라곤 등 남쪽 성벽 전 전선에 쉴 새 없이 포격이 가해졌다. 더구나 지뢰는 한밤중에도 폭음을 울리며 터지곤 했다. 이제 방위측은 야간에도 수비 병력을 줄일 수 없게 된 것이다.

지뢰 대책도 궁지로 몰리고 있었다. 아무리 적의 갱도를 정확히 파악한다 해도 적은 숫자로 승부한다. 인해전술로 밀어붙여 버리면 이쪽에서 적의 갱도를 노리고 반대 갱도를 판다 해도 도저히 다 따라잡을 수 없는 것이다. 지뢰 대책용으로 마련한 성벽 안의 도랑도, 성벽 자체의 파손이 심해진 이즈음에는 무너져내린 흙과 토사가 지붕을 깔아뭉개면서 쏟아지곤 한다. 이런 곳에 어린아이들을 집어넣는다는 것은 꿈도 못 꿀 일이다. 더구나 마르티넨고가 고안한 갱도 탐지기도 밤중에도 지뢰의 폭음이 울려퍼지는 이런 상황하에서는 더 이상 예전 같은 효과를 기대할 수 없게 되었다.

이 사흘 동안의 격렬한 포격은 성벽 안에 웅크린 사람들을 공포에 떨게 한 것은 물론이거니와, 바깥에서 이를 보는 사람들까지도 경악시켰다. 당시 코스 섬과 보드룸을 지키고 있던 기사들이 상황을 살피기 위해 배를 타고 접근해 온 적이 있다. 그들은 이렇게 말했다. 해상에서 바라본 로도스는 마치 바다 위에 갑자기 솟아난 화산같이 연기와 폭음 천지였다고. 이 사흘 동안

1,500발의 포탄이 발사되었고 열두 개의 지뢰가 폭발했다.

포격이 끝난 뒤 투르크군이 총공격에 나설 것임을 누구든지 예상하고 있었다.

투르크군은 어떤 전투에서나 똑같은 전술을 취하기 때문이다. 일단 양적으로 승부할 만큼의 포격을 가해서 방위측의 수비를 무너뜨린다. 동시에 지뢰 설치용 갱도를 파나아간다. 지뢰 작전이 효과를 보이는 그 순간부터 더 한층 격렬하게 포격을 가한다. 이렇게 해서 어느 정도 준비가 되었다고 보면 쉴 틈을 주지 않고 총공격을 개시해서 성을 함락시키는 것이다. 서유럽 최강의 군주라는 카를로스(카를 5세)도 투입할 수 있는 전력이 2만에 지나지 않던 시대에, 10만 정도는 가볍게 동원할 수 있는 대제국 투르크의 주인이기에 비로소 가능한 전술이었다.

총공격 사흘 전부터는 이에 대비해 휴식을 취하는 것 역시 판에 박은 듯 똑같았다. 그 사흘 동안 포병과 공병 이외의 모든 병사는 무기를 손보는 것 정도 외에는 아무것도 하지 않는다. 되도록 심신을 쉬게 하라는 지시가 떨어진다. 대신 식사는 거의 단식에 가까울 정도로 극히 적은 양만 배급된다. 총공격을 앞두고 정신을 서서히 고양시키지 않는 자는 이슬람의 전사일 수 없었다. 그들에게 이교도 상대의 전투란, 알라 신의 은혜에 보답하는 가장 호사스런 기회였기 때문이다.

한데 투르크군에는 늘상 약 3분의 1을 점하는 비이슬람교도가 있다. 그들 대부분은 투르크 지배하의 그리스 정교도였는데, 종교의 자유에 관용적이었던 투르크인은 이들에 대해서까지 알라신에 몸을 바치기 전의 정신적 고양을 요구하지는 않았다. 그렇긴 해도 단식에 가까운 상태로 사흘을 보내야 했던 것은 이들 비이슬람교도도 마찬가지였다.

투르크군의 전술을 알고 있던 이 비이슬람교도들은 아직 명령은 내려오지 않았어도 총공격이 임박했음을 믿어 의심치 않았다. 총공격이 시작되면 제일 먼저 최전선에 내세워지는 것은 자신들이다. 이 또한 투르크군의 전통적인 전술이었다.

총공격 개시

9월 24일의 태양이 떠오르기 직전, 투르크군 진영에서 피리와 북, 그리고 나팔 소리가 터져 나왔다. 영국 성벽 앞 적진에서 일어난 이 소리는 즉시 프로방스, 이탈리아, 아라곤 성벽 일대로 번져간다. 음악 소리가 울려나온다는 것은 그 지역을 공격하리라는 신호였다. 따라서 이날은 육상 방위선 거의 전역에서 적의 공격을 받게 될 것임을 알리는 것이기도 했다. 지금까지 두 달 동안, 적은 다섯 차례에 걸쳐 공격해 왔지만 한결같이 이탈리아나 프로방스, 혹은 영국이나 아라곤 성벽 등 개별 지역에 대한 공격이었다. 전 전선 총공격은 오늘이 처음이다.

성벽 안에서도 방위력 총동원을 알리는 경종이 울리기 시작한다. 시내 모든 교회에서 요란스레 종이 울리기 시작하자, 기사나 용병들은 물론이고 주민들 중 전투요원으로 뽑힌 사내들도 미리 정해진 수비 위치를 향해 달려간다. 바다 쪽 방위를 담당한 카스티야나 프랑스 기사들도 육지 쪽 성벽 방위에 가담했다. 이로 인해 생긴 공백은 항에 정박중인 서유럽 상선의 승무원들이 메우기로 한 것도 사전에 약정된 일이었다.

그날은 금색의 약간 자그마한 천막이 전선 한가운데 위치한 코스퀴노 성채 앞에 높이 설치되어 있음을 성벽 위에서도 볼 수 있었다. 술탄의 관전용 천막이리라. 네 대신들은 각각 담당 지역의 호 가장자리에서 멋들어진 아라비아산 말을 몰며 지휘하고 있다. 방위측에서도 기사단장이 직접 백십자가 그려진 붉은색 큰 깃발을 곁에 거느리고 성벽 위에 모습을 드러냈다.

적의 총공격은 기독교도로 구성된 비정규군단의 공격으로 시작되었다. 지금까지 두 달 동안 갱도 굴착 등 토목공사만 해왔을 뿐으로, 복장도 무기도 전혀 통일되지 않은 이 군단이 호 가장자리에서부터 떠밀리듯 진격해 오는 것은 앞으로 나갈 밖에 다른 도리가 없기 때문이다. 그들의 등 뒤 호 가장자리에는 칼을 뽑아든 예니체리 군단 병사들이 겁에 질려 되돌아오는 병사를 한칼에 내리칠 채비를 하고 버티고 서 있는 것이다.

어느새인가 포성은 멈춰 있었다. 들려오는 것은 비명 같기도 하고 함성 같기도 한 적병들의 울부짖음뿐이었다. 끊임없이 밀려드는 투르크 병사들은 순식간에 호를 가득 메웠다. 전방보다 후방을 더 두려워하며 무너진 외벽 틈새를 비집고 들어온다. 성벽까지 다다른 자는 가져온 사닥다리를 이용해 위로 오르려 한다. 사다리를 쓸 수 없는 병사들은 도마뱀같이 성벽에 착 달라붙어 기어오른다.

 방위측의 응전은 차분하면서도 정확했다. 무기, 탄약, 인간 어느 것 하나 헛되이 쓸 수 없는 처지였다. 되도록 적병을 가까이 끌어들여 처리해야 했다. 성채를 지키는 병사들도 거의 다 측면으로 달라붙어 성벽에 무리진 적병을 쓰러뜨렸다.

 햇살이 온기를 띨 즈음, 비정규군단에 퇴각 명령이 내려졌다. 나팔 소리를 신호로 그들이 물러난 자리에는 3천에 달하는 시신이 즐비했다.

 전사자와 부상자를 그대로 둔 채, 쉴 틈도 주지 않고 투르크군의 두번째 파도가 공격을 개시했다. 이번에는 장비와 복장 모두가 통일된 정규 투르크군이다. 그들이 쓰는 공성기는 사다리 같은 단순한 것이 아니다. 하지만 그들의 공성기가 성벽에 닿자마자 방위측은 화염방사기로 모조리 태워버렸다. 정규군을 상대로 한 전투에는 테라코타제 항아리에 화약을 쑤셔넣은 일종의 수류탄을 사용했다. 강철 갑주가 없게 마련인 투르크 병사들은 불에는 정말로 약하다. 병사 한 명이 불덩어리가 되면 자기편 병사들마저 한꺼번에 그에게서 멀리 떨어졌다.

 그러나 역시 술탄 휘하의 정규병들인 만큼 무작정 달려들지는 않는다. 전투 방식이 통일적이고 군율도 엄격히 서 있다. 무엇보다도 5만이라는 수가 방위측을 압도했다.

 에스파냐(아라곤) 성채에 적의 깃발이 올랐다는 소식이 성벽 위를 내달렸다. 기사단장은 즉시 유격대를 이끌고 에스파냐 성채로 달려갔다. 이탈리아 성벽 위까지 올라온 적군과 아군 간에 백병전이 전개되고 있다는 소식도 전해졌다. 너비 10미터가 넘는 성벽 위 통로는 바삐 움직이는 기사들로 가득 찼다.

투르크 쪽에서도 영국 성채와 에스파냐 성채 사이 지역의 수비가 허물어지고 있다고 판단한 듯했다. 이곳으로 예니체리 군단 1만 5천을 투입한 것이다. 이 일대에 대한 공격은 투르크 병사 1만에 예니체리 1만 5천을 아울러 무스타파 파샤가 맡았다.

전선 어디에서도 치열한 공방이 치러지지 않은 데가 없었지만, 역시 가장 격렬한 공방이 벌어진 곳은 예니체리 군단이 투입된 시섬이었다. 기사단장의 거처를 알리는 기사단 군기도 계속 여기서만 나부끼고 있다. 투르크군의 척추라는 예니체리 군단의 용맹함은 그 평판에서 한치도 어긋나지 않았다.

예니체리 군단은 투르크 지배하의 기독교 국가에서 7, 8세쯤 된 어린 남자아이를 강제 징집하여 이슬람교로 개종시킨 뒤 집단생활을 시키며 전사로 단련한 사내들로 이뤄져 있다. 결혼이 허용되지 않을 뿐 아니라 자기 소유의 집을 가지는 것마저 금지되어 있다. 그들이 따르는 존재는 알라 신과 그 지상의 현현자 술탄뿐이다. 투르크 정예 예니체리 군단의 강인함은 부모도 처자도 없이 오직 술탄과만 이어진 그 심리 상태에 뿌리를 둔 것이었다. 그들은 순수 투르크인보다도 더 광신적이었다. 날 때부터 이슬람교도가 아니었던 까닭에 지금 자신이 이슬람교도임을 더 강하게 더 자주 보여줘야 할 필요를 의식했기 때문이다. 이들을 부리는 입장에서 보면, 이 광신은 기독교도와 대결할 때 가장 효과적으로 발휘되었다.

그날의 전투는 여섯 시간이 지난 뒤에야 간신히 일단락되었다. 로도스 성벽은 끝끝내 방어된 것이다. 적군이 물러난 호는 전사한 시신들의 천지였다. 투르크군의 손실은 전사자만 1만 명이라 했다. 방위측은 전사자 3,500, 부상자는 500에 달했다. 그중에 안토니오 델 카레토도 있다. 아직 햇살이 내리쬐는 호 속에서는 투르크 병사들이 전사자와 부상자를 실어나르는 작업을 시작했다. 방위측은 이들에게 화살 한 발 쏠 힘도 없었다. 성벽 위에서도 성채 위에서도, 이제 막 격투를 마친 기사나 병사들이 죽은 듯 누운 채 움직이려 하지 않았다. 승리에 들떠 소리를 지르는 사람 하나 없었다.

고개를 숙인 채 무릎을 꿇은 여섯 명의 지휘관 앞에서 술탄 쉴레이만의 분노가 폭발했다. 총공격 실패의 책임이 무스타파 파샤에게 있다는 것이다. 법의 수호자, 질서의 군주라 불리기를 좋아하는 쉴레이만은 스물여덟 살 젊음을 자중하면서 지금까지 신중에 신중을 더해 일을 진척시켜왔다. 그러했기에 오늘의 총공격이야말로 일거에 승리를 얻을 호기라 믿어 의심치 않았다. 그것이, 두 달에 걸친 신중한 준비 끝에 적의 스무 배나 되는 병력을 투입한 결과가 이런 참상인 것이다. 스스로 다른 사람을 따스하게 대하려 노력해온 쉴레이만도 누가 최고 권력자인지 새삼 깨달은 듯했다. 재상일 뿐 아니라 처남이기도 한 무스타파 파샤라 할지라도 패전의 책임은 무거웠다.

그는 무스타파 파샤에게 사형을 명했다. 또한 사형은 지나치다며 목숨만은 붙여둘 것을 간원한 쿠아짐 파샤도 함께 사형에 처하라 명했다.

이렇게 되고 보니 지휘관 전원이 벌벌 떨면서도 이의를 제기하지 않을 수 없었다. 그들은 대신 중 최연장자인 쿠아짐 파샤와 재상 무스타파 파샤 두 사람 모두 사형에 처해버리면 전선이 붕괴될 것이라는 이유를 들며 탄원했다. 술탄도 이런 논거에는 수긍하지 않을 수 없었다. 하지만 쿠아짐 파샤는 다시 전선으로 복귀하라고 했지만, 무스타파 파샤만은 끝내 용서하지 않고 시리아 총독으로 가라 명했다. 무스티파는 다음날 이침 일찍 로도스를 떠나 스무 척의 배를 거느리고 임지로 떠났다.

무스타파 파샤의 후임으로는 술탄보다 한 살 많은 측근이자 쉴레이만과 친구처럼 지내온 그리스인 이브라힘이 임명되었다. 재상 자리는 당분간 공석으로 남았지만 일년 뒤 이 자리에 앉은 사람 역시 바로 이 이브라힘이다.

부상

안토니오 델 카레토가 쓰러진 것은 이탈리아 성벽 위에서였다. 성벽을 기어오르는 적군을 향해 석궁을 쏘아대던 젊은이는 어디선가 날아온 총탄에 어깨를 강타당해 비틀거렸다. 총탄은 강철 갑주까지 꿰뚫지는 못했지만 맞은 순간의 충격에 버티지 못한 것이다. 이 순간적인 무방비 상태를 적이 낚아챘다. 성벽 위에 기어오른 적병이 비틀거리던 그를 덮친 것이다.

그때, 왼손에 뽑아든 적의 단검이 뒤로 넘어지려던 안토니오의 오른쪽 허벅지 깊은 곳을 찔렀다. 타는 듯한 고통이 하반신을 휘감았다. 하지만 고통을 느낄 여유마저 없었다. 가늘게 열린 안토니오의 투구 틈새를 투르크 병사의 얼굴이 덮쳐 왔기 때문이다. 적의 오른손에 들린 반월도의 칼끝이 햇살에 번득이는 것을 본 순간, 이제 끝이라 생각했다. 강철 갑주는 행동의 자유가 있는 사람에게는 더 큰 자유를 주지만 넘어지거나 해서 행동의 자유가 없어져버리면 그 무게와 복잡한 구조 때문에 오히려 주인을 불리하게 한다. 서로 떨어져 싸울 때는 유리하지만 접전을 벌이기에는 어울리지 않는 것이다.

체념해버린 안토니오의 눈에 비친 것은 그러나 금방이라도 자신의 목을 벨 듯 반월도를 치켜든 투르크 병사의 몸이 그대로 굳더니 콰당 하고 왼쪽으로 쓰러지는 모습이었다. 그리고 누군가 성벽 위 통로에 쓰러져 있는 자신을 질질 끌고 성벽 안쪽으로 통하는 돌계단을 내려감을 느꼈다. 성벽 밑에 이르렀을 때야 비로소 누군지 알 수 있었다. 병사 한 명에게 병원으로 데려가라 명하는 낯익은 음성, 오르시니였다.

병원은 꼬리를 물고 실려오는 부상자들로 안뜰까지 북적거리고 있었다. 입고 있는 갑주 때문에 기사 신분임이 드러나서 그런지 안토니오는 안뜰을 둘러싼 회랑으로 옮겨졌다. 가을이라지만 아직 드센 햇볕이 회랑에는 못 미쳤기 때문이다. 부상자들 사이를 오가며 치료하던 의사 중 한 명이 안토니오 곁으로 왔다. 갑주는 이미 벗겨져 있었다. 상처에서 흘러나온 피가 회색 타이츠를 흥건히 적셨다. 의사는 남자 간호사더러 옷을 찢으라고 한 뒤 상처를 살폈다. 이미 많은 피를 흘린 안토니오는 여기까지만 기억했다.

정신을 차려보니 병실 침대 위다. 개인 병실이다. 옆에는 걱정으로 눈이 퀭한 자신의 종복이 서 있었다. 격통으로 하반신이 온통 굳어버린 느낌이다. 열이 올라 멍해져서 어떤 생각도 제대로 할 수 없었다.

어머니가 생각났다. 안토니오의 어머니 페레타는 열여덟 살 때 그를 낳아 아직 젊은 편이다. 빼어나게 아름답다 할 수는 없지만 사람들로 하여금 아름답다는 생각이 들게 하는 여인이었다. 교양도 높아서 어린 시절 안토니오의 교육은 어머니 몫이었다. 무엇보다도 삶 그 자체를 체현한 듯한 여자였다. 어머니가 방에 들어서면 방 전체가 환하게 밝아지는 것만 같았다. 델 카레토 후작 부인은 제노바 사교계의 꽃이었다. 하인들까지도 그런 여주인을 자랑스러워했다.

안토니오보다 한 살 많은 장남 조반니와, 두 살 어린 마르코, 이 삼형제 중 어느 누구를 편애하지도 않은 그녀이지만, 셋 중 가장 잘생겼고 성격도 온화한 안토니오를 어머니는 곁에서 떼어놓지 않았다. 어머니의 감미로운 향기가 성장기에 있던 안토니오를 곤혹스럽게 한 적도 있었다. 그 향기에서 떨어져 나오면 뭔가 부족한 듯한 느낌이 들곤 했다. 이곳에 와 있으면서도 아버지나 형제들이 그리운 적은 별로 없었지만 어머니 페레타가 없음이 못 견디게 허전했던 적은 있다. 마음의 공백이라기보다는 감각의 공백 같은 것이었다.

오르시니가 병문안을 온 것은 저녁나절이 되어갈 때였다. 철컹철컹하는 소리에 눈을 뜬 안토니오는 갑주 차림의 친구가 병실 입구에 버티고 서 있음을 알아차렸다. 왼손에는 투구와 강철 장갑이 들려 있다. 삼가며 방 구석으로 뒷걸음질을 친 종복 앞을 지나친 로마의 젊은 기사는 침대 옆까지 와서는 안토니오에게 더 가까이 다가서고 싶어서인지 한쪽 무릎을 꿇었다. 갑주끼리 부딪히는 가벼운 금속음이 일순 병실에 울려퍼졌다.

"의사는 괜찮을 거라고 했어."

안토니오 쪽으로 기울인 오르시니의 얼굴은 웃고 있었다. 몸을 씻기도 전에 달려온 듯, 얼굴이나 갑주 할 것 없이 흙과 피투성이다. 땀 냄새와 뒤섞인 신 냄새가 안토니오에게도 배었다. 안토니오는 아무 말 없이 매달리는 듯한 눈빛으로 동료를 쳐다보았다.

로마의 젊은 기사의 얼굴에서 웃음이 사라지고 대신 푸르스름한 회색 눈이 부드럽게 미소를 담았다. 그리고 아무것도 들지 않은 오른손을 안토니오의 이마에 가볍게 대더니 그대로 머리카락까지 쓸어내리고 가만히 있었다. 친구는 다시 갑주가 부딪히는 소리를 내며 일어섰다.

"내일 또 올게."

그러고는 병실을 나섰다. 갑주 소리가 멀어지는 것을 들으며 젊은이는 자신이 일찍이 느껴보지 못한 편안한 기분 속에 잠들고 있음을 느꼈다.

쓰러진 마르티넨고

 10월에 들어서자마자 투르크군의 공세는 더 한층 격해졌다. 전체 전선에 대한 총공격은 이제 드문 일이 아니었다. 열흘 간격으로 총공격이 되풀이되곤 했던 것이다. 그 열흘 동안에도 방위측은 휴식은 꿈도 못 꾸었다. 대포와 지뢰의 양면작전에 대처하다 보면 어느새 하루가 지나가 있었다. 대처라고 하지만 무슨 특별한 방법이 있는 것도 아니었다. 묵묵히 무너진 곳을 복구할 뿐이었다. 과연 이것이 무슨 소용이 있을까 하는 질문을 던지다 보면 계속할 마음도 안 생기는 그런 작업이었다.

 그럼에도 주민들의 협조는 원활한 편이었다. 투르크군에 점령당한다는 공포심이 한시도 머릿속을 떠나지 않았기 때문이다. 동기는 다를지라도 기사단과 주민 사이에는 이해가 일치했다. 그 때문에 기사나 용병 모두 전투에 전념할 수 있었다. 성벽이나 성채 복구에 필요한 재료를 여자들이 갖춰서 현장으로 실어나르면 남자들은 이것으로 실제 복구에 임했다. 마르티넨고가 직접 지휘한 이 모든 작업은 그들이 처한 어려운 상황을 생각해볼 경우 놀랄만큼 침착하게 진행되었다. 그런 만큼 마르티넨고의 부상은 방위측에게는 기사단장까지 안색이 변할 정도의 손실이었던 것이다.

 무거운 투구는 관찰과 지시 모두에 불편할 뿐이라며 끝내 쓰지 않았던 마르티넨고의 오른쪽 눈에 적의 화살이 명중한 것은

10월 11일 낮의 일이었다.

  지팡이를 짚고 걸을 수 있게 된 안토니오가 병실 앞 회랑에 나와 있을 때였다. 1층 입구로 부상자를 떠멘 사내들 한 무리가 허둥지둥 들어왔다. 너무 많은 이들이 웅성거리며 주위를 둘러싸고 있어 부상자가 누군지 2층 회랑에서는 알아볼 수 없었다. 그저 기사단에서도 꽤 고위직에 있는 기사일 거라고 생각했다. 부상자를 둘러메고 온 사내들이 당황하는 기색이 역력한데다 안뜰까지 채운 부상자를 치료하며 여기저기 흩어져 있던 의사들이 이제 막 들어왔을 뿐인 이 환자에게 일제히 몰려들었기 때문이다. 보통은 1층 회랑에 일단 누인 다음 어떻게 하게 마련인데, 이 부상자는 안뜰에서 올라가는 계단을 통해 곧장 2층의 개인 병실로 옮겨졌다. 계단을 올라갈 때 부상자의 모습이 얼핏 보였다. 흉갑만 차고 있을 뿐 팔이나 다리에 강철 갑주가 덮여 있지 않아 안토니오는 고위 기사치고는 이상한 무장이라고 생각했지만 그가 같은 배를 타고 이 섬에 온 베네치아 기술자라는 것은 꿈에도 생각지 못했다.

  반 시간도 지나지 않아 엄한 얼굴이 더 굳어버린 기사단장 릴라당이 몇몇 기사들을 거느리고 병실로 들어갔다. 이즈음에는 병원 안의 모든 사람들이 마르티넨고의 부상 사실을 알고 있었다. 오른쪽 눈은 눈동자가 파열하여 온통 피투성이였다. 시력을 되찾는 것은 불가능했다. 하지만 생명은 구할 수 있겠다는 것이 의사의 말이었다.

베네치아공화국 시민이자 귀족도 아닌 축성 기술자의 정신력은 서유럽 제일가는 '푸른 피'를 받은 기사들을 경탄시키기에 충분했다. 위로하는 쪽은 기사단장이 아니라 마르티넨고였다. 그리고 이 베네치아 사내는 바로 다음날부터 병실을 작업장으로 바꿔버렸다.

얼굴 반쪽을 붕대로 싸맨 몰골로 침대에 누운 기술자 옆에는 조수 한 명이 항상 대기하면서 마르티넨고의 말에 따라 도면을 그리거나 지시를 받아 적거나 했다. 또 한 명의 조수는 현장의 진두 지휘를 위임받았다. 현장에서 피해가 발생하면 이를 알리는 전령이 곧장 마르티넨고에게로 달려갔다. 마르티넨고의 병실은 이 병원에서 가장 바쁜 곳이 되었다. 그 모습을 안토니오는 회랑 반대쪽에서 찬탄과 경의의 마음으로 바라보곤 했다.

마르티넨고의 부상에 따른 손실은 그러나 그가 아무리 정신력으로 버티려 해도 역시 완전히는 메울 수 없었다. 날이 거듭되면서 그의 공백은 커져만 갔다.

10월 20일, 아라곤 성벽의 파손이 심해 돌이나 포대를 쌓을 틈도 없어 일단 목책을 만들어 막아둔 것을 투르크군이 즉각 태워버리는 불상사가 일어났다. 마르티넨고가 있었다면 아무리 분하더라도 해봤자 소용없는 일에 쓸데없이 힘을 허비하지는 않았을 것이다.

로도스 성벽의 파손은 병실의 마르티넨고가 이리저리 궁리하여 해결할 수 있는 범위를 넘어서고 있었다. 게다가 첩보원에 대한 수사가 의외의 방향으로 치닫는 불행까지 겹쳤다.

배신자

영국인 기사 노퍽에 의해 극비리에 진행되고 있던 수사는 10월 26일에 이르러 간신히 열매를 맺었다. 용의자 몇 명이 수사선상에 떠올랐는데 마침내 그 중 한 명이 본색을 드러낸 것이다. 더구나 적진을 향해 편지를 매단 화살을 쏘아보내려는 찰나에 잡혔기에 증거는 결정적이었다.

현행범은 기사단 병원에서 근무하는 유대인 의사였다.

유대 민족은 모국을 잃은 이래 지중해 세계에서부터 유럽에 이르기까지 각지로 뿔뿔이 흩어졌는데, 언제 어디서든 이방인 신세를 벗어나지 못했다. 언제 박해받고 추방될지 모르는 만큼 홀홀단신 도망쳐도 당장 먹을 것을 구할 수 있도록 투자하는 것도 당연했다. 유대 민족이 의사 등의 지적인 직업을 가질 수 있도록 자녀를 교육하는 것을 중시하게 된 것도 이 경향의 전형적인 표출이었다. 또한 장기적으로 보아 이런 유의 투자가 계속 추구된다면 뛰어난 재능이 생겨나는 것도 확률 문제에 지나지 않게 된다. 중세와 르네상스를 통해 의사 집단에서 유대인을 빼버리면 의사라는 직업 자체가 소멸해버릴 판이었다. 이는 기독교 세계든 이슬람 세계든 마찬가지였다.

성 요한 기사단은 의료 활동과 군사 활동 두 가지를 기사단의 기본 임무로 삼으며 발전해온 조직이다. 군사를 담당하는 것은 오로지 기사들의 몫이지만, 의료 활동은 기사 이외의 사람들에게 맡겨야 했다. 서유럽 유수 가문의 자제들 중 의사를 지향하는 사람은 당시에는 전무했다. 토지 소유에 기반한 지배계급이 없는 베네치아 같은 나라에서 상공업으로 성장한 도시 귀족들의 자제 중에는 종종 의학을 지향하는 이도 나왔지만, 이런 쪽이 오히려 예외였던 것이다. 이런 상태에서는 기독교를 전면에 내건 종교 기사단의 병원 의사들이 전원 유대인이었어도 이상하고 말고 할 것도 없었다. 이들 유대인 의사들은 그들의 기능에 의해 고용된 것이다. 종교가 무엇인지 문제 삼을 것도 없었고, 혹 문제 삼는다면 병원을 포기해야 했다.

단, 유대인은 아무리 재능이 뛰어나도 군무에 종사할 수는 없었다. 목숨을 바칠 조국이 없는 사람들이었기에 신용을 받지 못한 것이다. 성 요한 기사단에서도 군사적인 것은 어느 것 하나 의사들에게 알려주지 않았다.

그런데도 화살에 매달린 서한에는 기사단이 보유한 탄약부터 사용 가능한 대포 수까지 모든 것이 명기되어 있었다. 이러고 보니 현행범 한 명을 잡은 데 만족하고 있을 수 없게 되었다.

유대인 의사는 고문 끝에 공범이 있다고 자백했다. 아니, 공범이라기보다는 실질적인 내통자가 따로 있다는 것이다. 자기는 그저 하수인으로 그가 주는 정보를 명령에 의해 적에게 전한 것뿐이라고 했다. 내통자로 지명된 사람은 디아스라는 이름의 사내였다.

디아스가 잡혀 바로 고문대에 올랐다. 이 남자는 포르투갈인으로, 기사단에서 기사단장 다음가는 지위에 있는 카스티야 기사관장 안드레아 다르말의 종복이었다. 디아스는 고문이 시작되자마자 순순히 자백했다. 자신이 유대인 의사에게 편지를 전해 준 것은 사실이지만, 주인의 명령에 따랐을 뿐 그 안에 뭐가 씌어 있는지도 모른다고 했다.

기사단 수뇌부가 새파랗게 질렸다. 그 치욕스런 첩보원이 자기 동료들 중 한 명이라니. 더구나 기사단의 제2인자, 기사단 수뇌 회의에도 꼬박꼬박 참석하는 바로 그 사람이라니. 귀족의 자긍심과 이교도 박멸의 사명감에 모든 것을 건 성 요한 기사단의 기사가 기독교도의 적인 투르크와 내통하고 있다니. 이것이 있을 법이나 한 일인가. 이 모든 것이 기사들을 절망과 분노, 슬픔으로 내몰았다.

10월 28일, 다르말이 체포되어 바다로 튀어나온 성채인 성 니콜라 요새의 맨 위층 방으로 연행되었다. 거기서 심문이 행해졌다. 하지만 포르투갈 기사는 아무런 대답도 하지 않았다. 고문이 가해졌지만 여전히 굳게 입을 다물고만 있었다. 무슨 말을 해도 소용없다는 듯 아무 말도 하지 않았다. 항변도 않는다. 디아스가 끌려와 면전에서 재차 자백하자 "너는 겁쟁이다"라고만 말했을 뿐이다.

다르말에게 불리한 증언은 많았다.

그가 아직 중견 기사였을 때 함께 함대 지휘를 맡아보던 릴라당과 전술상의 문제로 의견 충돌을 보일 때가 많았다는 증언이 나왔다. 또한 릴라당이 기사단장으로 뽑힌 선거에서 유력한 경쟁자는 다름 아닌 다르말이었는데, 선거에 패한 다르말의 입에서,

"릴라당은 로도스 성 요한 기사단의 마지막 기사단장이 될 거다."
라는 말이 나왔다는 증언도 있었다. 이 포르투갈 기사는 평소부터 태도나 행동거지에 다른 사람을 밀쳐내는 경향이 있었던데다가 성격도 폐쇄적이어서 인망을 별로 얻지 못했던 것이다.

확실한 증거가 하나도 없다. 하지만 계속 침묵을 지키는 그의 태도가 농성전으로 지칠 대로 지친 기사들의 마음을 자극했다.

11월 3일, 수뇌 회의는 이들 세 사람 모두 사형에 처하기로 결의했다. 의사와 종복은 교수형, 기사는 참수형이었다.

11월 4일, 기사단장 공관 앞 광장에서 세 사람의 형이 집행되었다. 마지막으로 처형된 다르말은 사제가 권하는 마지막 고해를 거절하고 기독교도가 누릴 은총도 없이 죽어갔다. 끝까지 아무 말도 없었다.

기사단 전원이 이 판결을 납득했던 것은 아니었다. 반증이 없어서 내놓고 말하는 사람은 없었지만, 속으로 정말 그가 그랬을까 생각하는 사람들도 몇 명 있었다. 그 중 한 명이 오르시니이다. 병실을 찾아온 그에게 안토니오는 방 안에 둘만 있음을 확인한 뒤 목소리를 낮춰 물어본 적이 있다. 로마의 기사는 조용히 안토니오를 바라보다가,

"나도 몰라."
라고만 대답했다.

배신자들의 목은 셋 모두 그들이 적과 내통하던 장소로 쓰던

성 조르주 성채에 적을 향해 걸어놓았고, 몸은 네 갈래로 찢은 뒤 불태웠다. 투르크가 이를 어떻게 받아들였는지 알려주는 사료는 하나도 남아 있지 않다.

남쪽 섬 로도스도 우기에 접어들고 있었다.

그리스도에게 바친 죽음

성 요한 기사단에서는 전사든 병사든, 또 행방불명된 사람일 경우에도 기사의 이름을 공식 기록에 남기지 않는다. 그저 몇 월 며칠, 몇 명의 기사가 주님의 부르심을 받았다라고만 기록할 뿐이다. 예외가 있다면 기사단장뿐이다. 그외는 아무리 지위가 높다 해도 이름마저 전하지 않을 때가 자주 있다. 물론 가족에게 통고는 해준다. 묘비를 만들 수는 있지만 기사단이 공식적으로 떠안은 의무는 아니다. 가족이나 친구들이 조의를 표하기 위해 만들 뿐인 것이다. 이나마도 평시에나 가능한 일이고, 전시에는 전투가 끝나 좀 조용해지지 않는 한 묘비를 만들지 않는 것이 보통이었다. 지금도 로도스 섬에는 기사들의 묘비가 몇 개 남아 있지만 어디까지나 전투에서 쓰러진 뒤 묘비를 만들 여유가 있었던 기사들의 것이다. 없는 경우도 많다.

이 관례는 성 요한 기사단의 기사들이 수도승처럼 신과 그리스도에 일생을 바친 사람들이라는 데서 유래한다. 그리스도를 위해 죽는데 이름을 적어 남긴다면 이는 불경한 짓이다. 이름을 버리고 신의 종복이 된 사람이라면 죽을 때에도 이름 없이 죽어야 한다.

서유럽 유수 가문의 문장이 새겨진 은식기나 역시 같은 문장으로 아름답게 수놓인 시트나 침대 커버 같은 죽은 기사들의 유품은 병원으로 옮겨져 거기서 환자를 위해 사용된다. 이런 것들도 언젠가는 닳고 닳아 생명을 다하게 될 때가 온다. 바로 그때, 일찍이 그들의 주인이었던 기사도 영원히 사라지는 것이다.

성 요한 기사단에서는 또한 몇 월 며칠에 몇 명이 죽었다는 것마저 정확히 기록하지 않을 때도 종종 있었다. 기록으로 남긴다는 행위가 이런 부류의 사람들에게는 그다지 의미가 없었기 때문이었음에 틀림없다.

기록을 남기는 것은 후세에 어떤 식으로든 도움이 되리라고 생각하기 때문이다. 도움이 되리라고 생각할 때 비로소 상세히 기록할 마음이 생기는 법이다. 이탈리아의 도시국가 베네치아나 제노바 혹은 피렌체가 그 시대의 가장 정확하고 상세한 사료를 남겨준 이유는 후세의 역사 연구에 도움이 되리라고 그런 것은 아니다. 통상이나 금융, 공업이 경제 기반이었던 이들 나라에서는 최신 정보를 얻는 것도 중요하지만 이를 상세하고 정확히 기록해서 남기는 것도 정보 축적이라는 면에서 더할 나위 없이 중요하다는 인식이 철저히 통했기 때문이다. 이 나라들에서는 일견 무관하다고 생각되는 것까지도 일단 기록해두는 것이 체질이 되어 있었다.

한편 성 요한 기사단 같은 조직은 경제 논리와 인연이 없는 조직이다. 재정적 기반이 기부된 부동산 및 거기서 생기는 수익과 이교도를 상대로 하는 해적업에 있었고, 구성원만 해도 귀족 자제가 자부심을 가지고 자발적으로 선택했기에 권유해서 수를 늘린다거나 할 이유가 없었다. 이런데다가 이름을 버린다는 명목까지 더해지면 기록이 지니는 의의는 더 희박해진다. 이런 조직의 구성원을 개인별로 추적하려면 그 중 누군가가 남긴 사적인 기록에 의지하는 외에 달리 방법이 없다.

귀족의 피, 특히 봉건 군주인 귀족의 피가 흐르지 않고서는 입단 자격도 없는 기사들의 집단인 성 요한 기사단의 경우, 아무리 총력을 다해 싸운 전투라 하더라도 공방전에서 도대체 몇 명의 기사가 죽고 몇 명의 기사가 살아남았는지조차 정확히 파악할 수가 없다. 베네치아인이 한 명이라도 있었더라면, 혹은 피렌체인이 한 명이라도 있었더라면 하는 마음이 간절하지만 이 상인 국가 사람들에게는 기사가 될 자격이 없었다. 마르티넨고는 베네치아공화국령 베르가모 태생이어서 순수 베네치아인은 아니다. 안토니오 델 카레토도 제노바 근방의 토지 소유 귀족 출신이어서 상인의 피는 흐르지 않았다. 그렇긴 해도 이 두 사람은 비록 콘스탄티노플 공방전을 상세히 기록한 베네치아 의사만큼은 안 된다 해도 사적인 편지를 통해 어느 정도 기록을 남겼다.

기록을 남긴다는 행위는 무의식중에 내일을 생각하기에 비로소 나오는 것이다. 내일을 생각하는 것은 건전한 정신의 발로이기도 하다. 성 요한 기사단은 애당초 창설 당시부터 이런 요소가 없던 조직 중 하나였을지도 모른다.

11월 들어서도 투르크군의 공세는 날이 감에 따라 가속적으로 격해졌다.

로마에서는 새 교황 하드리아누스 6세가 대관식은 했어도 추기경 회의도 마음대로 못 여는 처지에 있었다. 페스트가 유행해서 추기경들이 모두 교외 별장에 틀어박혔기 때문이다. 교황은 로마에서 안간힘을 쓰고 있었지만 든든한 배경 하나 없는 외국인 교황에게 맞장구를 쳐줄 사람은 아무도 없었다. 서유럽 군주들도 교황 지리기 사실상 공석이니 마친가지임을 호기로 삼아 자기들의 이익을 둘러싸고 상쟁에 분주했다.

그즈음, 크레타에서부터 베네치아의 원조가 은밀히 로도스로 전해졌다. 중립을 선언한 입장인 만큼 사적인 상선으로 꾸며 군량을 실어온 것이다. 이는 방위측의 기운을 크게 북돋워주었지만, 동시에 나쁜 소식도 함께 전해주었다.

기사단 본부의 호소에 응하여 영국 지부가 준비해 보낸 배가 이베리아 반도에 이르러 폭풍을 만나 침몰했다는 것이었다. 배에는 원군으로 파견된 영국 기사들이 타고 있었고, 무기와 탄약도 가득 실려 있었다. 베네치아 배는 이 영국 배 이외에 다른 배가 출항했다거나 항해중이라는 소식은 접하지 못했다.

11월 22일, 겨우 마르티넨고가 퇴원해서 6주 만에 전선에 복귀했다. 하지만 그의 현장 복귀로 정황이 호전되기에는 로도스 성벽의 파손이 너무나 절망적이었다. 상처가 치유된 안토니오는 이미 11월 초에 전선에 복귀해 있었다. 전선으로 돌아온 젊은이의 눈앞에 펼쳐진 것은 반쯤 무너진 외벽에 포진한 채 거기서 포격을 가해 오는 적의 모습이었다.

1522년 겨울

흔들리는 사람들

지중해에서도 유럽에서처럼 겨울에는 전투를 잘 벌이지 않는다. 눈이 거의 오지 않는 지중해라지만 그 대신 비가 내리기 때문이다. 전쟁철은 봄부터 가을까지인데 이때는 비록 건기이긴 해도 역병이 돌 위험이 상존했다. 대군의 포위망이 역병 때문에 하루아침에 풀린 예도 적지 않다. 그래도 비를 맞으며 싸우는 것보다는 역병 쪽이 견디기 쉬웠으리라. 한마디로 겨울까지 전투를 속행한 예는 거의 없다 해도 좋을 정도였다.

기사단 쪽은 바로 이 사실에 희망을 걸었다. 겨울에는 비가 내린다. 바람도 거친 남풍이나 남서풍으로 바뀐다. 그렇기 때문에 포격도 더 힘들어질 테고 로도스와 소아시아 항구를 오가는 피스톤 수송 작전도 여름같이 순조로울 수는 없으리라. 당연히 투르크군은 물자 부족에 시달릴 것이다. 10만을 넘는 대군이다. 부족분을 임시방편으로 어떻게 해보는 것 따위는 생각도 할 수 없다. 결국 함대에게 해상 봉쇄를 맡긴 채 육군은 소아시아로 물러나 거기서 봄을 기다릴 것이다. 그 동안 방위측은 성벽 복구를 위한 시간을 벌게 될 것이고, 어쩌면 구원선이 올지도 모른다. 그들은 이렇게 생각했다.

그러나 스물여덟 살 쉴레이만의 의지는 확고했다. 무슨 일이 있어도 이번 기회에 사태를 종결시켜야겠다고 생각한 것이다. 그는 방위측의 실상을 상당히 잘 파악하고 있었던 것 같다. 게다가 로도스 섬의 기후는 온화한 편이다. 비가 내려도 강우형(强雨型)이어서 진창이 되어버린 땅도 얼마 안 가 마른다. 어차피 비 때문에 생기는 피해는 방위측이나 이쪽이나 마찬가지다. 투르크군이 포대를 안정시키는 데 고생한다면 방위군은 성벽 복구 작업 때문에 고생할 것이다. 8월부터 11월까지 넉 달 동안의 공격으로 방위측에 안긴 인원 및 성벽 양면의 피해량을 생각해보건대, 이 기회에 결판내야겠다는 술탄의 생각은 전선에서 뛰는 휘하 장수들의 기분과 별반 차이가 없었다. 투르크군은 전투의 속행을 결심했다.

기사단도 매일같이 격투를 치르면서 비로소 투르크군의 의지를 알게 되었다. 11월 말에 이르러 로도스 이외의 기사단 기지로부터 기사와 병사들을 실은 배가 착착 로도스 항구로 들어오기 시작했다. 그때까지 코스와 보드룸, 그리고 린도스를 지키고 있던 인원들이다. 마침내 기사단장의 명령이 하달된 것이다. 이제 더 이상 본거지 로도스의 위기감을 감출 수 없었다. 서유럽에 구원을 청하는 배도 한 달에 두 번꼴로 파견하고 있었지만, 이에 응하여 로도스로 온 것은 나폴리가 보낸 배 두 척뿐이었다.

때때로 내리는 세찬 빗발 속에서도 투르크군의 지뢰는 폭발을 멈추지 않았다. 비가 오고 나면 복구 작업은 훨씬 더 힘들어진다. 로도스 섬 주민에게만 맡겨둘 수도 없게 되어 기사와 병사들까지 토목 공사에 참가한 탓에 피로가 풀리기도 전에 전투에 임하는 나날이 계속되었다.

잡힌 포로의 증언으로는 투르크 쪽도 전사자가 5만을 넘어섰다지만, 조그만 상처에서 흘러나온 피가 멎지 않는 것처럼 조금씩 줄어드는 방위측 전력의 현황도 부인할 수 없었다. 본격적인 방어체제로 들어간 7월부터 헤아리면 벌써 다섯 달째이다. 공방전이 시작된 때부터 따져도 넉 달. 이 정도의 장기 농성전, 특히 성채 도시 안에 일반 주민까지 포괄한 농성은 전례를 찾아보기 힘들었다. 미리 일년치의 식량을 비축해두었기에 식량 위기는 일어나지 않았지만 무기와 탄약의 부족이 두드러지게 나타났다. 무엇보다도 정신적인 피로를 감출 수 없게 되었다. 투르크인이 전투 속행의 의지를 확실히 드러낼 즈음에는 일순 낙담감이 사람들을 휩쓸기도 했다.

이제는 관성처럼 되어버린 또 한 번의 총공격이 행해진 11월 29일 저녁나절, 적진에서 편지를 매단 화살 하나가 날아왔다. 로도스 주민에게 항복을 권하는 술탄의 친서였다. 그래도 저항이 계속된다면 함락 후 전 주민이 죽음을 면치 못하리라는 엄포도 들어 있었다.

12월 4일, 이번에는 투르크군 진영에 있던 제노바인 한 명이 백기를 들고 오베르뉴 성벽 앞의 호 안까지 내려와 기사단장과 얘기하고 싶다고 목청을 돋워 말했다. 성벽 위에 모습을 드러낸 기사단장을 향해 그는, 주민들을 살리기 위해서라도 명예로운 항복을 택하라는 술탄의 권유를 전했다. 기사단장의 대답은 단 한마디, "꺼져라!"였다.

12월 6일, 그 제노바인이 다시 나와서 이번에는 방위측에 가담한 제노바인 마테오에게 편지를 주고 싶다고 했다. 편지만 보내라는 성벽 위 병사의 말에 따라 화살에 매달려 보내져온 편지는, 제노바인 마테오에게 보내는 것이 아니라 술탄이 기사단장에게 보내는 친서였다. 내용은 이틀 전에 제노바인이 구두로 말한 것과 같았다. 릴라당은 답장도 보내지 않았다.

12월 8일, 이전에 적에게로 도주한 알바니아인 용병이 적진에 가장 가까운 성 조르주 성채 앞의 호 건너편에 서서 릴라당 앞으로 보내는 쉴레이만의 친서를 방위군 아무에게나 전달하고 싶다며 소리질렀다. 이번에는 편지만 보내라는 말조차 하지 않았다. 이후 성벽에서든 성채에서든 적진에 속한 자와 말하는 것은 엄금되었다.

그러나 주민들은 동요하고 있었다. 항복을 권유하는 편지를 보낸다고 공격을 중단한 것은 아니었다. 세부에 이르기까지 계획을 수립해 착실히 실행하는 포격과 지뢰 공격은 여전히 계속되었고, 이제 일과처럼 되어버린 성벽 위 백병전도 계속되었다.

로도스 시내에 있는 주민은 세 부류로 나뉜다. 가톨릭교도인 소수 서유럽인과 다수 그리스 정교도, 그리고 지중해 어디에나 있는 유대인 소집단이다.

소수 가톨릭교도 중 대부분은 제노바인이었고 나머지는 주로 프랑스나 에스파냐 혹은 베네치아 상인이었다. 서유럽인이라고는 해도 대부분 100년 이상 여기 살면서 이곳을 기지 삼아 오리엔트 통상으로 먹고 사는 사람들로, 본국보다는 이곳 로도스를 자기 고향처럼 여겼다. 성 요한 기사단 기사들이 목숨을 걸고 지키려 하는 대의명분에 시큰둥한 데는 그들도 그리스인이나 유대인과 다를 바가 없었다.

주민들이 로노스 방위에 협력을 아끼지 않은 것은 기사늘이 이슬람교도로부터 자신들을 지켜주기 때문이었다. 이제 그것이 불확실해진 만큼 방위에 협력할 이유도 없어져버렸다. 당시의 지배계급과 피지배계급의 관계는 이런 기반이 탄탄할 때만 유지되는 것이었다.

게다가 그리스인이나 유대인들의 경우 광대한 투르크제국 내에는 함께 살아갈 동포들도 많았다. 그들은 갑작스레 이 사실에 주목했다. 또한 술탄 쉴레이만이 쓸데없는 폭력을 싫어하고 일단 약속한 것은 반드시 지키는 군주라는 평판이 떠돈 것도 사람들의 마음이 항복으로 기우는 데 한몫했다. 이와 같은 심경 변화는 그들의 유력자들을 통해 로도스에 있는 그리스 정교회 주교에게 전해졌다.

12월 9일 밤, 기사단장 공관에서는 수뇌 회의가 열렸다. 밖에서는 폭풍이 세차게 불고 있었다. 늘 참석하던 사람들 외에 그날 밤에는 로도스의 가톨릭 대주교와 그리스 정교회 주교, 그리고 두 명의 주민 대표도 참석했다.

주민 대표 중 한 사람은 그리스인으로, 섬에서 으뜸가는 지주였다. 또 한 사람은 베네치아령 베르가모 출신 사내로 이름은 밀레지였다. 아주 어릴 때부터 이곳에서 살아온 그는 최근 십수년간 기사단의 재정을 관장해왔다. 서유럽 각지에 있는 기사단 소유의 부동산에서 생기는 이익금을 수금하러 다녔고, 기사단이 해적 활동으로 획득한 물건들을 팔아치우기도 했다. 갤리선 건조비를 조달하는 것도, 무기·탄약에서부터 밀에 이르기까지 필요한 물자를 사 오는 것도 모두 그가 도맡아 해온 일이다. 기사단의 속사정을 속속들이 알고 있는 이 사내 앞이라면 기사도적인 허장성세를 부려보았자 웃음만 살 뿐이다. 그 때문에 수뇌 회의 석상의 토의도 상황으로 따지면 감정적인 격론이 판을 칠 법한데도 이상하리만치 냉정한 분위기 속에 진행되었다.

그리스 정교회의 주교는 주민들의 심경을 설명했다. 주민들은 기사단이 끝까지 성문을 열라는 권고에 응하지 않을 경우 자기들이 나서서 술탄과 교섭할 작정이라는 것이다. 밀레지도 주민들의 마음을 돌리기에는 때가 너무 늦었다며 거들었다. 그리고 술탄이 제시한 명예로운 항복이란 방위측이 원할 경우 섬을 떠나도록 허락하겠다는 뜻이리라 풀이했다. 자기 자신은 투르크 지배하에 들게 될 로도스에 남을 마음이 없었다. 밀레지의 생각은 로도스에 정주한 지 오래된 다른 서유럽인들의 심경을 대변하고 있었다.

하지만 단 한 사람, 확고한 어조로 결사 항전을 주장하는 사내가 있었다. 오베르뉴의 기사, 기사단장 비서관인 라 발레트였다. 그의 항전 이유는 로도스를 버리면 목숨은 건질 수 있을지언정 기사단의 존재 이유를 잃게 된다는 것이었다.

성 요한 기사단은 교황청과 비슷한 구조를 지니고 있다. 기사단장을 뽑기까지는 실로 당당하게 선거를 행하고 다수결의 논리가 지배하지만, 일단 정해지고 나면 모든 최종 결정권은 기사단장에게 돌아간다. 뽑히기 전에나 뒤에나 다수결에 좌우되는 베네치아공화국의 원수와는 이 점에서 완전히 다르다. 성 요한 기사단에서도 토의를 하긴 하지만 마지막에 가면 단상이 결정을 내리고 다른 사람들은 이에 '복종'하는 것이다. 그런 만큼 책임감이 강할수록 기사단장으로서 그 고뇌 또한 깊어졌다.

기사단장 릴라당은 잠시 말이 없었다. 발언하는 사람도 없었다. 마침내 침묵을 깬 기사단장은 두 가지 상반되는 의견에 직접적인 답을 내놓지는 않고 방위력의 현황과 외부 지원 가능성이라는 두 가지를 객관적이고 정확하게 분석, 조사하라는 명을 내렸다. 일단 이 두 사안을 충분히 검토한 뒤에 결정을 내리고 싶다는 얘기였다. 그날 밤 회의는 이 명령을 끝으로 산회했다. 폭풍은 어느새 수그러들어 있었다.

성 요한 기사단은 200년 동안 한번도 생각해보지 않은 기로에 놓이게 되었다. 이교도와 싸우는 데 존재 이유를 걸어온 기사단이다. 이 존재 이유를 충족시킬 생각이라면, 현재 할 수 있는 것은 전멸의 그 순간까지 싸우다 죽는 것뿐이다. 주민들의 의견 따위는 무시해버리고 기사단만이라도 최후의 한 사람까지 싸우는 수밖에 없다. 이슬람교도와 협약해서라도 살아남는다는 불명예스러운 대안은 로도스를 본거지로 삼은 이래 꿈도 꾸어본 적이 없다. 기사단도 때로 투르크인과 평화적으로 교섭한 적이 있긴 하다. 하지만 그것은 로도스에는 부족하되 소아시아에는 넘쳐나는 밀을 수입한다든지, 포로를 교환한다든지 할 때뿐이었고 부담감을 느낄 필요도 없었다.

성 요한 기사단은 여태껏 하나부터 열까지 경멸해오던 베네치아공화국과 같은 선택을 해야 할 처지에 놓인 것이다. 베네치아와 투르크가 평화조약을 맺을 때마다 기사단은 돈 앞에서는 기독교도로서의 정조 따위도 모조리 팽개쳐버릴 베네치아 놈들이라며 비난했고, 베네치아 국적이라면 상선이라 할지라도 투르크 배를 습격할 때처럼 공격해 짐을 빼앗고 승무원들을 인질로 잡아 몸값을 받은 뒤에야 풀어주었다. 이슬람교도와 협약하는 이는 설령 기독교도라도 그리스도의 적이라 생각해온 그들이다. 그것을 이제 기사단을 없애기로 작정하지 않는 이상 자기들 스스로 답습해야 하는 신세가 된 것이다. 종교 기사단으로 남은 것은 자기들밖에 없다는 생각이 새삼스레 떠오르기도 했다. 이슬람을 적으로 삼음으로써 살아온 사람들이 고뇌해야 했던 것은 바로 이 점이다. 주민의 목숨 따위는 그들에게는 부차적인 문제였다.

성벽 안에서 일어나는 동요를 아는지 모르는지 술탄은 계속해서 친서를 보내왔다.

12월 12일, 육지 쪽 성문 두 개 중 하나인 코스퀴노 문 앞에 지위가 높아 보이는 투르크 병사 두 명이 서서 술탄의 친서를 전하고 싶음을 알렸다. 방위측은 공방전 기간 내내 엄중히 닫혀 있던 이 문을 조금 열어주었다. 두 기사가 그 열린 틈새로 나와 투르크인 두 명과 마주했다. 투르크인이 건넨 편지를 받아든 기사가 성벽 안으로 들어가자 성문은 이전처럼 굳게 닫혔다.

친서를 읽은 기사단장은 수뇌 회의를 소집했다. 출석자는 주민 대표 두 사람과 그리스 정교회의 주교를 빼고는 전과 같지만, 이번에는 각 기사관의 부관장들까지도 참석했다.

빌라낭은 회의 석상에서 쉴레이만의 친서를 다 읽어주었다. 성문을 열면 기사들과 주민들 중에서 원하는 사람은 무사히 섬을 떠나도록 보장할 것이며, 만일 끝내 이를 거부한다면 함락시 전원 참살을 면치 못하리라 적혀 있었다.

기사단장이 명한 무기와 탄약, 군량의 비축량 조사에서는 식량만 몇 달분 여유가 있을 뿐, 탄약은 한 달치도 안 된다는 결론이 내려졌다. 아직 확정된 것은 없었지만 수뇌 회의의 분위기는 성문을 여는 쪽으로 기울고 있었다.

화평을 시도하다

기사단장은 우선 사흘 간의 휴전을 적군에게 청하자고 했다. 특사 두 사람이 뽑혔다. 한 사람은 오베르뉴 출신 기사로 기사단에서 그리스어 실력이 제일 좋다는 평판이 난 사람이었다. 또 한 사람은 오르시니였다. 투르크 고관들 중에는 이탈리아 통상 도시국가와의 밀접한 관계 때문에 이탈리아어를 할 줄 아는 자가 적지 않았기 때문이다. 술탄 쉴레이만 자신도 그리스어는 물론이고 이탈리아어도 꽤 할 줄 안다고 했다. 특사를 파견하기로 정한 시간은 이미 밤이 깊었을 때였지만 곧바로 투르크군에 알렸다. 수락한다는 회답도 새벽이 오기 전에 전달되었다.

다음날 13일, 다섯 달 만에 열린 당부아즈 문을 통해 밖으로 나선 두 기사는 투르크 진영으로 들어갔다. 그와 동시에 아메드 파샤의 조카와 또 한 명의 투르크 고관이 코스퀴노 성문을 통해 들어왔다. 이들 투르크 인질은 코스퀴노 문 위에 있는 방으로 인도되어 여기서 두 기사가 돌아올 때까지 머물게 되어 있었다. 투르크 진영으로 간 두 기사는 대신 중 한 명인 아메드 파샤의 천막으로 인도되었다. 술탄의 의견을 물어가며 성문을 여는 것에 관한 교섭을 진행하는 실무자로 선정된 이가 아메드 파샤였기 때문이다.

아메드 파샤는 승리를 눈앞에 둔 때문인지 예를 다하여 기사를 맞이하는 여유를 보였다. 게다가 왠지 오르시니가 굉장히 마음에 들었던 듯, 교섭이 끝난 뒤에도 돌아가려는 두 기사를 만류하여 좀더 얘기를 나누었다. 그들이 침소로 돌아온 것은 밤이 이슥해서였다.

이 환담을 통해 두 사람은 비로소 알 수 있었다. 투르크군은 불과 넉 달 만에 4만 4천 명이나 되는 전사자를 낸 것이다. 그리고 또 그 만큼의 숫자가 병이나 사고로 죽었다. 폭발한 지뢰만도

53발. 포탄은 8만 5천 발이나 발사했다. 평소 냉정하기 그지없던 오르시니도 그 엄청난 수치에 눈이 휘둥그레졌다. 투르크 대신의 얘기로는 이 막대한 손실에도 불구하고 공방전을 계속할 수 있는 것은 술탄의 의지가 확고하기 때문이라고 했다. 술탄이 참가한 전투는 역시 그 만큼의 효과를 발휘하는 것이다.

12월 14일, 성벽 안으로 돌아온 기사들을 대신하여 휴전 기간 동안 인질이 될 두 명의 에스파냐 기사가 투르크 진영으로 향했다.

오르시니와 또 한 명의 기사가 갖고 돌아온 합의 조항이 그 즉시 열린 수뇌 회의에서 검토되었다. 쉴레이만은 성문을 열면 다음과 같은 것을 엄수하리라 약속했다.

1. 기사단은 성물(聖物)이나 군기, 성상 등 원하는 모든 것을 가지고 섬 밖으로 나갈 권리를 지닌다.

2. 기사들은 소지품 및 무구를 가지고 섬 밖으로 나갈 권리를 지닌다.

3. 만일 기사단 소유의 배만으로 이 모든 것을 실어나를 수 없다면 투르크 해군은 필요한 만큼의 배를 지원해준다.

4. 섬을 떠날 준비 기간 12일을 인정해준다.

5. 이 기간 동안 투르크 전군은 전선에서 1마일 뒤로 후퇴한다.

6. 이 기간 동안 로도스 이외 기지도 모두 성문을 연다.

7. 향후 3년 간, 로도스 주민 중에 섬을 떠나기를 원하는 자가 있다면 언제든지 이를 허락한다.

8. 반대로 잔류를 결정한 자에게는 향후 5년 간 투르크 영내

비투르크인의 의무인 조세 납부를 면제한다.

9. 섬에 남은 기독교도에게는 완전한 종교의 자유를 인정한다.

10. 지금까지의 투르크제국 관례와 달리, 로도스 주재 기독교도의 자녀는 특별히 예외를 인정해 예니체리 군단의 병사 예비군으로 징집하지 않는다.

회의 분위기는 이제 확실히 성문을 여는 쪽으로 기울었다. 후반에 기술된 주민에 대한 약속 사항을 그리스계 주민들은 환영하는 분위기였고, 전반의 특히 제1항과 제2항은 무장해제가 필요없다고 명시하고 있으므로 기사단의 노장 기사들까지도 명예로운 항복으로 받아들이는 것이다. 하지만 기사단장은 아직 마음을 정하지 못하고 있었다. 바로 이즈음, 구원 물자를 실은 베네치아 배가 재차 크레타에서 출발해 은밀히 입항했다. 이러는 동안 휴전 기간은 하릴없이 지나가고 결론이 나지 않은 채 투르크인 인질들은 풀려나 코스퀴노 성문을 통해 나갔다. 투르크군에 인질로 묶여 있던 두 명의 에스파냐 기사도 돌아왔다.

휴전 기간이 끝났음에도 투르크군은 하루를 더 기다렸으나, 마침내 12월 16일 포격이 재개되었다. 방위측도 당연히 응전에 나섰다. 항시 임전 태세하에 있던 기사들인 만큼 언제 적과 평화교섭을 했냐는 듯 용감히 싸웠다. 하지만 주민들 중 전투원 소집에 응한 수는 나흘 전에 비해 현격히 줄어들었다.

17일, 공방전은 이날도 계속되었다. 같은 날 크레타로부터 또다시 소형선이 입항했다. 그러나 원조를 위해 온 배가 아니다.

기사단장이 최후의 구원자로 기대하던 나폴리 배 두 척이 전혀 준비도 되지 않았을 뿐더러 출항 자체도 막막함을 알리는 기사단의 이탈리아 지부가 보낸 편지를 전달하기 위한 배였다.

죽음

12월 18일, 격투는 이미 반쯤 파괴된 아라곤 성벽을 중심으로 하여 성벽 전역에서 전개되고 있었다. 투르크군의 공격은 조약 교섭 전과는 확연히 달랐다. 자기 편 병사들이 달라붙은 성벽에까지 포격을 가해댈 정도로 맹렬했다. 투르크 병사늘이 능 뒤에서 날아온 아군 포탄에 산산조각나 날아가고 있는데도 포격은 멎지 않았다.

예니체리 군단까지 투입되어 격전의 중심이 되어버린 아라곤 성벽에는 기사단장의 명령으로 다른 성벽을 지키던 기사들까지 합세해 응전에 나섰다. 이탈리아 성벽에서는 열 명이 파견되었다. 안토니오도 오르시니도 그 열 명 속에 들어 있었다.

기사단장도 유격대를 이끌고 제일선에 선다. 아라곤 성벽은 유일하게 안으로 접혀 들어온 곳이다. 만일 이곳이 뚫리면 적은 곧장 시내로 진격할 것이다.

해거름이 되어도 전투는 끝나지 않았다. 호를 메운 투르크군의 시체를 짓밟으며 예니체리 군단이 향하는 곳은 무너져내린 성벽 틈새였다. 소총도 활도 아무 소용이 없었다. 칼이 전장 가득 섬광을 뿌리고 있었다.

1522년 겨울　*213*

땅거미가 깔리기 시작했다. 백병전이 펼쳐지고 있던 성벽 위로 직격탄이 떨어졌다. 그것도 두 발이 동시에 한 지점으로 떨어진 것이다. 겹겹이 쌓아 올려 보강해둔 돌과 모래 주머니가 엄청난 흙먼지를 일으키며 붕괴해버린 것은 순식간이었다. 흙먼지가 가라앉은 뒤, 충격에 튕겨나갔던 안토니오의 눈앞에 펼쳐진 것은 돌과 토사에 파묻힌 수많은 적군과 아군 병사들이었다. 안토니오의 갑주 오른팔 부분이 충격으로 떨어져 나가 있었다. 포탄의 충격이 너무 컸기 때문인지 이 주변은 전장이라 생각되지 않을 정도로 고요해졌다.

비틀비틀 일어난 안토니오는 오른손에 쥐고 있던 칼을 먼저 떠올렸다. 칼은 3미터 정도 떨어진 곳에 나뒹굴어져 있었다. 다가가 칼을 꽉 쥐었을 때 비로소 오르시니 생각이 났다. 자기 바로 옆에서 언제나처럼 여유 있는 동작으로 예니체리 군단 병사들과 싸우던 친구가 생각난 것이다. 이제야 또렷해진 안토니오의 정신은 이내 무서운 상상으로 가득 찼다.

젊은이는 아무것도 생각할 수 없었다. 무참한 돌무더기가 되어버린 성벽 위를 기다시피 하며 친구를 찾기 시작했다. 오르시니는 안토니오가 비틀비틀 일어난 곳에서 10미터쯤 떨어진 돌무더기 뒤편에 있었다. 좌반신이 돌 속에 파묻혀 있다. 아직 의식이 있는 듯, 급히 달려온 안토니오가 소리쳐 부르자 희미하게 고개를 끄덕여 보였다.

안토니오는 돌을 치우기 시작했다. 하나씩 집어서는 옆으로 던졌다. 급한 마음에 나름대로 빨리 하고는 있었지만 오르시니의 안색은 그러는 동안에도 눈에 띄게 변하고 있었다. 이제 두 눈을 감은 채 가만히 있기만 했다. 포격으로 튀어오른 돌에 하반신과 척추가 완전히 부숴진 것이다. 찌부러진 갑주가 살을 파고들어 돌을 다 치운 뒤에도 이 젊은 로마 기사의 온몸에서 흘러나오는 붉은 피가 땅을 흥건히 적시고 있었다.

격한 무력감이 안토니오의 가슴을 쳤다. 하지만 친구의 육신을 짓누르는 무거운 갑주만은 벗겨주고 싶었다. 갑주를 다 벗긴 뒤에도 오르시니는 가늘게 숨을 쉬고 있었다. 안토니오는 투구를 벗기고 황살색 머리카락에 뉘엎인 친구의 머리를 가만히 두 팔로 감싸안았다. 오르시니가 일순 눈을 뜨고 자기를 쳐다본 것 같았다. 왼쪽 입술이 약간 달싹거리며 그를 잘 아는 사람에게는 한량없이 따스해 보이고 잘 모르는 사람에게는 조롱처럼 신랄해 보이는 그 미소를 띠었다. 이것이 마지막이었다. 황갈색 머리카락이 크게 한 번 흔들리고, 로마의 기사는 스물다섯 해 짧은 삶을 마쳤다.

일순간 이 일대를 덮고 있던 정적은 적군이 다시 몰려오며 내지르는 함성으로 깨져버렸다. 안토니오는 감싸 안고 있던 친구의 머리를 가만히 내려놓고 칼을 휘두르며 적에게 뛰쳐들었다.

젊은이는 이 순간 다섯 달에 이른 공방전 기간중 처음으로 투르크 병사에 대해, 그리고 운명에 대해 가슴 밑바닥부터 솟구쳐 오르는 분노를 느꼈다.

격전은 해가 지면서 마무리되었다. 투르크군은 숱한 전사자를 그대로 내버려둔 채 썰물처럼 퇴각했다. 성벽 위에 있는 투르크군의 시체는 살아남은 사람들이 호 안으로 던져 넣었다. 기사단은 전사자의 시신을 성벽 안쪽으로 내렸다. 죽은 기사의 종복들이 주인의 몸을 씻기고 기사의 제복을 입힌 뒤에 시신들은 성 요한 교회 안에 나란히 안치되었다. 언제나처럼 대주교가 미사를 거행하고 나면 교회 바닥 밑 묘소에 묻힐 것이다. 장례 미사에는 도저히 올 형편이 안 되는 기사를 빼고는 모두 참석했다. 교회 바닥에 가로누운 전사자들을 빙 둘러싼 기사들 속에 안토니오도 있었다.

젊은이의 귀에는 대주교의 기도 소리가 들어오지 않았다. 그저 1미터 정도 떨어진 곳에 누워 있는 오르시니의 시신만이 눈에 들어올 뿐이다. 언제나 어렴풋이 붉은색을 띠던 입술은 이제 흙빛이 되었지만, 지금이라도 그 흙빛이 조금씩 혈색을 되찾을 것만 같았다.

언제였던가, 부상을 당해 병원에 누워 있을 때였다. 고열 때문에 선잠에 빠져든 안토니오는 문득 목덜미에 뭔가 닿는 것을 느꼈다. 잠결에도 왠지 지금 일어나면 그 느낌을 잃을 것 같아 가만히 있었다. 누군지 알 수 있었다. 아니, 안다기보다는 그 사람이면 좋겠다는 생각으로 몸을 뒤척이지 않았다.

오르시니의 입술은 잠시 안토니오의 목덜미에서 가슴팍으로 옮겨가더니 비로소 몸에서 떨어졌다. 그제야 안토니오는 뭔가 말하려 했다. 하지만 입 안에 맴돌던 말은 오르시니의 격한 입맞춤으로 끝내 입 밖에 나오지 못했다. 그날 이후로 스무 살, 스물다섯 살 두 젊은이 사이에는 함께 나누어 가진 정감을 서로에게서 느낄 수 있었다. 안토니오가 처음 맛보는, 하지만 여태껏 그 어느 것에서도 느낄 수 없었으리만치 아름다운 삶의 한 면이었다.

교회 안에 서 있는 안토니오의 왼손에는 뭔가 쥐어 있었다. 오르시니의 시신을 씻을 때 종복 몰래 그의 목에서 벗겨낸 것이다. 여자들의 소품 같은 조그마한 십자가였다. 오르시니가 한시도 이 십자가 목걸이를 떼놓지 않았음을 동료들도 잘 몰랐다. 자그마한 루비가 십자로 줄지어 박혀 있는 이것은 스무 살 나이에 로도스로 떠나는 이들에게 오르시니의 어머니가 준 것이다. 어머니는 그로부터 2년 뒤 세상을 떠났다고 한다. 자기가 가질 요량으로 훔친 것이 아니다. 그 사람에게 주자 생각한 것이다.

장례가 끝난 뒤 안토니오는 이탈리아 기사관으로 돌아가지 않고 성 요한 교회 옆을 지나 시내로 통하는 길을 혼자 걸었다. 오르시니가 살던 집은 문이 굳게 잠겨 있고 인기척도 느낄 수 없지만, 어쨌든 문에 달린 쇠고리 손잡이를 세게 두들겼다. 좀 지나자 안쪽에서 누군가 문을 열어주었다. 그리스 여자였다. 그녀에게서 전해오는 강한 느낌에 이미 오르시니의 죽음을 알고 있으리라는 생각이 들었다. 종복이 알렸으리라. 어느 누구에게도 마음을 열지 않겠다는 듯 딱딱하게 굳은 표정이었다. 눈에도 눈물 자국은 없었다. 안토니오는 자기 역시 한번도 눈물을 흘리지 않았음을 그제야 떠올렸다.

젊은이는 아무 말 없이 왼손에 꼭 쥐고 있던 것을 앞으로 내밀었다. 여자 역시 아무 말 없이 그것을 받아들었다. 문을 다시 닫을 때까지 끝내 아무런 말도 없었다.

 다음날인 19일에도 투르크군의 공격은 멎지 않았다. 이날은 아라곤 성벽뿐만 아니라 영국 성벽과 이탈리아 성벽 위에서도 백병전이 펼쳐졌다. 기사단장도 최전선에서 진두 지휘했다. 희한하게 적의 화살이나 탄환이 한번도 스쳐가지 않아, 그에게 신의 가호가 내렸음에 틀림없다는 소문이 돌기도 했다.

 이탈리아 성벽에서는 델 카레토 성채에 공격이 집중되었다. 적이나 아군 할 것 없이 칼 하나로 승부를 보는 전투였다. 격투가 벌어진 지 어언 세 시간을 지날 즈음, 성채를 지키고 있던 기사들은 성채 밑에서 외벽으로 통하는 통로에 기사 한 사람이 우뚝 서서 무리지어 오는 적군 앞에 나서는 것을 보았다.

 무모하다! 누구든 이렇게 생각했다. 하지만 성안으로 다시 불러들일 방법이 없다. 성채 밑에 나 있는 문은 도대체 어떻게 나갔나 싶을 정도로 굳게 닫혀 있었기 때문이다. 더구나 포격 소리 때문에 불러보았자 그 소리는 그 자리에서 파묻히고 말 것이다. 누군지 확인되지 않은 자가 홀로 적진에 뛰어든 것이다.

 창을 쥔 그 기사의 주위를 투르크군이 순식간에 에워쌌다. 창이 허공에서 춤을 추고 기사를 노린 적군이 쇄도했다. 성채 위의 사람들은 차마 그 광경을 보지 못하고 일순 눈을 감았다. 개미떼처럼 기사를 덮친 투르크 병사들의 덩어리가 흩어진 뒤, 기사의 갑주는 더 이상 움직이지 않았다.

그날은 신기하게도 투르크군의 퇴각 신호가 정오를 조금 넘겼을 때 나왔다. 이탈리아 성벽을 지키고 있던 기사들은 투르크 병사들의 모습이 채 멀어지기도 전에 성채 문을 열고 나와 쓰러진 기사를 향해 달려갔다. 안토니오와 또 한 명의 기사가 양쪽에서 안아 올리자 죽은 기사의 투구가 벗겨져 땅에 떨어졌다. 안토니오도, 함께 부축한 동료 기사도, 주위를 에워싼 다른 기사들도, 투구를 벗은 기사의 얼굴에 몸이 굳었다. 풍성한 흑발을 뒤로 동여맸지만 틀림없는 여자의 얼굴이었다. 안토니오는 그녀가 누군지 금세 알 수 있다. 주위 기사들도 알고 있는 듯했다. 아무도 입을 열지 않았다. 벗겨지려 하는 무거운 흉갑에서 작은 루비 십자가가 떨어져 나왔다.

성문은 열리고

그날 밤, 마침내 기사단장은 술탄이 제시해온 조건에 따라 성문을 연다는 결정을 내렸다. 기사단의 결정은 투르크 쪽에 통고되었다.

20일, 기사 한 명과 주민 대표 두 명이 투르크 쪽이 내건 조건을 확인하기 위해 적진으로 들어갔다. 공격은 중단되어 있었다. 호 안에서는 투르크 병사들이 전사자를 실어나르는 작업을 하고 있었다. 성벽 위에서는 이들을 향해 아무런 공격도 하지 않았다.

12월 21일, 일단 양군 모두 사흘 동안 휴전하는 데 의견 일치를 보았다. 방위측에서는 휴전을 보증한다는 이유로 기사와 주민을 스물다섯 명씩 투르크군 진영에 머물게 했다. 투르크 쪽에서는 400명의 예니체리 군단 병사가 무장을 해제한 뒤 시내로 들어왔다.

교섭은 전과 마찬가지로 아메드 파샤의 천막 안에서 진행되었다. 방위측은 기사 두 명과 주민 대표 두 명이 교섭에 임했다. 전에 제시한 조건에서 무엇 하나 빼지 않는다는 것이 술탄 쉴레이만의 뜻이었기에 교섭은 아무 문제 없이 마무리되었다. 그리고 아메드 파샤의 천막 안에서 행해진 항복 문서 조인에는 투르크 쪽에서 아메드 파샤가, 방위측에서는 사형당한 다르말의 뒤를 이어 부단장으로 취임한 오베르뉴 출신 기사가 임했다. 12월 25일이었다.

그날 밤 로도스 시내는 일시적이나마 생각지도 못했던 혼란에 휩싸였다. 시내에 있던 400명의 예니체리 군단 병사가 주민들의 집을 약탈하기 시작한 것이다. 무장을 해제했다지만 투르크의 정예 기사 400명이다. 무기로 위협하지 않더라도 주민들 편에서 보면 겁나는 존재인 것이 당연했다. 그러나 기사단장은 이들을 진압하기 위해 기사들을 동원하지는 않았다. 술탄에게 직접 조약 위반이라 항의한 것이다. 쉴레이만도 당연한 이의 제기라 보고 예니체리 군단 병사들에게 즉각 귀영을 명령했다. 병사들이 성벽 밖으로 나감과 동시에 투르크 진영에 있던 기사 및 주민 대표들도 성벽 안으로 돌아왔다.

그날 밤중으로 투르크군은 약속에 따라 진영을 1마일 뒤로 후퇴시켰다.

12월 26일 아침, 대신 아메드 파샤의 사자가 은밀히 기사단장 공관을 찾아왔다. 기사단장 릴라당에게 술탄을 만나보는 것이 어떻겠냐고 권하러 온 것이다. 릴라당은 권유를 받아들이기로 했다.

그날 오후, 정복으로 차려입은 성 요한 기사단 기사들이 말을 타고 당부아즈 문을 나서 호 위에 걸쳐 있는 돌다리를 건너 투르크 진영으로 향했다. 은색으로 빛나는 강철 갑주를 머리끝에서 발끝까지 걸친 기사단장의 능 뒤로, 프랑스의 젊은 기사 라 발레트가 붉은 바탕에 백십자를 그려 넣은 성 요한 기사단의 군기를 휘날리며 또한 말을 타고 따른다. 다시 그 뒤로 여덟 개 기사관의 관장과, 부관장 격의 젊은 기사들이 역시 온통 갑주로 무장한 채 말을 몰았다. 그 속에 안토니오도 있다. 기사들의 갑주 가슴팍에는 붉은 바탕의 백십자가 그려져 있고, 투구 끄트머리에는 가지각색의 깃털 장식이 바람에 흔들린다. 단장 이하 열여덟 명으로 구성된 일행 모두가 걸친 백십자가 수놓인 기다란 붉은 망토가 말등을 덮고 있었다.

이 화려한 일행을 투르크 병사들은 어안이 벙벙한 표정으로 맞이했다. 다섯 달이나 공방전을 편 적의 전사들이 마치 어제 서유럽에서 막 도착한 것처럼 이렇게 산뜻하고 화려한 모습으로, 이렇게 위풍당당하게 나타나리라고는 아무도 생각지 못했던 것이다. 그들이 상상했던 것은 지친 머리를 수그린 채 말등에 올라

탄 더러운 패배자의 모습이었다. 투르크 병사들은 얼떨결에 스스로 길을 내주었다. 기사 일행은 그 속을 지나 금색으로 빛나는 술탄의 천막으로 향했다.

천막 앞에는 아메드 파샤와 쉴레이만의 측근인 이브라힘이 마중나와 있었다. 말에서 내린 기사들은 아메드 파샤의 인도를 받아 천막 안으로 들어갔다.

천막 안은 상상했던 것보다 훨씬 넓었다. 가운데 있는 큰 방을 여러 개의 작은 방들이 빙 둘러 있는 듯했다. 큰 방 정면에는 투르크풍의 낮은 의자가 있었다. 거기 금은으로 호사스럽게 장식된 그 의자에 쉴레이만이 앉아 있었다. 그는 기사단장이 들어오는 것을 보자마자 자리에서 일어나 일행을 맞아들였다.

승자와 패자

스물여덟 살 난 전제 군주는 키가 크고 체격이 당당한 남자였다. 투르크 옷은 깃이 없어 목을 실제보다 길어 보이게 하지만, 쉴레이만의 목은 길긴 해도 가늘지는 않았다. 다만, 순백색 터번이 너무 무거워서인지 아니면 키가 남들보다 커서인지 등이 약간 굽어 보이는 것이 오히려 친근감을 느끼게 했다.

가느다란 얼굴과 풍성한 터번이 잘 어울리는 사람이었다. 투르크인 특유의 큼직한 매부리코가 도드라져 보였다. 젊은 나이 때문인지 아직 짧은 투르크식 콧수염은 엄숙함보다는 세련됨을 느끼게 했다. 가늘고 긴 페르시아풍이 아니라 마음의 온화함이

맴도는 까만 눈동자의 큰 눈은 친밀감을 드러내며 생기 있게 반짝이고 있었다.

복장은 아름답다기보다는 호화롭다는 말이 어울렸다. 발꿈치까지 내려오는 긴 겉옷은 금실을 아끼지 않고 짜 넣은 능라로 만들었고, 두꺼운 소매 사이로 엿보이는 상의는 녹색 벨벳으로 만든 것이었다. 한 줄로 늘어선 상의 단추는 정교함의 극치를 보이는 금세공이었다. 흰 비단으로 만든 터번 한가운데에는 달걀만 한 에메랄드가 빛을 뿜고 있었다.

안토니오는 멍해졌다. 어릴 때부터 귀에 못이 박히도록 들어온 '야만인 투르크족' 개념과 하나도 안 맞았기 때문이다. 하지만 서유럽의 젊은이를 진심으로 경탄시킨 것은 그뒤에 펼쳐진 광경이었다.

쉴레이만은 기사단장에게 의자를 권하고 자기도 투르크식의 낮은 의자에 앉았다. 기사들은 단장의 등 뒤에 섰고, 아메드 파샤, 쿠아짐 파샤, 페리 파샤 등 세 명의 대신은 술탄의 왼쪽에, 이브라힘은 오른쪽에 섰다.

대담은 그리스어로 진행되었다. 기사 중 한 명이 기사단장의 프랑스어를 그리스어로 통역했다. 투르크 쪽은 본디 그리스인인 이브라힘뿐만 아니라 대부분이 그리스어를 아는 것 같았다. 특히 술탄은 직접 그리스어로 말했다.

쉴레이만은 알라 신과 예언자 마호메트의 성석(聖石)에 걸고 조약의 모든 내용을 지키리라 맹세했다. 기사들은 이 이교도의 서약을 기독교도의 서약과 똑같이 액면 그대로 받아들였다. 게다가 젊은 술탄은 철수에 필요한 시간이 12일로 모자란다면 연장해도 좋다고까지 했다. 기사단장은, 호의는 참으로 고맙게 받아들이겠지만 시간을 허비할 생각은 없다는 말로 답했다.

승자와 패자의 대화가 호의적인 분위기 속에 이어졌다. 짧은 회담이 끝나갈 즈음, 쉴레이만은 조용히 기사단장의 눈을 쳐다보며 말했다.

"나는 이겼소. 하지만 귀관과 귀관의 부하들 같은 용감하고 의로운 이들을 거처에서 몰아내야 한다는 게 못내 슬픈 것만은 어쩔 수가 없다오."

젊은 승리자를 바라보는 기사단장의 눈에 만감이 교차했지만, 끝내 말이 되어 나오지는 않았다.

술탄은 일행으로 온 기사들 전원에게 다홍색 벨벳 한 두루마리씩을 선물로 주었다. 열여덟 명의 기사들은 왔을 때처럼 당부아즈 문을 통해 성벽 안으로 돌아갔다.

12월 29일, 쉴레이만은 미리 기사단장에게 통고해둔 대로 로도스에 입성했다. 말을 몰고 가는 술탄의 전후 좌우로 100명의 예니체리 군단 병사가 경호에 임했다. 이브라힘을 대동했을 뿐이고 대신들은 따라오지 않도록 했다. 또한 코스퀴노 문을 통해 시내로 들어선 술탄은 거기서 상항에 이르는 길을 한 번 오가기만 하고, 기사단장 공관 및 각 기사관이 집중되어 있는 속칭 샤토 지구라 불리는 지역에는 들어가지 않았다.

대제국의 주인다운 여유와 패자에 대한 배려 때문에 통상적인 입성과 달라졌으리라. 젊은 술탄은 휘하 병사들에게 패자를 업신여기는 자는 중형에 처하리라 통고했다. 이 지시는 완벽히 지켜졌다.

떠나는 사람들

상항은 6개월 만에 섬을 떠나는 사람들의 짐을 싣는 작업으로 북적거리기 시작했다. 주민만 해도 5천 명이나 되는 사람들이 난민 신세를 각오하고 떠나기로 한 것이다. 이들 중 당장 몸을 기댈 곳이라도 있는 사람은 얼마 안 되었다. 하긴 난민 신세인 것은 기사단도 마찬가지였다.

5천 명의 사람과 그들의 짐을 싣는 데는 50척의 배가 필요했다. 하지만 6개월이나 농성한 로도스에는 이만큼의 배가 없었다. 언젠가는 섬을 떠나야 할 제노바와 베네치아 혹은 마르세유 배들만으로는 도저히 안 되어 투르크 해군이 제공해준 배를 이용해야 했다. 투르크 배는 이들을 베네치아령 크레타 섬까지 실어다주기로 약속했다. 상항이 특히 북적거린 것은 너나할것없이 서유럽 배나 로도스 사람의 배에 타려 했기 때문이었다.

속사정은 달라도 북적거린 것은 군항도 마찬가지였다. 기사들의 짐을 싣느라 그런 것은 아니었다. 그 정도 일이면 그다지 시간이 걸리지 않는다. 무사의 명예를 존중하는 항복이 인정된 이상 모든 무구와 무기를 갖고 가야 했다. 군항이 북적거린 것은 이 때문이었다. 하지만 투르크는 대포의 반출만은 허용하지 않았다.

이것으로 다가 아니다. 기사단이 팔레스티나 지방에서 활동하던 시대부터 모아 온 성물이 있는 것이다. 팔레스티나를 등져야 했던 그때부터 로도스에 새 본거지를 꾸릴 때까지 기사단과 운명을 함께한 것들이며, 이제 로도스를 떠나면 어디가 될지 모르는 다음 근거지에 뿌리내릴 때까지 기사단과 함께 방랑해야 하는 것들이다. 멋들어진 은제 용기에 담긴 성 요한의 오른손, 그리스도가 못박힌 십자가의 나뭇조각, 못박히기 전에 그리스도의 머리에 씌워진 가시관의 가시 두 개, 성 에우헤미아의 미라, 그리고 영험 있는 오래된 성상, 이런 것들이 성 요한 기사단의 보물이었다. 성물은 기사단장이 승선하는 기함(旗艦) 산타 마리아 호에 안치되었다.

보물이나 무기, 군기, 기사들의 짐 따위를 다 실으면 이제 부상자가 승선할 차례다. 걸을 수 있는 이들은 동료의 어깨에 기대고, 그렇지 못한 이들은 들것에 실려 배에 올랐다.

모든 것이 완료된 것은 12월의 마지막 날. 출항은 다음날인 1월 1일로 결정되었다.

출항 전날 아침, 기사단장은 출항 인사를 위해 술탄의 천막을 찾았다. 쉴레이만은 떠나는 사람들 전원에 대해 투르크제국 내 통행의 안전과 자유를 보증하는 통행증을 준비해두고 기다리고 있었다. 그날 기사단장과 술탄은 전보다 더 오래 자리를 같이했다. 나중에 기사단장은 쉴레이만을 평하여 "그야말로 진정한 기사다"라고 했다.

1523년 1월 1일, 날은 추웠지만 하늘은 맑게 개어 있었다. 로도스 섬의 등줄기를 달리는 산맥도 최고봉에는 엷게 눈이 쌓여 있으리라.

　군항에서는 기사들의 승선이 시작되었다. 상항에는 제노바나 베네치아, 프랑스 깃발이 나부끼는 배를 포함해서 총 11척의 배에 이미 어젯밤 주민 제1진이 승선하여 대기중이다. 이외에 섬을 떠날 사람들은 투르크 배의 준비가 갖춰지는 대로 거기 승선하여 오늘 섬을 떠나는 배를 쫓아가기로 되어 있다. 선착장에서는 떠나는 사람들과 배웅하는 사람들이 각각 배 위와 아래에서 마지막 인사를 나누었다.

　쉴레이만의 배려로 투르크 병사가 한 명도 들어오지 않은 군항에서 출발하는 사람들은 이 섬에 가족도 친족도 없는 기사단 사람들이었다. 그 때문에 배웅나온 이들도 얼마 안 된다. 기사들은 묵묵히 준비된 배에 올랐다. 안토니오는 오른쪽 다리를 땅에 끌며 항구로 나갔다. 투르크 병사의 단검에 뼈까지 찔려 상처가 나은 뒤에도 오른쪽 다리가 불편했던 것이다. 자기 발로 걸을 수 있는 모든 기사들은 오늘도 성 요한 기사단의 정복 차림이다.

　군항 선착장에는 25척의 배가 출항을 기다리며 정박해 있었다. 대형 수송선 한 척, 돛대가 하나인 소형 갤리선 14척, 돛대 두 개인 대형 갤리선 3척, 돛대 세 개에 사각돛과 삼각돛을 다 갖춘 전투용 범선 7척. 이것이 섬을 떠나는 기사단이 쓸 수 있었던 선단이다. 200년 동안 근방 제해권을 장악해온 성 요한 기사단의 해군치고는 실로 빈약하다 하지 않을 수 없지만 몇 척 정도는 섬을 떠나는 주민들을 위해 배당했고, 또 열 척 정도는 정처없이 떠돌게 될 앞으로의 항해에 버틸 수 있을까 불안한 상태였다. 결국 조선소에 두고 갈 수밖에 없었다.

기사단장과 대주교가 탄 기함 산타 마리아 호는 똑같이 돛대가 세 개인 전투용 범선이면서도 다른 여섯 척에 비해 훨씬 더 컸다. 함장은 영국인 기사 윌리엄 웨스턴 경이었다. 제일 먼저 출발한 것은 이 기함이었다.

기함에 이어 다른 배도 한 척씩 선착장을 뒤로 한다. 로도스 성벽 안에서는 누가 울리는지 교회 종이 일제히 소리를 내기 시작했다.

선착장을 떠나가는 각 배의 돛대 위로 백십자가 그려진 붉은색 삼각형 깃발이 바람에 펄럭이고 있었다. 성 요한 기사단의 전투용 깃발이다. 뱃전에는 역시 붉은 바탕에 백십자가 그려진 기사들의 방패가 가지런히 늘어서 있다. 그 뒤로 장창을 손에 든 기사들이 섰다. 이 또한 전투에 나설 때의 기사단의 모습이다. 제방 위에 나란히 서 있는 풍차들이 삐걱삐걱 마른 소리를 낸다.

기함을 선두에 세운 배의 행렬이 군항 입구를 지키는 성 니콜라 요새 앞을 지날 때였다. 요새로부터 포성이 울리기 시작했다. 쉴레이만의 명에 따른 예포였다. 기사들은 멀어져가는 로도스 섬을 지켜보고 있었다. 모두 다 아무 말 없이 그저 선상에 못박힌 듯 서 있었다.

200년 동안 그들을 포근하게 안아주었던 장미꽃 피는 옛 섬을 이제 떠난다. 산타 마리아 호의 선미에 선 나팔수가 종소리와 예포 소리에 답하듯 나팔을 불기 시작했다. 적막한 바다 위로 높은 나팔 소리가 흘러갔다. 기사들은 멀어져가는 로도스 섬에서 차마 눈을 떼지 못했다. 이 섬에 온 지 일년이 채 안 된 신참 기사 안토니오도, 기사가 아닌 마르티넨고도.

선단의 행선지는 일단 크레타 섬 서쪽 끝에 있는 카네아 항구로 정해져 있다. 크레타 섬을 영유하고 있는 베네치아공화국이 난민들의 임시 수용지로 카네아 거리에 있는 몇몇 건물을 제공했기 때문이다. 병자도 그곳 병원에서 치료받을 수 있었다.

그 뒤는?

아직은 아무도 모른다.

이렇게 해서 광대한 투르크제국의 정원에 웅크리고 있던 작고 사나운 '그리스도의 뱀'은 둥지째 제거되었다. 엄청난 희생을 치르고서야 얻어낸 성과이지만 투르크인에게는 충분히 가치 있는 성과였다. 이제는 콘스탄티노플을 출항한 배가 머나먼 시리아와 이집트로 갈 때나, 순례자들이 메카로 갈 때나 도중에 더 이상 습격받는 일은 없을 것이다.

젊은 승리자는 그러나 프랑스 귀족을 능가하는 기사도 정신을 발휘한 자신의 조치로, '뱀들' 중에서도 특히 맹독을 품은 어린 뱀 한 마리가 손아귀를 빠져나갔음을 그때는 알지 못했다.

에필로그

방랑 시대

 기사단장 릴라당이 조직의 수장으로서 유감없이 재능을 발휘한 것은 성 요한 기사단이 '난민'이 된 이후부터이다.

 일단 크레타 섬의 카네아로 물러나고 서유럽인은 각자 자기 나라로, 로도스인 중 대부분은 크레타 등 에게 해의 여러 섬들로 서서히 살 곳을 찾아 흩어져 갔다. 그 때문에 알바니아가 투르크에 정복되었을 때처럼 베네치아가 나서서 난민들이 살 곳을 찾아주느라 수고할 필요는 없었다. 문제는 기사 개인이 아니라 기사단이라는 조직을 받아줄 땅을 찾아 나서야 했던 성 요한 기사단이었다.

 처음 얼마간 기사단장은 서유럽 여러 나라에서 군사를 모아 로도스를 탈환하리라 생각했다. 크레타에 머문 3개월 동안에도 부지런히 로마로 사절을 보내 교황에게 원조를 청했다. 그러나 성실하긴 했어도 정치력이 모자랐던 교황 하드리아누스 6세가

할 수 있었던 것이라곤 추기경 회의를 열어 파병을 결의하는 것뿐으로, 거기서 한치도 나아가지 못했다. 정치력은 조금 있어도 성실하지는 않았던 성 요한 기사단원인 메디치 추기경은 현 교황에 협력할 마음이 털끝만치도 없어서 피렌체에 틀어박힌 채 기사단장이 보낸 사절에 확답을 주지도 않았다.

4월, 성 요한 기사단은 시칠리아의 메시나로 본거지를 옮겼다. 베네치아공화국은 그들의 유연책과 달리 강경노선 일변도인 성 요한 기사단을 언제까지나 자국 영토인 크레타에 머물게 할 수 없었던 것이다.

메시나에도 오래 머물 수는 없었다. 시칠리아는 에스파냐 왕의 지배하에 있는 땅으로 왕의 신하인 시칠리아 총독이 기사들의 본거지를 시칠리아에 두는 데 난색을 표했기 때문이다. 기사단은 성물과 군기를 떠메고 제노바로 가기도 하고 니스에 잠시 머물다가 이탈리아 중부의 비테르보에 머물기도 하는 떠돌이 생활을 겪어야 했다. 이 와중에도 기사단장 릴라당은 몸소 서유럽 군주의 궁정을 돌면서 로도스 수복을 위한 십자군을 결성하자는 호소를 멈추지 않았다. 그러나 군주들은 꿈쩍도 하지 않았다. 로도스가 함락되고 5년 뒤인 1527년, 신성로마제국 황제였던 에스파냐 왕 카를로스의 군대가 교황이 있는 로마를 공격해 약탈과 방화를 저지르는 일대 사건이 일어났다. 대투르크 십자군 따위는 물 건너 가버린 것이다.

로도스 수복은 이제 포기할 수밖에 없다고 생각한 기사단은, 그러면 적어도 어디 한군데 본거지로 삼을 땅이라도 달라고 군주들에게 요청했다. 시칠리아 아무데라도 괜찮고 사르데냐 섬 일부, 혹은 코르시카 섬 어디, 그도 안 되면 엘바 섬이라도 좋다고 청원했다. 하지만 그 중 어느 것도 받아들여지지 않았다.

몰타 기사단

그러다가 1530년에 이르러 카를로스는 지중해에 자기 영토의 조그만 섬을 떠올렸다. 몰타와 그에 딸린 작은 섬 두 개였다. 그 정도면 기사단한테 줘도 되겠다 싶었으리라. 매년 매 한 마리를 조공으로 바친다는 조건으로 기사단과의 교섭이 성립되었다. 하지만 기사단은 몰타 섬을 영유하는 한 에스파냐 왕의 신하로 남아 북아프리카의 트리폴리를 공략해야 한다는 의무를 떠안게 된다.

이는 카를로스가 성 요한 기사단을 어디에 활용하려 했는지를 여실히 보여주었다. 카를로스는 알제리나 튀니지 등 북아프리카를 영유할 야심을 품고 있었던 것이다. 물론 그 근방에 본거지를 두고 주변 해역을 침범하는 이슬람 해적으로부터 자신이 지배하는 나라들의 배를 지킬 의도도 있었다. 이 해적들은 해군력이 없는 투르크제국으로부터 여차하면 투르크 해군에 가담해서 싸운다는 조건으로 본거지 땅과 항구의 주권을 인정받았기 때문이다.

어쨌든 간에 서지중해에 속하는 몰타 섬을 본거지로 받은 이상, 더 이상 대이교도 전선의 최전방에 있다고는 할 수 없었다. 로도스 섬은 말 그대로 최전선이었지만 몰타에 있는 한 상대는 언제나 해적 조무라기들일 뿐이어서 카를로스의 제국을 지키는 개밖에 안 되는 셈이었다.

기사단장도 이는 잘 알고 있었다. 하지만 그렇다고 몰타를 거절해버리면 언제 어디서 본거지를 확보한단 말인가. 해적 퇴치건 무엇이건 간에 당장에는 존재 이유가 필요했다. 본거지와 존재 이유를 회복하는 것이 기사단의 소멸을 막는 유일한 길이었기 때문이다.

로도스 섬에서 쫓겨난 지 8년 뒤인 1530년, 기사단의 몰타 이주가 완료되었다.

몰타 섬은 장미꽃 피는 옛 섬에 익숙해져 있던 기사들을 절망시키기에 충분했다.

우선 기후부터가 혹독했다. 온 섬이 민둥산에 가까워 겨울의 추위와 여름의 더위가 여과없이 전해온다. 사람들이 잊고 지내는 섬인 만큼 주민도 1만을 조금 넘는 정도이다. 대부분 문맹이고 쓰는 말은 아랍어 방언이다. 500년 전 아랍 땅이었던데다 북아프리카와 가깝기 때문일 것이다. 가난한 주민 중 얼마 안 되는 상류 계급은 시칠리아를 지배하는 에스파냐계인데, 그들은 에스파냐어와 이탈리아어, 그리고 프랑스어를 조금이나마 할 줄 안다. 요컨대 몰타에서는 로도스를 가득 채우던 따사롭던 기후와 녹색 대지 위에 선연했던 색채의 향연과 옛 문명의 향기를 전혀 기대할 수 없었던 것이다.

기사단의 몰타 이주는 각 언어권별로 기사가 몇 명씩 탈퇴하는 사태를 낳았다. 몰타에 있는 한 성 요한 기사단은 존재 이유를 상실한다는 것이 탈퇴의 변이었다. 카를로스의 개가 된다는 생각을 끝내 떨치지 못한 기사들이었다. 일찍이 로도스 성문 개방을 논의할 때 비슷한 이유를 들어 결사 항전을 주장했던 라 발레트는 기사단에 남았다. 투르크의 젊은 승리자의 모습은 다른 누구보다도 같은 또래인 이 젊은 프랑스 기사의 가슴 속에 깊이 새겨져 있었을지도 모른다.

기사단장 릴라당은 몰타로 이주한 지 4년 뒤 이 섬에서 숨을 거뒀다. 그즈음부터 몰타 섬은 양상을 일신하기 시작했다.

성 요한 기사단은 몰타에서는 무엇이든 처음부터 쌓아 올려야만 했다. 로도스에서처럼 이미 비잔틴제국의 것이 있어 일단 그것을 쓰다가 해를 거듭하면서 어느 정도 경비가 쌓이면 증축하거나 개조하거나 보강하여 지중해 최강의 성채로 거듭나게 하는 것은, 고대건 중세건 간에 유적 하나 없는 몰타에서는 꿈에 지나지 않았다. 하지만 성 요한 기사단의 기사들에게, 또한 당시 상식으로도 성채 없이 지낸다는 것은 상상도 할 수 없는 일이었다. 황폐한 섬 몰타의 거의 유일하다 해도 좋을 이점은 바윗돌을 날카롭게 도려낸 듯한 만(灣)이 여러 군데 있다는 것이었다. 정비만 잘 하면 지중해에서도 손꼽히는 항구를 만들 수 있었다.

기사들은 무인지대인 그곳을 요새화하는 데 착수했다. 이번에도 계획을 세우고 실제 작업을 지휘한 것은 이탈리아인 축성 기술자들이었다. 수도도 아직 이름도 붙이지 않은 그곳에 정하기로 했다. 릴라당은 요새화에 착수한 지 얼마 되지 않아 세상을 떠났다. 뒤를 이은 기사단장들은 그의 뜻을 전수받고 발전시키는 데 온 힘을 다했다. 1557년, 몰타에 온 지 27년이 지났을 때 만안 일대의 요새화는 반쯤 완성되어 있었다. 만을 향해 돌출한 여덟 개 반도 모두를 하나씩 요새화하는 작업이다. 기사단의 재정도 옛날만큼은 안 되었던 몰타 시대, 도저히 단기간에 이룰 수 없는 일이었던 것이다.

기사단과 함께 로도스를 떠난 기술자 마르티넨고는 몰타의 요새화에는 참가하지 않았다. 그렇다고 기사단과 절연한 것은 아니었다.

로도스 공방전에서 부상당해 오른쪽 눈에 항상 안대를 차고 다니던 이 베네치아 기술자는 로도스 함락 후 기사단장 릴라당에 의해 기사의 반열에 들었다. 공방전에서 올린 그의 공헌에 대한 보답이었으며, '푸른 피'가 한 방울도 섞이지 않은 사람에 대한 대우로서는 파격적인 것이었다. 몰타 인수를 교섭하기 위해 카를로스에게 파견된 기사들 중에 그의 이름이 보이므로 얼마 동안은 난민 신세인 기사단과 행동을 함께했던 것 같다.

하지만 몰타에는 가지 않고 대신 기술자를 천거해 그들을 보냈다. 마르티넨고 자신은 카를로스의 청을 받아들여 축성 기술자로서 에스파냐에 머물렀다. 요소마다 성채를 지어 방어 거점으로 삼은 에스파냐 최초의 성을 산 세바스티안에 구축한 사람이 바로 그이다. 그 뒤 이탈리아로 돌아가 파비아나 제노바, 나폴리에 있는 성채들의 증축, 복구를 담당했다. 또한 멀리 네덜란드의 안트웨르펜까지 가서 또 다른 이탈리아 기술자 한 명과 함께 그 도시의 방어 계획을 담당한 적도 있다.

마르티넨고는 1544년 베네치아에서 세상을 떠났다. 죽기 몇 년 전까지도 자신의 무단 탈영 및 로도스 잠입을 조국은 용서치 않으리라 생각하고 있었다. 로도스가 투르크에 성문을 열기 전인 1522년 10월에 이 베네치아 국적의 축성 기술자가 고향에 있는 동생 앞으로 부친 편지가 남아 있다. 거기에는 무단으로 로도스로 온 것을 공화국 정부가 어떻게 받아들일지 걱정하는 내용과 투르크의 대포 및 지뢰에 관해 상세히 서술한 내용이 담겨 있다.

복수

1557년, 세상을 떠난 선대 기사단장을 대신하여 새로이 성 요한 기사단장으로 선출된 사람이 바로 장 파리소 드 라 발레트이다. 로도스 시절 20대 후반이었던 프랑스 기사도 어느덧 예순여섯 살의 노인이 되어 있었다. 하지만 이 "누구보다도 순수한 프랑스 기사, 더럽혀지지 않은 가스코뉴 정신의 소유자"로 평판 높던 사내는 나이 예순을 넘어서도 강철같이 단련된 육신과 정신을 잃지 않았던 것 같다. 이교도의 격퇴, 특히 성 요한 기사단을 로도스에서 쫓아낸 투르크에 복수하고야 말겠다는 생각을 한시도 잊은 적이 없는 사람이었다.

기사단장 취임 후 8년 만에 이를 실현시킬 기회가 찾아왔다.

1565년 투르크는 몰타 공략을 꾀하여 대군을 파병했다. 몰타 공방전의 시작이다. 투르크의 술탄은 로도스에서 라 발레트도 만난 적이 있는 쉴레이만. 단, 대제라고까지 불리게 된 쉴레이만은 어느덧 일흔 살을 넘겨 이제 전장에 모습을 보일 때가 드물어졌다. 몰타 공략도 신하에게 맡기고 자신은 튤립 피는 콘스탄티노플의 토프카피 궁전에 머문 채 움직이지 않았다. 반대로 술탄과 나이가 같은 라 발레트는 솔선하여 진두에 섰다. 로도스 공방 때부터 헤아려 실로 43년 만의 투르크제국 대 성 요한 기사단의 '재회'였다.

1565년 봄, 투르크군은 대소 아울러 3천 척의 선박에 5만 병사를 싣고 콘스탄티노플을 출발해 몰타로 향했다. 3천 척이라는 수치는 과장된 감이 없잖아 있지만, 어쨌든 지중해에서 일찍이 본 적 없는 대함대였다 보면 될 것이다. 총지휘는 로도스에도 간 적이 있는 무스타파 파샤. 로도스 공방전 기간에 총공격 실패의 책임을 지고 시리아로 좌천된 그이지만, 그 뒤 페르시아 전역, 헝가리 전역 등에서 공을 세워 다시 대신이 되었다. 그런 그에게 설욕의 기회를 주려는 것인지, 쉴레이만은 성 요한 기사단 공략의 총지휘를 다시 한번 맡긴 것이다.

방위측은 540명의 기사에 에스파냐 병사 1천 명, 그리고 용병 및 몰타인이 4천 명으로, 로도스 때와 거의 같은 규모의 전력이다. 총지휘는 기사단장 라 발레트. 로도스 공방전 당시 스물여덟 살이었던 젊은 기사도 이제 일흔한 살이 되어 있었다.

투르크 쪽은 그러나 술탄이 없다는 것을 빼고도 로도스 공방전 때와 비교해 몇 가지 불리한 점을 안고 있었다.

첫째, 공격군의 전력이 로도스 때의 2분의 1이라는 점. 게다가 로도스 당시 기대할 수 있었던 시리아 및 이집트로부터의 대규모 원군도 몰타에서라면 기대할 수 없었다.

둘째, 콘스탄티노플부터 로도스까지의 거리에 비해 콘스탄티노플부터 몰타까지의 거리는 두 배 이상 된다는 점. 그나마 전에는 자국령 소아시아를 행군하다가 마르마리스부터 로도스까지 50킬로미터도 안 되는 거리만 배를 탔으면 되었으나 이번에는 오로지 해상으로만 움직여야 한다. 병사들뿐만 아니라 대포, 포탄, 화약, 심지어 식량까지 모든 것을 가지고 이 먼 거리를 이동해야 하는 것이다. 그것도 한 번에. 마르마리스부터 로도스까지 피스톤 수송 작전을 펼 수 있었던 지난번의 이점을 몰타 공격에서 기대하기는 전혀 불가능했다.

물론 북아프리카는 투르크령이다. 하나, 술탄의 직할령이 아니라 해적에 위탁하는 형태로 편입시킨 땅이다. 몰타에서 가장 가까운 투르크령으로 튀지니가 있지만, 소아시아-로도스 병참선처럼 튀니지-몰타 병참선을 구축할 여지는 전무한 것이다.

투르크가 떠안은 세번째 불리한 점은 몰타 기사단의 방위 태세가 로도스에서와 달리 몇 개 반도에 구축해놓은 요새에 근거한다는 점이었다. 이래서는 어디 한 곳에 공격을 집중할 수가 없다. 물론 방위측의 전력도 분산되게 마련이지만 공격측도 병력 분산을 피할 수 없게 된다. 이는 기사단보다는, 치밀한 작전이 아니라 양에 의존하는 것이 보통인 투르크군에 더 불리하게 작용했다. 한편 라 발레트는 분산된 방위선을 운용함에 이 장점을 최대로 발휘하는 방법을 알고 있었다.

네번째 차이는, 몰타가 시칠리아에 가깝다는 점이었다. 당시 시칠리아는 에스파냐 지배하에 있었고, 에스파냐는 카를로스의 아들 펠리페 2세 시대였다. 자국령 시칠리아에까지 투르크의 세력이 손을 뻗칠지도 모르는데 펠리페 2세가 좋아할 리 없다. 실제로 투르크제국의 몰타 공략 결정 소식을 접한 기사단장이 에스파냐 왕에게 원군 파견을 요청하자 1만 6천 명을 보내겠다는 회답이 왔다. 라 발레트는 군주의 말은 두고봐야 아는 법이라 했지만, 몰타가 투르크 수중에 떨어질 때 누구보다도 곤란해지는 사람은 바로 에스파냐 왕이었다.

전투는 5월 중순 투르크 전군이 상륙을 완료하면서 시작되었다. 공방전의 치열함은 로도스를 능가했다. 방위측에게 다행스런 사실은 성채 안에 일반 시민을 들이지 않아도 되었다는 점이었다. 몇 군데로 분산되었다고는 하나 요새에 있는 사람들은 순수 전투원이다. 전투가 아무리 방위측에 불리하게 전개될지라도 주민의 사기 변화에 신경쓸 필요가 없다는 얘기다. 끝까지 이 땅을 지키느냐 아니냐는 이제 전적으로 기사단장 한 사람의 의지에 달린 문제였다.

그리고 라 발레트는 실로 강철 같은 의지의 사내였다.

몰타마저 잃으면 갈 곳이 없어지기 때문이기도 했으리라. 라 발레트는 무스타파 파샤가 제시한 로도스 때보다 더 유리한 항복 조건을 수미일관 무시해버렸다. 죽느냐 지키느냐, 둘 중 하나였다. 로도스 섬이라는 최고의 둥지를 잃어버린 '뱀'은 둥지를 들어내버린 자를 독이빨로 물지 않고는 못 배겼을 것이다. 무스타파 파샤가 포로로 잡힌 기사를 참수하여 그 목을 포탄 대신 쏴 보내자 라 발레트도 투르크 병사의 목을 날려 보냈다.

공방전 넉 달째인 9월 6일, 시칠리아 총독이 파견한 8천 명의 병사가 도착했다. 펠리페 2세가 약속한 수의 반밖에 안 되었지만 예상 외로 전쟁이 늘어지는데다 특기할 만한 전과도 없고 아군의 손실이 커서 사기도 엉망이었던 투르크군이 스스로 포위를 풀도록 하기에는 충분했다. 몰타를 떠나 콘스탄티노플로 돌아간 투르크군은 출진 때의 3분의 1밖에 안 되었다. 패진의 책임을 지게 된 무스타파 파샤는 쉴레이만이 내릴 벌을 생각하며 벌벌 떨고 있었지만, 술탄은 그다지 화도 내지 않았다. 술탄도 무스타파 파샤도 이미 늙은 것이다.

로도스 공방전 때 두 번 정도 얼굴을 마주한 프랑스의 그 젊은 기사가 몰타 방위전 최대의 수훈자였음을 쉴레이만이 알고 있었는지는 확실치 않다. 혹 알고 있었다면 로도스 때 보인 자신의 신사적 행위를 후회했을지도 모르지만 말이다. 쉴레이만 대제는 1년 뒤 세상을 떠났다.

라 발레트는 그 뒤로도 3년을 더 살았다. 파손이 심한 성벽을 복구, 보강하여 투르크군이 다시 몰려오더라도 당분간은 버틸 수 있게 한 다음, 1568년에 눈을 감은 것이다.

그 이후, 기사단에 의해 요새화된 이 일대는 자연히 섬의 수도가 되었고 '발레타'라는 이름으로 오늘날까지 이어져 온다. 성 요한 기사단이 나폴레옹에게 패하여 섬을 떠난 뒤에 몰타 섬은 프랑스령이 되었다가 이어서 영국령이 되었는데, 독립 공화국이 된 오늘날에도 수도만은 여전히 '발레타'라 불린다.

또 하나의 선택

안토니오 델 카레토는 몰타 섬을 본거지로 삼으면서부터 몰타 기사단이라 불리게 된 성 요한 기사단의 일원이 더 이상 아니었다. 로도스를 떠난 기사단과 몇 년 동안 '난민' 생활도 함께했지만 그 뒤 기사단을 탈퇴한 것이다. 그말고도 탈퇴한 기사는 몇 명 더 있었는데, 움직임이 부자연스러운 오른쪽 다리 때문인지 기사단의 원인 추궁도 엄하지는 않았다.

로도스를 뒤로 한 지 6년 뒤, 후작인 아버지가 숨을 거뒀다. 아버지의 뒤를 이은 것은 장남 조반니였고 얼마 안 있어 어머니 페레타는 재혼을 했다. 기사 신분을 버리고 안토니오가 수도원에 들어가 있을 무렵이었다. 평범한 수도승이 되는 것이 그가 선택한 길이었다. 수도원에 있으면서 지금은 온전하게 남아 있지 않은 로도스 공방전에 관한 기록을 기술한 듯하다. 이 기록문이 제노바 근처 한 수도원에 보존되어 왔으며, 그 뒤 수도원을 떠난 안토니오는 평생 여기로 다시 돌아오지 않았다.

어머니의 재혼이 델 카레토 후작 집안뿐만 아니라 제노바 전체의 화젯거리가 된 것은 상대가 유명한 해군 장수 안드레아 도리아였기 때문이다.

제노바 귀족 안드레아 도리아는 제노바 해군 소속의 장수는 아니다. 말하자면 바다의 용병대장으로 고용되어 군주를 위해 휘하 배와 선원들을 거느리고 싸우는 것을 직업으로 하는 사람이다. 땅의 용병대장은 흔하지만, 바다에서는 그가 일인자였다. 교황을 위해 일하나 싶으면 프랑스 왕 밑에서 일하고, 프랑스 왕과의 계약에 불만이 생기면 라이벌인 에스파냐 왕에게로 옮겨가는 그런 인물이었다. 안토니오의 어머니 페레타와 결혼했을 때 나이가 벌써 예순을 넘어섰지만 아흔네 살까지 장수를 누렸다. 이리니 상어니 하는 별칭이 붙을 만큼 악평을 받은 사람이시만, 에스빠냐나 프랑스 모두 해군의 전통이 없는 나라이다. 수요·공급만 따지면 도리아가 유리했다. 그리고 빈틈없는 사람이었던 그는 시장을 자기에게 유리한 쪽으로 끌고 가는 데도 명수였다. 이를 위해서라면 이슬람 해적과 거래하는 것도 서슴지 않았다.

오랜 용병 생활로 막대한 부를 축적했고 고용주와의 관계를 바탕으로 고국에서는 나는 새도 떨어뜨릴 만한 권력까지 손에 쥔 사내를 안토니오의 어머니는 두번째 남편으로 택한 것이다. 무성한 소문이 나돌았지만 안토니오는 어머니의 선택을 나쁘게 생각하고 싶지 않았다. 관능적인 여자는 권력 있는 남자를 좋아하는 법인가. 안토니오 자신은 권력도 부도 없는 길을 택했지만, 다른 길을 택하는 사내들을 비난할 만큼 속이 좁지는 않았다. 안토니오는 온몸으로 삶을 누리는 어머니 페레타와 지중해의 노회한 상어의 결혼이 사랑 때문임을 따스한 미소로 믿어주었다.

안토니오는 그러나 안드레아 도리아의 양자가 되어 해군 장수로 입문한 동생과는 다른 길을 택했다. 수도원을 나온 그는 북아프리카의 이슬람 국가로 갔다. 일개 수도사로서 수도복 한 벌만 걸친 채 튀니지로 향했다.

그리스도의 복음을 전하는 전도를 목적으로 그리한 것이 아니었다. 이슬람 해적에 붙잡힌 기독교도 노예를 돌보는 것이 그가 선택한 일이었다. 튀니지와 알제리는 이슬람 해적들의 근거지였는데, 해적들은 붙잡은 기독교도들을 '욕장'(浴場)이라 부르는 수용소에 수용했다. 거기에 수용해두었다가 몸값이 들어온 사람들은 풀어주고 그렇지 못한 사람들은 노예로 팔아치우는 것이 관례였다. 노예로 팔려 나가지 않는 사람은 '욕장'에서 그들의 삶을 마칠 수밖에 없었다.

당시 유럽에는 '욕장'에 수용된 포로들 앞으로 몸값이 지불될 수 있도록 주선해주고, 도저히 그럴 형편이 안 되는 사람들을 위해 모금도 하며, '욕장'에 있는 병자들을 돌보아주기도 하는 종교 단체가 생겨났는데, 안토니오는 바로 그 단체에 든 것이다.

언제 숨을 거뒀는지는 알 수 없다. 이름을 버린 옛날의 기사는 끝내 이름을 버린 채 세상을 등진 것이다. 오른쪽 다리가 불편한 승려. 사람들은 안토니오 델 카레토를 이렇게 불렀다.

성 요한 기사단 – 그 이후

1798년 6월, 몰타 섬의 성 요한 기사단은 이집트 원정길에 오른 나폴레옹에 의해 몰타에서 추방되었다. 변덕이 심한 나폴레옹이 지휘하는 프랑스 함대의 도전에 기사단은 전투 한 번 치르지 않고 순순히 항복했다.

6월 26일, 나폴레옹이 수도 발레타에 입성했다. 너무나 멋들어진 성채 도시를 보고 천하의 나폴레옹도 경탄하지 않을 수 없었다. 나중에 그는 이렇게 썼다.

"몰타 섬은 24시간만 포격을 가해도 버틸 수 없었을 것이다. 물론 성은 꿋꿋이 버텼겠지만 기사들의 정신이 해이했다."

기사단을 잃은 몰타 섬은 1814년에 나폴레옹이 실각하면서 영국 영도가 되었다. 그리고 제2차 세계대전을 계기로 독립했다. 하지만 독립국 몰타의 문장은 성 요한 기사단의 팔각 변형 십자이고 수도명은 발레트이며, 기사단이 쌓아 올린 요새는 그 뒤에도 해군 기지로 활용되었다. 그 때문에 나토나 소련, 리비아가 탐내는 곳이기도 했다.

나폴레옹에게 쫓겨난 성 요한 기사단은 십자군 시대부터 헤아려 세번째 '난민' 시대를 겪어야 했다. 몰타를 떠난 뒤에는 잠시 모스크바에 머물기도 했다. 러시아 황제가 몰타 상실 이전부터 여러 면에서 기사단의 보호자를 자임하고 나섰기 때문이다. 하지만 본부는 시칠리아의 카타니아에 남았다가 1826년에 북이탈리아의 페라라로 이전했다. 그리고 다시 몇 년 뒤 로마로 옮겼다. 기사단의 일원이 로마 중심가에 소유하고 있던 건물을 기부했기 때문이다. 오늘날 로마에서 가장 멋진 거리로 정평이 난 유명 상점가가 늘어선 콘도티 거리에는 지금도 성 요한 기사단의

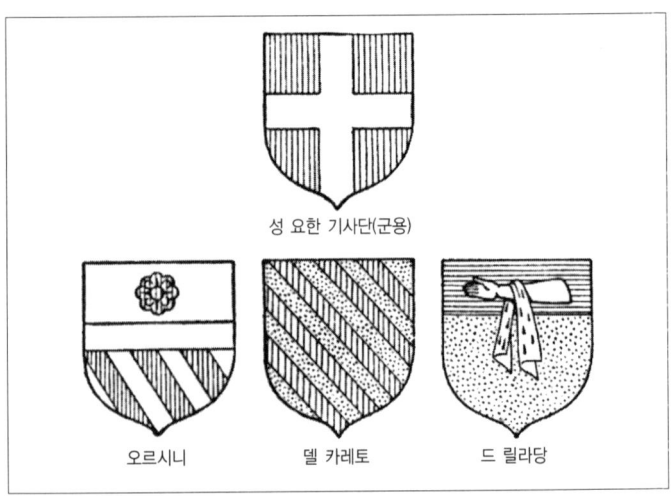

성 요한 기사단과 귀족 가문의 문장

본부가 있다. 바티칸과 아울러 이탈리아 안에 있는 독립국이며 소유 자동차 번호판도 독자적으로 만들어 쓰고 있다. 우표도 따로 발행하며, 대상국이 제한되어 있긴 해도 본부 안에 있는 우체국에서는 기사단의 우표를 붙여 편지를 보낼 수도 있다.

현 기사단장은 77대째 단장으로 밑에는 8천 명의 기사가 있다 (이 책이 나온 뒤인 1988년에 78대 기사단장 취임-옮긴이). 대부분 결혼한 몸이며, 예전처럼 청빈, 복종, 순결을 강요하지는 않는다.

여기서 특별히 언급해둬야 할 것은 성 요한 기사단은 골동품같이 남아 있는 조직이 아니라 현재도 활동하고 있는 조직이라는 점이다. 이슬람교도를 상대하는 전사들은 사라졌다. 하지만 기사단의 또 하나의 임무였던 의료 활동은 남은 것이다. 주위를 세심히 돌아보면 붉은 바탕의 변형 십자를 내건 병원이나 연구소 혹은 구급차를 세상 어디서나 볼 수 있을 것이다. 아직도 옛날처럼 각 언어별로 부대를 나눠 활동하는 20세기의 기사들이다.

물론 이 20세기의 기사들은 더 이상 '푸른 피'라는 자격 요건을 요구받지 않는다. 굳이 귀족일 필요가 없는 것이다. '푸른 피'는 이교도를 상대하는 전사들이 사라졌을 때 자연스레 의미를 잃어갔으리라. 실로 900년 만에 성 요한 기사단은 아말피 상인이 이스라엘에서 창설했던 당시의 사명으로 돌아간 것이다.

몰락하는 계급의 마지막 생존자들
• 옮긴이의 말

기사 한 명을 무장시키는 데 드는 비용은 어느 정도였을까?

독일의 군사사학자 델브뤼크는 중세 초기를 기준으로 암소 45마리 혹은 암말 15마리라는 수치를 내놓은 바 있다. 지금으로 따지면 전투기 한 대에 드는 비용과 맞먹을 것이다. 영화에서는 아무렇지도 않게 나오는 기사이지만 이렇게 비싼 전투력인 것이다. 중세 유럽의 전장은 이런 비싼 전투력들이 활보하던 곳이었다.

그러면 그들 기사들이 발휘하는 위력은 어느 정도였을까?

역시 군사사학자인 두피는 당시의 화승총을 10으로 산정했을 때 창이나 검을 쓴 육박전의 위력을 23이라 보았다. 총보다 세다고 감탄할 문제가 아니다. 영화 『브레이브 하트』에도 나오는 영국군 장궁의 위력은 36, 석궁은 33으로 산정되어 있다. 물론 이 표에 따르면 총의 위력은 18세기에 들어서야 육박전의 위력을 넘어서고 있지만, 대신에 소총수 한 명에게 드는 비용은 기사에게 드는 비용과 비교가 안될 만큼 적다. 총이 쓰이기 전인 1415

년의 아쟁쿠르 전투에서만도 평민으로 구성된 영국 장궁병들은 프랑스 기사들을 압도했다.

그럼에도 불구하고 1415년 이후 100년 간 기사들은 살아남았다.

콘스탄티노플 함락과 레판토 해전 사이의 118년을 설명하는 막간극으로 설정된 이 책은 끈질기게 유럽의 전장을 지배해왔으며 동지중해 지역에서 투르크에 맞서는 거의 유일한 상비군으로 존재해왔던 이들 기사가 마침내 사라질 수밖에 없었던 사정을 드러내는 데 주력하고 있다. 그것은 때로는 저자의 펜을 통해, 때로는 주인공 오르시니의 입을 통해 우리에게 말해지고 있다.

그 사정이란 무엇인가?

영토형 대국이 등장함으로써 한때 이탈리아를 풍미한 자립적인 귀족들이 모두 왕의 휘하로 들어가는 시기였다. 그러기에 머나먼 동지중해의 섬에 틀어박혀 500년 전의 제1차 십자군 때처럼 이교도에 대한 증오심을 불태우는 '무사'로 존재하는 기사단의 기사들이 "몰락하는 계급의 마지막 생존자"가 될 수밖에 없었다.

이탈리아만의 사정은 아니었다. 이 책의 주인공 오르시니와 안토니오가 20대 젊음을 투르크군과의 가망 없는 싸움에 걸고 있던 그 순간, 유럽은 이미 대격변의 와중에 들어 있었던 것이다.

콘스탄티노플이 함락되던 그해에 유럽의 심장부에서는 자그마치 116년 간이나 계속된 전쟁이 마무리되고 있었다. 유명한 백년전쟁이다. 애초에 지금의 프랑스의 가스코뉴 지방에 대한 영유권과 스코틀랜드 및 플랑드르를 둘러싼 영국과 프랑스의 반목, 게다가 프랑스 왕과 영국 왕의 봉건적 위계를 놓고 벌어진 갈등 따위가 도화선이 되어 1337년에 발발한 전쟁이었다. 하지만 전쟁이 생각 외로 길어지면서 양국간의 봉건적 위계, 즉 프랑스 왕이 영국 왕의 주군이던 관계는 실질적으로 파탄을 맞았고 가스코뉴 지방은 원래 영국 왕의 소유였다가 프랑스 영토로 귀결되었으며, 양국 안에서 왕의 권력이 강해지게 되었다. 명확하지는 않지만 전쟁 후반기에 들어서는 포가 채용되기도 했다. 전쟁이 마무리될 즈음, 원래부터 장궁병에 크게 의존하던 영국은 물론이거니와 전쟁 전반기에는 기사를 주력으로 했던 프랑스도 상당한 군사적 변화상을 보이게 된다.

이탈리아가 그 영향을 체감하게 되는 것은 1494년의 일이었다. 이해에 3만 병사를 이끌고 알프스를 넘어온 프랑스의 샤를 8세는 나폴리에 대한 영유권을 내세우며 포를 동원한 전쟁을 벌였다. 당시 북이탈리아인들을 진정으로 놀라게 한 것은 그 군대의 행동양식이었다. 원래 북이탈리아는 콘도티에리라 불리던 용병이 전장의 주력이었던 곳이다. 용병이 주력인 만큼 개별 전투에서 소기의 성과를 거두게 되면 전투는 대체로 마무리되었다. 하지만 이해의 프랑스군은 전혀 달랐다. 그들은 마치 적을 죽이는 것 자체를 목표로 삼은 것 같았다. 프랑스군에 역병이 돌아 철군을 시작한 1495년, 몸값을 들고 프랑스 진영을 찾은 만토바 후작은 포로가 되었으리라 믿고 있던 이탈리아 기사들이 전투

과정에서 전멸당한 것을 알고는 소스라치게 놀랐다고 한다. 섬멸전이 전장에서 본격적으로 펼쳐지려면 아직 300년은 더 있어야 했지만, 전쟁의 양상은 확실히 변하고 있었다. 질 높은 개별 기사들보다는 왕의 이름으로 직접 부릴 수 있는 징병군과 용병 쪽으로 전장의 주력은 이동하고 있었다. 이들을 부리는 왕도 더 이상 중세의 왕 같은 존재, 여러 영주들 중 제일가는 자가 아니었다. 자기가 다스리는 영토의 대변자, 그 지배자였던 것이다.

그리고 성 요한 기사단이 로도스를 떠난 지 5년 뒤인 1527년, 명목상 기독교 세계의 왕인 신성로마제국의 카를 5세(카를로스) 휘하의 에스파냐·독일군이 교황청이 있는 로마를 점령, 약탈함으로써 속권의 존재는 확실하게 부각된다. 진심으로 종교를 위해 목숨을 거는 기사단 같은 존재는 이 면에서도 "몰락하는 계급의 마지막 생존자"일 수밖에 없었다.

이 책에 나와 있는 것은 물론 이런 유럽 국가들과 기사단의 쟁패는 아니다. 어디까지나 『콘스탄티노플 함락』에서처럼 투르크와의 대결 문제인 것이다. 하지만 갑작스레 프랑스와 영국, 에스파냐 등지의 기사들이 등장하는 이면에는, 이탈리아 이북 지방에서 약진을 거듭하던 신흥 국가의 이와 같은 변모가 가로놓여 있는 것이다. 그리고 이는, 투르크만 저지된다면 유럽이라는 무대의 주인공은 언제든 대륙국가들로 옮겨갈 수밖에 없음을 시사하는 것이기도 했다. 그 중심점 이동의 마지막 계기는 이 전쟁 이야기의 마지막 책인 『레판토 해전』에서 묘사된다. 즉 베네치아 등의 이탈리아 국가가 아직은 위세를 떨칠 수 있었던 1453년의 결과를 이어받아 최종적으로 에스파냐 등의 신흥 유럽 국가로 중심이 옮겨가기까지의 시기를 다룬 것이 바로 이 『로도스 섬 공방전』이고, 1522년의 로도스는 고립된 구시대의 잔광이 어떻게 신흥 대국과 맞서 싸웠고 마침내 패했는가를 보여준다는 면에서 『콘스탄티노플 함락』과 『레판토 해전』의 118년 간격을 메우기에 절호인 막간극이라 할 수 있을 것이다.

이 책에도 역시 한길사 편집부 여러분들의 많은 수고가 따랐나. 이 자리를 빌려 다시 한번 감사를 표한다.

1998년 1월
최은석

로도스섬 공방전

지은이 **시오노 나나미**
옮긴이 **최은서**
펴낸이 **김언호**
펴낸곳 **(주)도서출판 한길사**

등록 • 1976년 12월 24일 제74호
주소 • 10881 경기도 파주시 광인사길 37
　　　www.hangilsa.co.kr
　　　E-mail:hangilsa@hangilsa.co.kr
전화 • 031-955-2000~3
팩스 • 031-955-2005

제1판 제 1 쇄 1998년　1월 20일
제1판 제 3 쇄 1998년　2월 20일
제2판 제 1 쇄 2002년　9월 10일
제2판 제11쇄 2023년 10월 25일

값 15,000원

ISBN 978-89-356-5112-2 03900
ISBN 978-89-356-5114-6 (전3권)

• 잘못 만들어진 책은 구입하신 서점에서 바꿔드립니다.